鲁顺民　杨 遥　陈克海　著

掷地有声

从山西看中国脱贫攻坚

外文出版社
FOREIGN LANGUAGES PRESS

北岳文艺出版社
BEIYUE LITERATURE & ART PUBLISHING HOUSE

《掷地有声：从山西看中国脱贫攻坚》
编写委员会

主　任
刘志杰

副主任
张　羽　张晓峰　郭　健　杜学文　梁宝印

成　员

张玉宏	张建成	龚孟建	张伟勤	齐海斌	刘剑锋
安　洋	罗向东	张锐锋	安小慧	荆作栋	赵　旭
赵东军	王招宇	闫会心	骞　进	高小勇	郭建丽
丁志刚	张鹏耀	李　瑞	赵小英	宋坤政	马军侠
高耀东	杨晓华	姜晓武	赵俊超	叶明威	赵　刚
李良库	张临阳	李安庆	郭晋萍	张俊彦	郭　洪
樊彩英	李建忠	阎珊珊	潘培江	张海光	刘惠蓉
许蔚起	郭　敏	郭耀龙	郜　宇		

统　筹
冯向宇　续小强

目录 CONTENTS

引 子

受中共山西省委宣传部、山西省扶贫开发办公室、山西省作家协会及山西出版传媒集团委托，写作一部全面反映党的十八大之后全省新一轮脱贫攻坚的报告文学。三位书生受命而来，心存忐忑。

虽是受命，但作家笔下，题材本身并不构成羁绊。世间本无不能说的事，只有不会说的话。集体来创作一部全景式反映重大题材的纪实文学作品，此前已有先例，并获成功。集体创作不仅不会构成困难，相反会显示出独特优势。

写作者之一杨遥，70后作家，享誉当代文坛，领军本土才俊。在采访过程中已经考取北京师范大学与鲁迅文学院联合举办的"创意写作"硕士研究生班。年过不惑，重为桃李。这不重要，重要的是，杨遥本人曾在基层待过十数年，在雁门关下做过乡镇副镇长。新一轮脱贫攻坚开始，被单位委派赴山西省作家协会定点扶贫点——临汾市隰县阳头升乡，挂职副乡长。

写作者之一陈克海，80后作家，《山西文学》副主编，写作勤奋，屡获奖项。克海非山西土著，籍贯湖北恩施，土家族。少年由鄂入晋读书，大学毕业后留在山西工作。鄂晋相距千里，地域差异构成陌生感，阅世阅人，眼光从来独特。这也不重要。他同杨遥一样，新一轮脱贫攻坚开始，2017 年 6 月，被单位派驻临汾市隰县阳头升乡罗镇堡村，担任党支部第一书记，脱产驻村。半年下来，当年鄂西大山里的农家子，此时脸更黑，身更健，骨架粗壮，一副乡村干部模样。

下来，就是写作者之一的执笔者，本人鲁顺民，60 后作家，《山西文学》主编。从 2000 年开始进行乡村调查，前后十年，西跨黄河，东越太行。十多年的行走，像一篇冗长到寻不到结尾的记叙文，什么时候可以收束，收束的方式是什么？在兹念兹，终日萦回。身为农家子，对贫、对困有切身体会，身为写作者，对扶贫、对脱贫充满期待。

克海最年轻，1982 年生人；杨遥次之，1975 年生人；我则于 1965 年出生，痴长十数岁。经历迥异，切入角度和思考角度自然不同，文本可以因此而更加丰富吗？

反映全省的脱贫攻坚，全景式反映扶贫成果，呈现历史进程，记录当下生活图景，要贯穿热情与思考，感受艰难与荣光，又谈何容易。

毕竟，中国的脱贫攻坚，在国际反贫困格局中举世瞩目，其意义不局限在山西一省。而山西省贫困面积之大，贫困人口之多，脱贫面临的问题与挑战之严峻，亦备受全国关注。脱贫攻坚，绝非一村一舍的沉沦和变迁，也不是书斋里的数字图表分析，更不是政府会议室耳提面命的一再强调。

2017 年 6 月 21 日至 23 日，中共中央总书记、国家主席、中央军委主席习近平来山西考察工作，脱贫攻坚是考察重点。2017 年 9 月 4 日至 5 日，国务院总理李克强考察山西，脱贫攻坚也是重点。

2017年1月14日、2017年5月18日、2017年6月21日，时任国务院副总理、国务院扶贫开发领导小组组长的汪洋三赴山西，考察山西省产业扶贫、易地移民搬迁工作。山西的脱贫攻坚备受党和国家的关怀与重视。

万余名由省、市、县各部门单位派出的第一书记、工作队员，进驻山庄窝铺贫困村落，帮助脱贫，加强基层党建工作；还有省、市、县派出的近万名干部，赴贫困县乡挂职。两拨万名干部，不是去锻炼，也不是去镀金，他们抛家舍业，一头扎到基层，做扎扎实实的工作。扶贫、脱贫攻坚，绝不仅仅是贫困县、乡、村和建档立卡贫困户的事情，还牵涉全省万千村舍，牵扯全省万千家庭、万千妇孺婴孩。脱贫攻坚，以及脱贫攻坚的指标最后化成的概念，"两不愁三保障""六个精准""五个一批""三保险、三救助"，这些概念与措施性总结，在与脱贫攻坚并不相干的行业与人群中到处流传。全社会都在关心脱贫攻坚。

这样，题材本身又构成对写作者不小的考验与挑战。涉及面如此之广，全省119个县（市、区），36个国定贫困县，22个省定贫困县，其中还有10个深度贫困县。要深入了解的内容如此之多，精准识别，易地搬迁，产业扶贫，金融扶贫，健康扶贫，教育扶贫，生态扶贫，整村提升，还有驻村帮扶，考核督查。可以预期，要写到的人，要描述的故事，那就更多，更是形形色色。

写作的过程，变成了一次结结实实的行走，我们必须用脚去丈量贫困与脱贫、脱贫与小康之间的距离，必须用眼去观察，用心去倾听，带着忧乐去感受，带着思考去寻访。

2018年年初，丁酉年腊月十九，三个书生背起行囊，上吕梁，入太行，开始了为期六个月的采访。

关键词——"精准"

从"漫灌"到"滴灌"

话题从我们三个写作者扯开。

对于扶贫，三个人都有体会。体会却截然不同。

我对扶贫工作的印象如何？先从克海担任隰县阳头升乡罗镇堡第一书记说起。

按照惯例，机关派出扶贫干部，由下属行政和事业单位轮流排开，《山西文学》编辑部此前已经派出了干部，就不必再派。可是种种原因，下乡的任务转了半圈又回到编辑部。

编辑部同其他部门一样，同样是人手紧缺，同样是人手不够，但并没有引起我足够重视。

我以为此番克海下乡担任第一书记，并不耽误日常编务。哪承想，此一番，披坚执锐，真刀真枪做起村干部。下乡第二周，回来置买锅碗瓢盆，下单采购冰箱锅灶，与作协影视部副主任，如今是竹干村第一书记的李浩东，在村里赁窑住在一起，一副扎根农村的架势。若要回太原，两个昔日同事，一对今日战友，或自驾，或乘大巴，周五下午或者傍晚结伴从隰县启程，驱车 200 多公里，辗转回到太原，已经是晚上八九点。遇到半道堵车，看见城市的灯灯火火，正是午夜时分。回到太原，周六周日可以跟大家见个面，周一到单位交接一些事务，到上午十点钟又急匆匆再赶回200多公里外的罗镇堡村，不能耽误乡里每周一的例会。省里要求，干部驻村，每周必须达到五天四夜。

开始还好一些，可以一周见克海一面。接着，就是两周见一面，三周见一面。过了一个夏天，再待到秋天来临，到冬天第一场雪落到黄土高原上，见一面就难了。大家望着窗外雪花飘扬，想象200公里外晋西隰县的沟沟壑壑，下了雪会有多不安全，纷纷发微信嘱咐他能不出门尽量不出门。克海则发过一个笑眯眯的表情，并说他和浩东窑里的铸铁壁炉火焰正旺。

跟克海讲起单位在岚县扶贫的事情，尽管他也大概知晓，仍然一副不解的表情。

他们做的新一轮扶贫工作，跟以前的扶贫工作太不一样了。

过去扶贫，扶贫单位结对帮扶，只对村，不对人。每年给村里争取一些项目，通过各种渠道给村里争取一些资金，五万不少，十万不多，总能办一些事情。但对村里村民的情况，不能说不了解，但了解不详。

更为尴尬的是，过去漫灌式扶贫，因为单位扶贫干部并不介入乡村管理，也不负责对扶贫资金与项目的监管，客观上也是为了扶贫资金与项目有效落地，早出成果。扶贫资源分配不均衡，部分扶贫资源为富裕村庄和富裕村民获得的现象，被社会学家称之为"精英俘获"。漫灌，即宏观，宏观之下，具体落地，虽然对乡村而言是普降甘霖，但也难免发生扭曲。

时隔十年，两代人经历的扶贫发生了根本变化。

克海说，新一轮扶贫，重在"精准"二字。精准扶贫，是相对过去粗放扶贫而言。理论上讲，就是针对不同贫困区域环境，不同贫困农户状况，运用科学有效程序对扶贫区域、扶贫对象实施精确识别、精确帮扶、精确管理的治贫方式。习总书记讲得很通俗，精准扶贫，就是要解决"帮扶谁，谁来扶，怎么扶"的问题。在某种程度上讲，新一轮脱贫攻坚，可以归纳为"微观"扶贫。或者说，是宏观把控下的微观扶贫。

克海担任第一书记的罗镇堡村，距离隰县城 35 公里，距离乡政府所在地还有 28 公里，与乡政府所在地阳头升塬分属两条塬。2017年 9 月，杨遥前去挂职，单位过去的影视中心为每人置办了一辆电动车。电动车运到当地，村民一阵讪笑。由乡到村，路远弯多不说，还得爬坡越涧，跨沟翻梁。杨遥头一回骑上电动车，要去后塬塬上的竹干村，车到半山腰，人骑上去，车原地不动，人下来推车，推不动，开动马达，人就得撵着车跑。十来公里路，边推边跑，生生走了两个小时。

这个行政村辖罗镇堡、西上庄、李家腰、北王家沟 4 个自然村，全村 293 户 932 口人，耕地 8000 余亩。种有玉米、土豆、谷子之类的传统作物。全村党员 34 人，年龄在 35 岁以下的党员 5 名，高中学历 9 名，大专以上学历 6 名。如今村里还有一所小学，17 个学生，15 个老师，老师都是阳头升乡其他村子撤点合校后并过来的。

罗镇堡这个村子够偏，再往西走一截，就到了永和县。

帮扶罗镇堡村的，还有县教育局驻村工作队，镇里的包村干部，加上克海这个第一书记，共二十几号人。第一书记下村，任务很多，驻村工作队和包村干部为村里尽快脱贫办法想尽。克海下乡的 2017 年 6 月，全省脱贫攻坚督查检查开始，精准识别回头看是重点。

2014 年的建档立卡贫困户，全村共有 230 户 655 人。2014 年、2015 年、2016 年三年共脱贫 155 户 443 人。到 2017 年，许多建档立卡户已经脱贫，这回因为回头看，又查出许多人名下有车，县里有房，还有的经商办企业，只要不存在"两不愁三保障"问题，都得清退。

为方便基层干部参考，隰县专门出台了《精准扶贫100问》，成为一个建档立卡贫困户需要九个步骤：农户申请——入户调查——民主评议——乡村部门审核——初选贫困对象——公示公告——结对帮扶——制定计划——填写手册、数据录入、联网运行、数据更新。

建档立卡明确规定了几种"不能进"的情形，比如：在城镇购买商品房的不进；家庭中有机动车辆的（残疾人代步车、农用手扶车、农用三轮车除外）不进；经商办企业的不进，等等。

不独隰县，全省的贫困户精准识别都是这一套做法、这一套程序。

按照精准识别原则，到底出不出列，立不立卡，不是一个人说了算，需要开会讨论。县里数据要得急，白天村民都在地里忙活，会只能抽黑夜大家收工后才能开起来。克海是农家出身，知道农民的生活节奏，倒也耐得住性子。说的是晚上七点，到了八点半，人才来齐了。

村两委班子、村民代表、县教育局驻村工作队、镇里的包村干部，十几号人，对现在建档立卡的贫困户一个人一个人过。谁该继续留下，谁则必须清退，都要说出个子丑寅卯。

虽然有这么多具体规定，执行的时候，仍难免有遗漏。这也是为什么到了2017年，还在调整数据的原因。该清退的要清退，返贫的要重新增补进来。有时候，为了进一步检查落实三支队伍是否真正做到了精准识别，各级检查组的人会明察暗访。进了村也不找村干部，就直接问村口或者墙根下晒太阳的老人，问询精准识别情况，一户一户过，但凡有反馈，必然认真调查。

所谓"建档立卡"是怎么回事呢？

首先是针对每一户贫困户的《扶贫手册》，内容包括贫困户基本信息、帮扶单位及责任人基本信息、脱贫计划、帮扶措施、工作台账，还附有收入动态监测表和脱贫评价表。这些内容一式两份，村里存档一份，贫困户家里还有一份。数据经常变动，所以隔一段时间就得拿出来修正、增添。同时，每一户还要建立一个卡片，是所谓"明白卡"，由贫困户自己保管。致贫原因、人口几口、享受什么政策、脱贫的措施、具体各项收入，等等。十多项，都要填在上面。

除此之外，作为第一书记，还要把扶贫政策、村情、村里人口与贫困户具体情况制成图版。克海参加工作十几年也没有这么累过，刚开始建档时，天天就是填表，挨家挨户填，每天忙得脚跟朝前都忙不过来。正是七八月，家家户户都在地头忙活，家里找不见人，上面又要得急，经常追到田间地头找人摁手印。在机关里上班，每天就操一道心，现在到了基层，每天不知要操多少道心。

杨遥下乡挂职阳头升乡副乡长，则是在2017年9月。下乡伊始，被安排分管全乡的"一村一品"产业扶贫工作。他有过基层工作经验，新任副乡长，很快进入角色。公车改革之后，下乡用车需要乡里统一调配，但乡里只有一辆汽车，他或搭车，或骑车，有一次竟然步行十多里去一个村核实情况。三个多月下来，对全乡情况也是相当了解。

他讲，其实村村都有或大或小的问题。但又是回头看，又是督查检查，大会小会，问题可以控制到最小。贫困户建档立卡，精准识别，仅仅是精准扶贫的第一步，它包含"扶贫对象精准，项目安排精准，资金使用精准，措施到户精准，因村派人精准，脱贫成效精准"，是所谓"六个精准"，哪一步不到位都不行。他负责的"一村一品"就是项目安排精准。杨遥讲，精准识别，实际上就是把贫困问题标准化、绝对化，其主要意义在于便于扶贫脱贫工作可操作化。这一次精准识别，也分不同类型，有一般贫困户、低保贫困户、低保户、五保户，共四大类。把这部分人精准识别后，其他几个精准就有了可落实的对象，用现在行政材料词语，叫作有了"抓手"，把过去"漫灌式"扶贫变为"滴灌式"扶贫。

在采访中，不止一个县，也不止一位基层干部对新一轮脱贫攻坚之前之后的特点有清晰的认识，有深切的感受，就连普通农民都感到明显的不同。

在临县碛口镇，见到一位育苗大户严林森，这位精明的农民说：过去扶贫，实际上是扶农，做下营生没有？不能说没有，给你通了水，通了电，通了路，甚至还安上路灯，没水的地方给打井，开塘养鱼，搭棚种菜，也做了不少营生，但是让真正的贫困户见到实惠没有？很少。所以很多包村干部下来做营生很憋屈，说农民的觉悟低，让你出来干活吧，贵贱给你磨洋工，叫开个会吧，死活叫不来人——大家没有积极性嘛，见不到实际效果嘛！

这话说到点子上了。过去所谓"漫灌式""粗放式"扶贫，不能说不见效果，至少通水通电通路，农村基础设施的改善有目共睹，建学校打水井整理村落，农村的变化在点点滴滴之中，但毕竟涉及面还是狭窄。用学者的话讲，过去"漫灌式"扶贫，是着眼于相对贫困而言，希望通过改善农村基础设施，改变农村产业结构，改变村容村貌，给贫困户贫困村创造足够的脱贫条件。但是，相较于相对的贫困，绝对贫困——即无法通过合法渠道脱贫的人群，他们或失去劳动能力，或因子女就学债务缠身，或因大病久治不愈而深陷困顿，等等，却鲜少顾及，撒胡椒面式的"漫灌式"扶贫显然无法让这些人进入扶贫大视野。

诚然，贫困绝不仅仅是一个经济问题，精准识别也绝不仅仅是人口学意义上的一个简单统计。贫困产生，原因复杂，精准识别，也仅仅是从一个维度上对贫困的认识。相对贫困、绝对贫困、粗放式、精准式，漫灌式、滴灌式，无论是哪一种甄别与划分，重要的是要对贫困问题本身形成有效的应对方式，使真正的贫困者能得到有效的帮扶和关怀，正如两位在一线工作的扶贫干部能体会到问题的复杂一样，不管"精准"识别过程中有这样那样的矛盾与困扰，但由"漫灌式"扶贫到精准扶贫，从 1985 年开始，走过了漫长的三十多年，摸索、探索、总结，"东井上吃水西井上担，为眊妹妹跑了一个大脖弯"，绕了好大一圈，突破口却在这里。

"六个精准"，概括起来其实就是如何精准识别贫困人群，如何精准实施扶贫行动，如何精准地评估扶贫措施与效果，在扶贫工作走过三十多年后的今天，有着深刻的意义。

总书记称呼的"大姐"

"幸福的人都是相似的，不幸的人各有各的不幸。"

这是托尔斯泰的名言。实际上山西老百姓早就有类似表达，叫作"穷有千种，困则百样"。千种穷，百样困，原因种种，种种不同。与其说，贫困是一个经济意义上的考量，莫若说是一个十分复杂的社会问题，事关整个农村社会的发展，事关整个社会的进步。

2011 年，国家将乡村的贫困线定为农民年均纯收入低于 2300 元，2014 年增加为 2800 元，2015 年增加为 2855 元，2016 年再把这个标准提高到 2952 元。从理论上讲，按照一个固定的标准去识别贫困人群，然后再按照固定模式去帮助这些人摆脱贫困，在一定程度上起到兜底和救急的作用。然而，当你走近每一个贫困户，会发现经济的困境固然是判断的重要标准，但呈现出来的则绝非一个标准那样单纯。六个月的行走，看扶贫看脱贫，首先是看贫困，例子信手拈来。访贫问困，进村入户，能看到一个个中国乡村从历史中走过来的身影。

时近腊月，我们采访的第一站选在山西省岢岚县。

2017 年 6 月 21 日，习近平总书记考察山西，岢岚县是一个点。据报道称，在那个叫作赵家洼的村庄，总书记待了八十多分钟，走访了三户贫困户。这些镜头在电视上看到过，省里集中学习的时候观摩过，亲切关怀，语重心长，加油鼓劲，沐春风，暖人心。在赵家洼，习近平总书记拉着一位贫困户的手，问起年龄，她报上岁数，总书记说：那你是我的大姐！

视察之后，这位"大姐"成了岢岚本地的新闻人物，经常有来自各地参观的人前去探访，探望这位总书记的"大姐"。

进入岢岚，入户采访是必走程序，扶贫办同志安排采访的第一个扶贫对象，就是被总书记称为"大姐"的贫困户王三女。

此时，县里易地扶贫搬迁贫困户集中安置点广惠园移民小区落成，王三女搬迁到县城。全村仅有的六户人家整体出迁，旧宅复垦。眼前的王三女，已经不是电视里那位一脸沧桑的老人，经过半年多的城市生活，王三女跟城里的普通妇女区别不大。或者说，王三女本来应该就是这个样子。

王三女就像乡亲们说的那样，是个苦命人，嫁到赵家洼，生有一子。2004 年，丈夫去世；2014 年，儿子又患癌症去世。十年之间，梁柱摧折，打击接二连三。紧接着，有些智障的儿媳弃家出走，给这位年过六旬的老妇人留下一男一女两个孩子，孙女十一岁，孙子十岁。两个孩子都是残障，一个为二级，一个为三级。要说两个孙子长得周周正正，甚至还不失伶俐，从外表根本看不出残障来。县人大驻赵家洼村第一书记陈福庆说起他第一次见到两个孩子的情景，尽管事先整理资料，知道两个孩子的情况，但进村之后，看到两个活蹦乱跳的孩子，仍然感到震惊。"那是心在哭啊！"

王三女在山里土生土长，吃得苦也耐得劳，把一个破家拉了几十年，但饶是你坚强坚韧吃苦耐劳，如何架得住贫穷和厄运一路穷追猛打！

孩子的情况让陈福庆感到震惊，王三女日常劳作更让陈书记揪心。莫说一个老妇人，就是一个壮汉子照料50多亩地也需要一把好筋骨。常年劳作，王三女患上严重的风湿性心脏病。地里劳作，回到家里还要照顾两个孙子。水井在村边上，离家还有200多米距离，需要下一道坡，井是个光面井，没有井床，更没有辘轳，抖一根绳吊一只桶下去，一回淹上一桶，一回淹上半桶，然后再上那一道坡担回来。到了冬天，井沿上结了冰，半桶半桶吊上来，踩着冰往回走，一个老妇人，一摇三晃走在瘦水寒山之间，连老天都能感到吃力。

王三女当然得建档立卡。根据王三女的具体情况，祖孙三人得享低保，再加上养老保险和特困救助，再落实退耕还林补助，加起来有几千元，王三女才可以抬起头来喘一口气。

但是地还得种，王三女说：不种地平常的吃喝到哪里刨闹？丢不得。陈福庆和工作队员几番做工作，掰指头一笔一笔给她算账，总算说服了老人，53亩地，让别人承包了40亩，但剩下13亩地还是要种。老人执意要种，第一书记、工作队员岂能袖手旁观？老人剩下的13亩土地就成了工作队员的事情了。春耕、夏锄、秋收，王三女说：可苦了几个后生了，你说说，跟咱无亲无故的，养上几个儿能顶上个这！平常里，陈福庆见了王三女总是大娘长大娘短地称呼，把个老太太感动得不行。

2017年，又是易地扶贫搬迁，又是联系脱贫项目，又要在乡里在县里市里开各种各样的会议，工作队员实在难以分身。陈福庆几个人帮大娘耕了、种了，到夏天又锄了，有一亩玉米，一亩谷子，下来就种土豆和红芸豆。眼见着庄禾一节一节长高变成绿蓊蓊一片，陈福庆犯了愁。再由他们帮助作务吧，实在分不开身，把这一摊子

第一章　关键词——「精准」——

撂给一个老太太吧，你帮扶一通又帮下个甚？最后，他再次说服大娘，说眼看咱们往城里迁呀，地里实在忙不过来，干脆青苗作价，整体卖了算了。事先，他已经联系好买主，买主也是可怜老人，议定不拘什么作物，一律700元。王三女实在过意不去，爽快同意。量盘下来，青苗共计7.9亩，再商议一番，以5700元成交。陈福庆帮大娘算了一笔账，除去雇人、化肥、种子、地膜等各种"害债"（成本），净得2000多元。即便把庄稼全部收获出售，实际上利润也就这么一点点。

王三女记得她搬家的日子，是2017年的八月初三，那一天全村人吃了一顿油炸糕。这一年的秋天，两个孙子享受残障儿童救助，被安排到忻州市特殊教育学校就读。王三女亲自把两个孩子送到市里，千叮咛万嘱咐，让孩子们听老师的话。临行，祖孙相别，那份恋恋不舍让一旁的老师看在眼里，不由得珠泪洒襟前。

腊月里，两个孙子放假回家。听大家拉话，乖觉地躲到另一个家里。王三女说，唉，说咱命苦吧，还逢上这好时候，做梦也想不到会享到这福，自来水，煤气灶，卫生间，将将进来用还不会用。说着话，她笑了。总书记到我们村里，我还特意换了件衣裳，不能疲疲沓沓见客人吧，再说是那么大的客人！

陈福庆说，"见完总书记，大娘好几天舍不得脱下那件衣裳来。"

王三女说，"现在每天我要看新闻联播，倒不是看有甚报道，就是想看看总书记。哪一天不在电视里出现，心里那个不歇心！等总书记出来，心里就踏实了。"

总书记一声"大姐"，暖的不是一个人的心。

告别的时候，王三女的两个孙子跑了出来，女娃拿出她的"画"让我们看，"画完了！"杨遥笑得慈祥，蹲下身子跟她约定了什么，女孩子伸出一只手，要与他拉钩。

杨遥出来，脸上笑着，唇红齿白，眼里星泪点点。

低保保障、养老保险、大病救助、农村合作医疗等等措施组合起来，加上国家电网在山西实行的光伏发电扶贫试点，再加上力所能及的公益岗位收益，能够保证这部分贫困户的年人均纯收入达到甚至超过 3200 元省级扶贫标准指导线，退出贫困行列。

"输血"与"造血"之辩

三个人曾有过一夜关于"输血"与"造血"的讨论。

杨遥担任挂职副乡长，下乡伊始，已经把功课做足。陈克海担任第一书记，身处最前线，与农村具体问题短兵相接。两人在下乡之前就已经购置大量关于农村研究的书籍，加上几个月的下乡经历，对"三农"，对扶贫，理论联系实际，有深切了解。如此功课，也是两人下乡之前对自己的理论武装。

说起过去"漫灌式"扶贫，杨遥说，"漫灌式"也好，粗放型也好，都是相对"精准"扶贫而言。"漫灌式"扶贫模式，有当时的历史背景。按照世界银行贫困线标准，1981 年，中国农村的贫困人口占到农村人口比例的 95.59%，几乎就是人人穷，户户困，粮袋干瘪，炊灶作难，贫困的主要体现，是温饱都有问题。这个比例很可怕，要占到世界贫困人口比例的 38.29%。

杨遥是 1975 年生人，少年时的记忆反映在他小说里。他笔下的村镇乡野和少年经历，大抵混乱无依，衣食有虞，农村青年一代奋斗和挣扎，也大抵能够折射 20 世纪 80 年代以来农村社会经济的境况。

杨遥一番话，激发起我的记忆。20 世纪 80 年代，实行家庭联产承包责任制之后，农村生产力解放，乡村田野一派生机。最明显的表现，就是 70 年代每逢春荒时成群结队的乞丐慢慢消失。但县域经济尚不发达，一县之中，因为农业立地条件不同，发展并不平衡，温饱问题仍是农村的首要问题，吃救济、等救济是家常便饭。所以那个时候流传着一句顺口溜，叫"挂着棍子靠着墙，单等救济粮。告诉大家个好消息，咱县评成贫困县啦"。县域经济发展全靠向上要，要救济，要项目，"村要乡，乡要县，一直要到国务院"，有些地方官员很无奈，说自己天天唱一出"丐帮漂流记"。

克海着意梳理扶贫历史，精研细读，颇有心得。他讲，扶贫，或者说是反贫困，是改革开放的一部分，农村贫困程度如此严重，也是促成改革开放的一个重要因素，或者说是主要因素，也是改革开放很重要的一部分。1986 年，国务院成立贫困地区经济开发领导小组，正式提出扶贫，也正式启动了中国反贫困的历程。

扶贫工作经历三个阶段。第一个阶段是 1986 年到 2000 年，主要是解决农村贫困人口的温饱问题。第二个阶段，是 2001 年到 2010 年，按照划分，是解决农村多维贫困问题。所谓多维，就是继续解决少数贫困人口温饱，改善贫困地区的基本生产生活条件，巩固温饱成果，提高贫困人口的生活质量和综合素质，加强贫困乡村的基础设施建设，改善生态环境。这一轮扶贫工作，也就是所谓的"漫灌式"扶贫，还是着眼改变贫困地区经济、社会和文化的落后状况。

这样就过渡到现在的第三阶段"精准"扶贫。

克海说，每一阶段的扶贫主旨，都与整个社会的发展和进步有关系。你看，今天的"精准"扶贫实际上就是到 2020 年实现全面建成小康社会的一个组成部分。不管是哪一阶段，要注意到，从国家层面，到县一级扶贫机构，扶贫办公室，全称为"扶贫开发办公室"。扶贫是宗旨，开发是手段。不管是"漫灌式"扶贫，还是精准扶贫，开发这条线贯穿始终。开发式扶贫，是中国特色，全世界没有。

克海说，所以要精准，全面小康，不能落下一个人。哪些人会落下？还是要回到精准。也就是"帮扶谁，谁来扶，怎么扶"。

他接着前面话茬：扶贫三阶段，每一阶段都有成就。从全世界反贫困的角度来考察，1981 年，中国农村贫困人口比例几近农村人口的 100%，占全世界贫困人口 38.29%。但是到了 2002 年，以解决温饱为主旨的第一阶段扶贫之后，农村的贫困人口下降了一半，占48.8%，占世界贫困人口的比例也因此下降到 23.39%。到了 2012 年，农村贫困人口占农村人口比例再下降，到了 12.98%，占世界贫困人口的比例也随着下降到 9.41%。

说了半天都是说百分比，说具体人口数量。从 1981 年到 2012 年，全世界贫困人口规模减少了 10.8538 亿，中国农村贫困人口规模减少了 6.7458 亿，这个规模占全世界减贫人口规模的 62.15%。这个比例相当大了，也就是说，中国的扶贫工作，在全世界反贫困格局中的地位相当显著，对全世界的减贫事业贡献巨大。

具体到山西省，80% 以上的贫困人口在西部吕梁山和东部燕山、太行山，具体有描述叫作：西部吕梁山黄土残垣沟壑区、东部太行山干石山区和北部高寒冷凉区。全省 36 个国定贫困县、22 个省定贫困县，加起来共 58 个扶贫开发重点县。其中，由北而南，天镇、广灵、偏关、宁武、静乐、兴县、临县、石楼、永和、大宁十县为深度贫困县。20 世纪 80 年代，在省直干部中流传着这样一个顺口溜：欢欢喜喜汾河川，凑凑合合晋东南。恓恓惶惶雁门关，哭哭啼啼吕梁山。雁门关外，吕梁山上，做官尚视为畏途，三十年前已然如此，三十年之后的今天，仍然如此。

陈克海说，山西省为什么把脱贫攻坚喊得这么响，从省到市到县是"一把手工程"？全国集中连片特困地区共有 14 个，大多集中在西部和西南部地区，属于华北地区而且同时就占两个的只有山西一省，受全国瞩目也在情理之中，上到省长，下到县长、乡长，他们压力之大也可想而知。

我问，为什么绝对贫困会集中连片？

大家你一言我一语总结。

绝对贫困，原因很多。进村入户，问起贫困户致贫原因，贫困户总是不好意思地搓手回答：咱人老，没钱，没本事，外头没关系，不贫还等个甚？

老百姓的回答，倒把乡村绝对贫困的原因说了个明白。换算为理论语言，就是因为身体资本、物质资本、货币资本和社会资本等方面资源的匮乏与短缺而陷入贫困或困难境地。这是绝对贫困，如岢岚的王三女。

王三女在接受我们采访时，一遍遍感谢政府的扶贫政策，说：如果不是这政策，不是"逢上这天年"，我就是引上两个娃娃讨吃要饭也走不了多远。

省扶贫办主任刘志杰跟我们说起王三女的情况，感慨道：如果在村里继续生活下去，什么事情不可能发生？

贫困不是耻辱，可至少是遗憾。

但是如果化成现实的经济问题，情况就不一样了。因为进不进贫困行列，关涉具体利益，在精准识别的时候矛盾重重，也引发一些问题。

他讲起在永和县东征村采访时看到的一个标语，"真是贫困户，大家都帮助。想当贫困户，肯定没出路。争当贫困户，永远难致富。抢当贫困户，吓跑儿媳妇。怕当贫困户，小康迈大步。拒当贫困户，荣宗展傲骨"。这个标语当然是为了化解精准识别时候矛盾的，但在利益面前，群众会把眼前的利益最大化，有什么不可以理解的？

这时想起省扶贫办主任刘志杰跟我们说过的一件事。2010年开始，全省给农户发放爱心煤，因为爱心煤以户为单位发放，在统计的时候，全省一下子比原来多出几十万户来。

这个情况我们在采访的时候也发现过。宁武县阳方村，原来户籍为300户出头一点，发放爱心煤之后，多出90多户，成为392户。

克海说，也不能怪群众，解决绝对贫困的同时，还要解决相对贫困，两厢组合才可以提高扶贫开发的效率，而解决相对贫困，必须彻底消除绝对贫困。

扶贫开发过程中，总听到一个论点，这个论点把过去扶贫开发称之为"漫灌式"扶贫的同时，还称之为"输血式"扶贫。而精准扶贫，就是要把"输血式"扶贫变为"造血式"扶贫，增强贫困户自身脱贫的能力，激发其内生动力。实际上，这是对新一轮精准扶贫的误读。对于那些失去劳动力，因病因学致贫生活压力沉重的贫困户而言，他们已经失去了靠自身能力脱贫的可能，即便有，也有一个非常漫长的周期。因此，对于绝对贫困，"输血"更显必要，而且必须"输血"方可奏效。怎么"输血"呢，就是现在所谓的"兜底"。

这是新一轮精准扶贫开发的一个重要举措，前所未有，亘古未有，把贫困问题彻底"兜"起来。作为全世界第二大经济体，对于目前相对较少的绝对贫困人口而言，是有这个能力的。如果把历年国家财政在这方面的投入，再加上社会投资，汇总起来，这是一个很庞大的数字。

政府保障兜底。对老、弱、病、残等丧失劳动能力的贫困户，全部进行政府保障兜底。到 2017 年，宁武县全县纳入政府保障的低保户 10788 人，五保户 2358 人。

产业扶贫支撑。对有劳动能力的贫困户收入，依靠发展产业支撑。通过引导贫困户入股实力强、效益好的企业获取较为固定的资产性收入，入股大象养殖、光伏电站、潞宁煤业和旅游企业等方式实现产业支撑，产业扶贫的贫困户共 4121 户 12211 人。

劳务就业带动。对于年富力强、文化素质较高的贫困户，依靠劳务就业兜底。主要由政府主导，通过企业招工、政府公益性岗位、生态护林等方式安排就业，增加贫困户工资性收入。目前，全县通过劳务用工就业的贫困劳力达 7000 余人，其中，政府引导就业 2581 人。

到 2017 年，全县建档立卡贫困村由 251 个减少为 148 个，贫困户由 17091 户 40415 人减少为 8454 户 19541 人。

输血之后是造血。最后一公里，前去接地气。从某种意义上讲，脱贫攻坚，不就是为天下黎庶苍生谋生存谋福利，用实际行动为民请命吗？

这一方红色的土地

山西一省，表里山河。山则太行，河则黄河。表里山河，东西有别，南北不同。桃花汛期，晋南平陆田野里油菜花正艳，三门峡库区岸边湿地里，几百只白天鹅曲项而歌；晋北的吕梁山区则是另一番景象，田野里残雪未化，水瘦山寒，一派萧瑟。

走偏头关，过宁武关，出雁门关，前往天镇、阳高、广灵县，再南折造访兴县、临县，一路走来，心情复杂。是处处烽燧引发思古之幽情，还是乡间民俗让人流连忘返？是，但不准确。直到来至兴县的高家村镇镇政府落座，与新任镇党委书记王俊杰交谈，原因直白地呈现在眼前。

未必每一位山西作家都知道高家村，但高家村对于山西文学乃至中国当代文学的地标性意义不言而喻。马烽、西戎两位前辈创作的《吕梁英雄传》，就诞生在离镇政府不远的院子里。出镇政府左拐，不远就是《抗战日报》和《晋绥日报》旧址。

《吕梁英雄传》连载于《晋绥大众报》，《晋绥大众报》也是《抗战日报》和后来的《晋绥日报》的补充，编辑印刷都在一起。在《抗战日报》和《晋绥日报》工作过的老前辈还有著名作家胡正、束为，还有美术家力群、彦涵。虽然高家村经过修葺整理，不复往日景观，恍然间，仍然会幻化出老前辈们在土窑洞里奋笔写作的情景。一段一段故事写就，然后再由一个个铅字排版印刷，最后，这些飘着油墨芳香的报纸再驴驮马载，过河越涧，翻山越岭，分发到晋绥边区十多个分区去。

王书记对这段历史相当熟悉，也就不见外，笑说："你们这是正经回娘家嘛。"他说，高家村镇，是一个红色遗址非常密集的乡镇。兴县在抗战和解放战争时期，是中共晋绥边区的中心县，中共晋绥分局、晋绥边区行政公署、晋绥军区机关，都分布在以蔡家崖、北坡村为中心的附近村落。高家村镇位于蔚汾河右岸，处于蔡家崖下游，所以过去分局与行署、军区机关分布甚多。王书记指点墙上全镇地图，一一解说。

行进在这块土地上，是不是会产生某种在历史中穿行的错觉？历史的跃动最终还是要落回到现实里面。现实头绪纷繁，乡镇书记一职，在脱贫攻坚过程中，责任最大，压力最大。上有千条钱，下面一根针。千头线来穿一根针，哪一条线穿不过去都不行。说到兴致处，还未展开，门口的光线突然就暗了一下，一个老人进来了。

老人脸上皱纹纵横，眉重鼻挺，大眼大嘴，身坯硕大。黄河边行走，常常见到这样体格健壮又上了年纪的老人，乍一看，活脱脱就是画家刘文西笔下的人物。当地人对这样的汉子有一个称呼，叫作"陕甘大汉"。"陕甘大汉"的老人径直走到书记面前，不序不跋，挨书记坐下来就说事。这事那事，不过是一桩简单事，给村里人捎带办低保手续，进镇政府找不见哪个部门办，直接就找到书记办公室。

王书记笑笑，很无奈。老人足可以做他的祖父，能怎么样？他说：每天就这样子。

第一章 关键词——精准

025

一行人告辞出来，王书记特别嘱咐，黑峪口是兴县将要打造的20个美丽乡村的重点，结合脱贫攻坚，建设一条沿黄红色旅游带。提议到黑峪口看看。

黄河进入中游，上游与下游落差达800多米，水流湍急，船泊难驻，本不适合航运。但黄河由偏关县老牛湾入晋，晋陕峡谷两岸有大小70多条一级支流汇入。每一条支流汇入，挟带大量泥沙和山石冲入主河道，河床抬高，进而在上游形成相对平缓的水面。山陕两省的古渡莫不分布在支流与主河道交汇之地。

由南而北，举其要者，山西古渡有：红石河入河，得偏关老牛湾渡；关河入河，得偏关县关河口渡；得马水入河，得河曲县巡镇渡；朱家川入河，得保德东关渡；岚漪河入河，得兴县裴家川口渡；蔚汾河入河，得兴县黑峪口渡；湫水河入河，得临县碛口渡；屈产河入河，得柳林三交渡，等等。百川灌河，另有意图。这些老渡，与其说是地理意义上的巧妙设计，莫若说是山与河合谋，为生活在这块贫瘠土地上那些黎庶苍生谋划的另一条生路。

以黑峪口为例。渡口沟通秦晋两省，码头又有仓储转运功能，从清代一直到民国初年，黑峪口西渡联通神木、榆林，一直到大西北，东则翻越烧炭山、界河口直达大同、太原，是东西货物往来的重要集散地，而本土杂粮、红枣以及晋商的茶烟绸布由津渡往来，再往西去，绥蒙地区的粮油又源源不断沿河而来，在此仓储转运。因此黑峪口设立有税卡，同时常驻军警，筑有碉堡炮楼守卫。1919年山西省财政统计显示，黑峪口的税收额居山西省诸税卡税额收入之冠。

所有古渡口，尤其是像黑峪口、碛口、三交这样有名的古渡，围绕航运业，会形成一定半径的经济辐射圈。黑峪口最繁盛的时候，人口达 1500 多人，人口构成十分驳杂，有晋中的商家，有北路的船家，还有来自南方的行商，甚至北京人、内蒙古人、山东人，也穿过吕梁大山的崎岖山路迤逦而来。周边碧村、张家湾、王家塔，都是晋西北地区数一数二的大村、富村，甚至北坡、蔡家崖以及兴县城的商业贸易，也唯黑峪口马首是瞻。

黑峪口有如此重要的经济地位，当然也有相应的军事与政治地位。曾担任中共晋绥分局研究室主任的段云为黑峪口题词"滋养华夏，屏障陕甘"。前一句说的黄河，后一句则赠古渡。

1936 年春，刘志丹率红二十六军在此强渡黄河，与东征红军主力会合，吃掉阎锡山晋军部队一个营。1940 年，"十二月事变"之后，兴县成为晋绥边区的军事、政治心脏，老百姓称兴县为"二红都"。拱卫陕甘宁边区，黑峪口是桥头堡。黑峪口再次充当沟通晋绥与陕甘宁边区往来和储运战略物资的重要渡口。中共早期的共产党员、著名士绅刘少白先生乃黑峪口土著，与著名民主人士牛友兰在黑峪口开办"兴县农民银行"，是为中国人民银行之前身。1991 年，原中共晋绥分局副书记张稼夫逝世，遵其遗嘱，将骨灰撒进黑峪口边的黄河里。

黑峪口，就是这样一个地方。

今年怎么样呢？还是贫困村。

不独黑峪口，黄河北干流其他古渡口概莫能外。

二月春风拂过，河水还搅着寒意。桃花杏花欲开未开，在山间地头，伸头伸脑试探天气。田野里，农民们三三两两送粪到田头。村头，一座混凝土大桥巍峨跨河贯通，让曾经的老码头显得低矮而寒碜。

我们一行直接被迎进桥头小卖部。省水利厅派驻的第一书记白杰住在这里，镇里的包村干部、副镇长王亚雄也在。上午，省规划院来黑峪口考察，要对黑峪口建设美丽乡村试点着手整体规划。他们正在讨论这个事情。

小卖部不是村委会，却做起村委会的办公室，还是村里的电商门市。小卖部的主人是村支书任亚平，后院就是他的家。一群人寒暄已毕，王亚雄说：这里安静一些，开个会，叫个人，商量个事情都在这里——村支书也是人，手里的活也多，还兼顾着生意。

王亚雄不是黑峪口人，但小时候经常来黑峪口赶集玩耍，又是包村干部，对黑峪口的情况了如指掌。

关于黑峪口的扶贫工作。王亚雄说，黑峪口是省水利厅帮扶的五个村子之一，帮扶力度挺大。由省水利厅主持，他们整合各种扶贫资金，投资建起两个鱼塘，占地 15 亩，首期投资 70 万。为什么搞渔业？因为黑峪口靠近黄河，群众会作务（养殖、经营）这个东西，有传统。通过这两个鱼塘，要起两个作用，一是建档立卡贫困户脱贫，二是集体经济要破零。去年试验了 2000 多斤，现在省水利厅在永济的育种中心正往过调鱼苗，5 月份准备承包出去。一部分给贫困户分红，每人能增加 500 元收入，剩下的就是留给村集体。主要是黄河鲤鱼，还有黄河鲶鱼、甲鱼。咱们省的黄河鱼基地都是土种鱼，先期主要放鲤鱼。水利厅每年要往黄河流域放 300 万尾鱼苗，都很成功。所以鱼这个事情是保险的，可以增加收入，同时结合美丽乡村建设，还可以搞乡村旅游，搞垂钓。

说起贫困户通过产业扶贫脱贫，王亚雄指着地下一个汉子说：你问他，他就沾光了嘛。去年建鱼塘，冬天管鱼塘，挣了万数块，一下就脱贫了。汉子叫任贵平，是村委委员，一直在内蒙古鄂尔多斯市东胜区打工。听王亚雄如此说，呵呵一笑，没言语。

黑峪口村虽然有着光荣的历史，但是村落日常却不因为历史的荣光就显示出与其他村落有什么不同。经济、政治的荣光褪去色泽，显示出乡村本来的面目。黑峪口村外出打工出走的路线，居然跟红色的历史没有什么瓜葛，反而沿袭着清代以来的"走西口"路线，过黄河，穿沙漠，落脚在内蒙古。东胜，也就是今天的鄂尔多斯市东胜区。在兴县其他地方也了解到，不只是鄂尔多斯市，巴彦淖尔市五原、临河、乌拉特前旗等过去传统的河套农垦区，有更多的兴县农民在那里落脚谋生。

每一位村民走到你面前，其实就是走过一段历史。他由青春一路走到暮年的轨迹，他人生细部的枝枝叶叶，从额头皱纹的走向和弯曲度就可以看出来。他完完整整地过来了。

采访结束，暮野四合。黄河万古流淌，此刻，河水映着天光哗哗地从村落边缘流过去。一行人特别感慨，日常生活下的黑峪口居然找不到历史宏大叙事的一点点影子。生活如常，人生的欢欣与悲苦像袅袅上升的炊烟，慢慢消散在沉沉暮霭中去。但是，跟任亚平、任贵平说起黑峪口的往事，刘少白以及刘家的子女刘亚雄、刘竞雄、刘易成这些在中共党史和新中国建设史上闪现的名字，他们一个个如数家珍。他们还知道贺龙、张稼夫、段云在黑峪口的往事，甚至还知道张闻天曾在村里做调查，在谁家住过不短时间。

不说抗战时期黑峪口乃至整个兴县为国捐躯的烈士有几何，也不说为抗战毁家纾难的民主人士牛友兰、温祺铭贡献有多大，单是1948年和1949年，晋绥边区抽调数万名干部西进南下，兴县作为晋绥边区的中心县，两次就抽调出两千多名干部。"抽调的都是识字人啊！"王亚雄说。两千多干部在数目统计上可能不算什么，但是对于当时只有九万多人的兴县，抽调这么多"识字人"离境，对一个地域的政治、经济、文化的持久影响，可以想见。

宏大叙事，是他们内心里另一种日常。来自血脉，来自精神性遗存。

抗战期间，中国共产党在山西创建了晋绥、太行、太岳、晋察冀四大根据地。两个集中连片贫困区域，58个国定贫困县和省定贫困县，覆盖了过去晋绥根据地山西境内全部，太行、太岳、晋察冀根据地大半。山西的脱贫攻坚，是经济问题，是产业结构调整问题，是农民社会福利保障问题，诸如此类问题，九九归一，从根本上讲，还有另外一项重要的意义，那就是政治伦理问题。

全国深度贫困地区脱贫攻坚座谈会在太原召开后，山西省委书记骆惠宁指出，会开在山西，山西要带头落实，打不赢脱贫攻坚战就对不起这一方红色的土地。

山西有山西的特殊性，山西应有山西的担当。

第二章

最前线

寒夜里的干部会议

六个月的采访，对杨遥、陈克海二人触动很大。

对杨遥而言，基层工作有年，一任副乡长，虽有经验，究竟职责不同。下乡一月，也结交了不少扶贫工作队同道，交流甚多。下乡同时考研究生，但下乡本身对他而言又哪里不是一次大考？

陈克海久居书斋，编辑而且责任，作家却称青年。虽是农家子弟，笔下小说也是风云际会，烟火气十足，但下乡三月，北方乡间地头间阎村巷得来的知识还是超出他的预想。采访行走六个月下来，也结识不少一线农村第一书记，暗地筹划，准备项目，要扎扎实实为村里做些事情。

两人整理采访来自中央、省、市扶贫工作队队员和第一书记的笔记，结合自己下乡经历，谈他们对下乡的认识，不约而同，三个人同时想到深冬季节参加的那一次干部会议。

话说从头。

已经进入2018年，乡村的脚步还行走在丁酉年的腊月。小年在即，年关将近。我们把采访的头一站选在山西省岢岚县。

出发之前，扶贫办同志嘱咐，你们一定要到岢岚看一看。还有周围的朋友，他们其实与我们的采访与写作，甚至与脱贫攻坚并不相干，也说：一定要到岢岚看一看。

看什么？看扶贫，看脱贫。看扶贫工作现状，看脱贫实际效果。刚刚进入采访，首先看到的却是"滚战"在扶贫一线的干部面貌。

这一天是腊月二十一。当天岢岚山里最高气温为零下八度，最低气温零下二十度。滴水成冰，呵气成霜。如此极寒天气，大概在岢岚县属于正常。

全县无霜期短，只有120天左右，每年过五一节，仍然春寒料峭，山头垴上白雪皑皑，川底杨柳才开始吐芽。岢岚一县如此，晋西北和晋北的五寨、神池、平鲁、右玉、左云，县县皆然。右玉的朋友曾感慨说，我们晋北地区就没有春天，桃杏花迟一个节令漫山遍野开罢，夏天哗一下子劈头盖脸而来。头天还穿毛衣，第二天得换T恤短袖。

不是玩笑话。冷是真的。四季赋予的生活旋律纹丝不乱，也是真的。老乡们过了腊八就开始备年货，一进腊月二十，家家户户开始打扫卫生，擦玻璃、贴窗花、粉刷房屋，从县城到乡村，都洋溢着新年的气象。县城大街上卖猪羊肉的、做豆腐的、卖豆芽的、漏粉条的、卖对联和年画的一家挨着一家，忙碌了一年的老百姓们依然忙碌。再过三两天是小年，再过九天是除夕。腊月十九，春打六九头。立春已过两天，寒风吹得仔细，却抑不住春天的味道。

白天采访结束，宣传部吴红兵部长说，晚上还有个大会。问什么会？说，全县脱贫攻坚动员大会。我们提议，如果方便，是否可以也参加一下这个干部会议？吴部长笑了，还有个不方便？方便，方便得很。说着拿起电话联系，很快安排妥当。

吴部长说，我们是天天会，开会成了日常。县里统一意见，常委、政府班子短会可以开在白天，但基层干部要"做营生"，耽误

"正经营生"不说，从乡、村跑到县里，时间都浪费在路上，除了万不得已，召集基层干部开会，都利用晚上。

起初我还以为，所谓脱贫摘帽，就是帮扶精准识别的建档立卡贫困户年纯收入超过 3200 元贫困线，实现建档立卡户精准退出。

杨遥几乎惊讶地叫起来：哪里那么简单？

吴部长说：可不是那么回事！

杨遥说：如果只是算经济账那就简单多了，何必劳师动众派下乡工作队？

吴部长说：脱贫摘帽，说简单一点，是一个任务，但细划分，却是一个非常庞大的评价体系。不仅户要脱贫退出，还有村，然后是县。根据这个评价体系，任务有 6 个大项 88 个小项。6 大项，6 大工程，分别是：全面精准规范夯实基础工程、大力发展产业促增收工程、统筹综合施策保安居工程、完善农村设施强基础工程、提升公共服务强保障工程、加强基层党建强治理工程。具体把这 6 大项分解开，又有 28 项任务，28 项任务再分解，就是 88 项工作。

这个分得很细。比方你说建档立卡贫困户退出，不仅仅是纯收入超过 3200 元现行标准。对贫困户退出，国家标准是"两不愁三保障"，不愁吃、不愁穿"两不愁"，教育、住房、医疗"三保障"。具体到山西省，具体到岢岚县，又细分为"一超五有"，是有量化标准。

一超，有基本稳定的就业渠道和收入来源，年人均可支配收入稳定超过国家扶贫标准且吃穿不愁。

五有，有养老保障，符合条件的家庭成员享受低保、五保、养老等政策保障；有安全饮用水；有义务教育保障，家庭无因贫辍学的学生；有基本医疗保障，参加城乡居民医疗保险，重大疾病有救助；有住房安全保障，且户容户貌达到"五净一规范"（院内净、卧室净、厨房净、厕所净、个人卫生净和院内物品摆放规范）。

贫困户是这样子，贫困村也有具体要求，叫作"十三有"。

有集体经济收入且集体经营性收入破零，财政转移支付使用符合规定；有带动农民增收的产业；有通村硬化路，具备条件的通客运班车；有安全饮用水；有动力电；有住房安全保障；有通信网络；有医疗保障；符合条件的贫困户人口有低保养老保障；六十周岁以上贫困人口有养老保障；有达标的村级卫生室，有合格的乡村医生；有义务教育保障；农村实现有电视电话网络、有日用百货销售、有文化活动场所、有村规民约"四有"。

户、村达标指标都分得如此之细，至于整个县脱贫摘帽，要求更严，总共有 14 项指标。项项量化，项项严格。

吴部长这样一解说，我只有噤声讷言。

杨遥下乡三月余，在乡里开会无数，接着补充。这些任务分解实际上也是一个评价标准、考核标准。考核工作几乎每月都有，省考市，市考县，县考乡，乡里最后要落实到村、落实到户。考核机制严到滴水不漏，除了省里考核验收，还有国家验收，还有调其他省份的考核组进行省际交叉考核。

具体到岢岚县，2018 年要完成 8442 户 19700 人脱贫退出任务，而且要 90% 以上群众满意；116 个贫困村高质量退出，141 个行政村集体经营性收入稳定破零，村容村貌、户容户貌、群众精神面貌要明显改善；全县农村居民人均可支配收入增幅高于全省平均水平，基本公共服务指标达到或高于全省平均水平，全县综合贫困发生率低于 2%。最后全县摘帽。你说说看，这都是硬杠杠硬指标。所以你看街上，过年的气氛已经很浓了，干部们的头皮紧抓抓（紧张）的。

我听着有些头大，杨遥一副饱经沧桑的样子，说：基础工作头绪纷繁，每天忙这个就够喝一壶。比方说仅一个"两不愁三保障"，就需要第一书记逐户摸清户籍人口底数，分门别类按贫困户、困难户、兜底户、边缘户、中等户、富裕户六个类别登记。

几乎忘记了陈克海还在身边，克海突然笑嘻嘻地说：说起这个登记，工作量非同一般。我回到村里去登记，还不是简单的每个册汇总一下，而是逐户登记，还要照相，最后以电子版形式报到乡里。罗镇堡村分几个自然村，一天跑下来也照不了几张相。人家白天要下地，到晚上光线又不好，效果不行还需要重照，最后没办法，跑到地里给他们一个一个照。照相登记完了之后，还需要列出问题清单，建立帮扶台账，制定帮扶措施、具体解决办法，是所谓"一村一品，一户一策"。就是这一项，在村里一个星期才搞完，三支队伍忙到半夜十一二点也是寻常。在准备第三方验收那段日子里，有几黑夜就没有睡。回村里之后，跟学校两个老师住一个屋子，影响别人休息是其次，夜里当地还放一个尿壶，那味道真是不爽。

吴部长也笑了，吴部长说，6大项，88小项具体工作，最后归总起来都压在一线基层干部和驻村工作队、第一书记头上，你说他们压力大不大？

杨遥得了理：哪里是一个贫困户纯收入超过3200元的问题？

吴部长也跟着说：问题可不那么简单！

克海诉苦：你是不知道我们下去那个忙乱！

一群小的，数说一个老的，我被逼到墙角，被说得体无完肤，只剩坐下来嘿嘿笑。杨遥提议说：要不你明年申请下去看一看？

说到这一层，我倒有话了。毕竟行走乡村十多年，对乡村的角角落落还是明白的。所以我说：这你吓不倒我！

话是这么说，听完各位讲解，下乡不下乡已经不重要，如此形势，如此重任，对于任何一位干部而言，都是不小的考验。

不说基层一线的乡镇、村一级干部，包括派驻贫困县贫困村担任第一书记的省、市、县干部，是一个很大的数字。年轻化、知识化，他们走出机关、企业、单位，汇集起来，那就是一支劲旅。

山西省落实中央决策部署，2015年省委组织部、省农委、省扶贫办联合下发文件《关于做好选派优秀干部到村任第一书记工作的通知》，选派优秀干部到村任第一书记，把选派第一书记工作与整顿软弱涣散党组织、扶贫开发工作结合起来，从各级机关优秀年轻干部、后备干部，国有企业、事业单位的优秀人员中选派第一书记。其中，中央、国家机关部委15人，省直机关单位506人，市直机关单位1475人，县直机关单位6483人，国有企业、事业单位916人；处级以上干部113人，女干部1275人，三十五岁以下干部2966人。都是各行各业的骨干力量，对全省9896个建档立卡贫困村和党组织软弱涣散村，实现选派第一书记全覆盖。

一茬任职期满，第二批马上顶上，第一书记不断调整，全覆盖始终不变，只有力量加强。2017年，山西又从省市县三级机关事业单位选派万名干部到乡镇挂职帮助工作，覆盖了全省1196个乡镇。

今天参会的，除了各乡镇书记、乡镇长，还有省、市派驻岢岚县的工作大队长、驻村第一书记。

几个人热火朝天说罢，会议时间到，匆匆往外赶。街上灯火阑珊，天空寒星初现，极寒天气到晚上才开始发威。街上行人寥落，白天的热闹顿时不见。

参会的干部进入会场，穿着厚厚的棉袄或羽绒服，互相寒暄、说话，嘴里白汽随说话频率一团一团冒出，忽地一下，很快被寒风没收了去。

进了会场，电子屏上打出会标，是"岢岚县改变工作作风暨脱贫攻坚动员表彰大会"。

这是一个大会啊。

在一县的政治生活中，年度的总结动员和表彰大会，无论从哪一个角度讲都是一件大事。会都放在晚上开，不耽误"做营生"，可是这样的会短得了吗？

我们一行顿时叫苦不迭。原本就是想听听会，大致了解一下脱贫攻坚的部署与安排，以便为来日采访提供线索。哪里想到是这样的大会，更要命的是，原本想坐在后排，没想到吴部长电话联系，我们的座签竟然放在紧临主席台的第一排！

大会，也确实是大会，会开之前，站起来向后望去，三百来人，鱼贯而入。会议在七点半开始，材料已经放在面前，洋洋94页的《岢岚县2018年脱贫摘帽方案》是重点，条分缕析，只比吴部长说得更细、更翔实。四项议程，分解指标、表彰先进、县长动员，最后由县委书记王志东讲话。

七点半开会，程序紧凑，到九点半，准时结束。大会开成短会，短会不失隆重，并且效率甚高。王志东书记在会议结束的时候特意安排，考虑到天晚路滑，怕大家晚上赶回乡镇不安全，特意给大家在宾馆安排住宿。

克海和杨遥就特别感慨，他们已然身临其境，已然进入角色，同样，已然感到温暖。然后大家说起岢岚干部的精神面貌，大会开成小会，小会安排大事，紧凑而有效率，两个小时内，会场上鸦雀无声。

杨遥是小说家，善于观察细节，他说：你们注意到没有，进入会场的时候，无论是主席台上的领导，还是台下的干部，都是穿着羽绒衣，落座之后，都把羽绒衣脱下，一律西服，穿着正装，坐得笔直啊！

杨遥一说，顿时恍然，细节固然细微，但大家都感受到了。细节传递出丰富的信息，这样一支齐整而富有朝气的干部队伍是如何带出来的？

"飞鸽"牌干部

先想到张尚富。

见到张尚富，说是刚刚从太原回到村里，冷灶凉炕，正烟熏火燎烧火温家。他住在马路边一间低矮的瓦房里，早为村民废弃，顶凹墙裂，地基低于公路，远远看去像蹲下去一截。让人担心的还不是因为危房，木架子房，房倒屋不塌，安全倒在其次，主要是离公路太近，万一有个大车司机疲劳驾驶，一家伙撞上来那事情就大了。

张尚富穿一身旧军服，脖颈上围一条白毛巾，刚刚生火，脸上有一道黑。但老张的笑感染人，他说：村里有咱的住处呢，住在这里，主要是为了养猪，离猪场近。

他领我们看他的猪场，场里雇了村里的贫困户给猪"出猪食"（做饲料），老张大嗓门问：生了没？场里人笑说：生啦！可不敢靠近，那母猪不让近身，咬人哩！

老张欢喜得几乎大叫，哈哈笑起来，紧走几步往猪圈那一头看。一头半大猪见了他，拱嘴就凑上来。老张欢喜无尽的样子：看看这猪儿子，长得油光水滑。

原来，这是老张用了半年时间，回自己单位忻州市公积金管理中心争取扶助，搞了一个养猪项目。

我们还在外头看环境，克海已经跟他聊得热火朝天。克海跟老张进屋，看到不足十平方米的房间，堆满了各种扶贫资料。床上的被褥用报纸盖着，积着一层煤灰。炕洞里散出来的煤烟还很呛人，克海提醒他注意安全，老张说，搞了多年后勤，知道烧煤就是个这，火着过用水泼在地上，再放上一盆水，就没事儿。

老张笑说，这不算啥，好多生人来了闻不惯家里的味儿。人家光棍家有光棍味，我这里除了光棍味，离猪场近，家里还有猪粪味。就是这个味儿！房子多年不住人，有一天起来，地下款款地盘着一条蛇。后来才发现，不远的石头那里有一个蛇窝。它来了，咱也不往死打它，款款用铁锹送出门去。

墙上挂着厚厚一沓半月工作计划，从2015年4月，一直写到2018年。自创的《扶贫人的艰难》等励志长短句贴满了半面墙。正对着土炕的墙上挂着一面小镜子，镜子旁边挂着张尚富自己用签字笔写的一幅字："一个人富不算富，全村人富才算富"。还有顺口溜："村民认钱不认谁，领导面前你是谁，家人埋怨为了谁，心痛落泪谁告谁"。这显然是老张在苦闷时候的自我排遣。

随张尚富进村，巷道里的村民都跟他打招呼。过年过在村里，初二才回去，正月初五刚过，又回来了。村里人都不跟他见外，走到某家大门口，一只小狗忽然跑出来，跑到张尚富跟前，伸蹄探爪跟他亲热。这个第一书记当的，真是当到家了。

他带我们走在村里，看整齐清洁的村巷。他和每一个人打着招呼，甚至连村民们从合作社领来喂养的黑猪看到他进了院子，都会摇着尾巴跑过来，嗷嗷叫唤，嗅着他的手。张尚富呢，摸着猪头，和养猪的人谈论着今年的猪价行情，那么快乐，又那么认真，好像在谈论着天大的事情。

老张带我们看了他准备开办的服装加工培训班，还在正月，没有人。十多台缝纫机摆在家里，静静享受初春斜晖。老张说3月要正式开班，但现在还没有眉目，看不出个啥来。再回到公路边那间破房子，克海像发现宝贝一样发现了张尚富的日记。

驻村干部日记，是驻村干部的标配之一，由县下乡办统一发放，正式名字叫《民情日记》。宁武如此，全省皆然。日记功用有二，一为便于驻村干部了解分析村情民情；二是为组织部门提供考核依据。老张见克海翻他的日记，忙拿过来，翻了翻，却是2016年的旧本。他笑说：上头来考查你在不在岗，要翻你这日记哩，在岗多少天，做了些甚工作，人家要考查你。2017年的不行，要查，2016年的东西，你们觉得有用就拿上。

这是与老张的第一次见面。或者说，是跟老张打交道的第一回合。老张朴实、可爱，还有些天真，做的事情似乎与其他第一书记又有些不同。是人不同还是事不同？当时也没多想，跟老张告别，匆匆赶往下一站偏关县。

在偏关采访，遇见副县长任清泉，说起宁武的张尚富如何在村里帮扶，他说，张尚富啊，我们是一起参军的战友，当年我们军三个学雷锋标兵，他就是其中之一。

这个张尚富，不能小觑的。

回到太原，克海翻阅老张的《民情日记》，读着读着，像读一部精彩的历史，欲罢不能，干脆在电脑上整理出一篇《第一书记的民情日记》。

克海说，这个张尚富，在村里是真干事，他干得累，看见他每天停不下来，我整理起来也替他累。

2015 年，5 月、6 月、7 月，农事正忙，锄完山药地，组建两委班子，8 月份带村两委班子去了内蒙古，参加第二届中国马铃薯农场主大会。9 月又带村两委班子去原平，参加 2015 年六国化工晋北联销商大会暨玉米现场观摩会。10 月、11 月，天寒地冻季节，村里老人去医院看病的多了，他又贴上油钱，一趟趟把病人往县城里送。帮人办社会保障卡、送孩子们去城里上学，更是常态。期间还定下了冬天的安排，准备建一个猪场。到了 12 月，配备猪场建设，先打了一口井。连续干了一个星期，打到 80 多米深，出水了。水井打好，他又开始协调单位，争取资金。

到了 2016 年夏天，又买回来 100 头黑毛猪。他起早摸黑，去打猪草，收玉米秆侍弄这些"猪儿子"。晋西北方言里，把猪崽都叫作"猪儿子"，字面上娇，口气里憨，真能把冰疙瘩化成水。自费 3 万买了一辆电动皮卡车，每天就是拉猪草，或者谁家有事给跑一跑。猪场养了两条狗，开车到城里办事，顺便到城里饭店跟人家要一桶泔水带回来喂狗。

日记整理好，在编辑部让大家传阅，大家都认为，这是一篇上好的纪实文字。日记从 2015 年 5 月开始记，一直记到 2016 年年底。整理出来有 2 万字的样子。内容记录了他在苗庄村的每一天活动，事无巨细，不事修饰，也不加褒贬，凡事必记，有闻必录。陈克海整理出来的日记，是一个忙碌于田间地头的普通扶贫干部的身影，日记呈现出的，是驻村第一书记工作生活的一个个片段，这些片段平凡得不能再平凡，但像电影蒙太奇组接的镜头一样，朴实，直观，有现场感。

当即决定，把日记刊发于《山西文学》。

文章发表，反响格外热烈。刊物甫出，微信公众号跟进，两天的点击量超过 500，留言者众。转发给老张，老张欢喜无尽：哈哈，这东西还能登大雅之堂哩！

日记无疑感动了很多人。

大山的女儿

刘桂珍的名字，还是在张尚富那里听到的。是因为说起得奖。

国务院扶贫开发领导小组每年要表彰一批脱贫攻坚先进个人，奖项分四类：奋进奖、贡献奖、奉献奖、创新奖。省、市一级，也设立相应奖项。张尚富得的是山西省 2017 年度脱贫攻坚奋进奖。同时得到这个奖的，还有忻州市代县段家湾村党支部书记刘桂珍。

张尚富说：人家刘桂珍做得比咱强，一个女人家，走在那山窝窝里头，做了不少营生。张尚富拿手比画着：刘桂珍个子不高，也就是一米五几，瘦得能叫风吹跑。真是不容易，人家做得比我好。今年，刘桂珍又拿下全国脱贫攻坚模范。

张尚富一如既往开朗、幽默，他说：这个奖不容易，每年评十个，今年咱忻州市就拿了他两个。你说容易不容易？这是个大奖。

张尚富的故事，日常、琐碎、平凡，村庄正是在这日常、琐碎、平凡中，点点滴滴发生着变化。张尚富如此，刘桂珍如何呢？手里整理着采访资料，匀出工夫，搜寻刘桂珍的事迹，她获得 2017 年度全国脱贫攻坚模范之后，省、市、县都召开过刘桂珍先进事迹报告会，先进事迹到处流传，感动着三晋，感动着无数人。

网上搜的刘桂珍的照片，她在讲演，她在为人诊病，她在村道上担水，她在给孩子们上课。看照片，心中一凛。岁月真是一种磨损人的东西，影像里的刘桂珍与雁门关下的农妇没有什么区别，但一双炯炯有神的眼睛却显现出年轻时候的俊俏。可以想见，做姑娘时候的刘桂珍当是山里的"人尖子"。

大山真是慷慨，俊鸟出在深山，饮山溪，沐山风，把自家闺女梳洗打扮一番，"崖畔上长了九样样草，九样样看见你十样样好"，楚楚动人，梦想斑斓。"骑马要骑那花点点，为朋友就为那人尖尖"。刘桂珍的丈夫比她小三岁，女大三抱金砖，影像里这位憨实汉子已然年过半百，年过半百的眼神里，仍然能看得出对妻子的娇惯、怜爱和百般依顺，相信这是少年时眼对眼就落下的病根儿。

大山也真是吝啬，山里的日子如掌上的纹路，如石磨上的凿痕，如田里耕作的痕迹，一圈一圈单调重复，岁月张开皱纹，簇拥在眼角把俏丽收起来，然后，为人妻，为人母，斑斓梦想渐渐变成日复一日关于柴米油盐的具体筹划。

大山无情也有情，会赋予自家闺女另外一种东西。汇总各种资讯，大家吃了一惊，列出一组数据在白板上，怎么也跟这位瘦弱的山里女子联系不起来。39 年的乡村医生，29 年的乡村教师，19 年的村支书，14 年的村主任。不禁感慨：就是给你三辈子，能做这么多事情？或者说，刘桂珍用五十多年的人生，做了别人三世都做不完的"营生"。

看来，老张"人家比咱强""做了不少营生"的说法是对的。

杨遥和陈克海两人暂时放下手边的活儿，驱车前往雁门关下的代县。山西省素以出劳模著称，一个县份能出一位全国模范人物，在当地引起的轰动可想而知。代县乃杨遥故里，虽没有见过刘桂珍，但朋友们说，县里宣传，他还是知道一些。故乡山川风物熟稔于胸，故乡生存细节深有体察，对刘桂珍的事迹要比别人理解更深一层。

代县南部，大山层叠，山高林密，交通不便。有一条峪河潺潺缓缓由南而北，穿山越涧，最后汇入滹沱河。峪河上游，东西两山头一条山沟，刘桂珍所在段家湾村就在这里。

段家湾是一个行政村，下辖七个自然村：段家湾、武强、讲堂、宋王寺、阜歌坪、偏桥、陆高，名号古雅，零星分散，分布在方圆十多公里的沟沟岔岔中。鼎盛时期，全村人口也不到200口，是代县峪口乡人口最少的一个村。经济以农业为主，由于耕地大多在山上，老百姓主要靠种植玉米、黍谷、土豆等传统作物生活。全村69户118人就有建档立卡贫困户49户92人。

2018年的3月7日，两人到达代县，是农历正月二十，元宵节过罢，年味也就散尽了。杨遥还乡，故旧颇多，也很顺利，但刘桂珍到市妇联宣讲，要见到她还须等待。等到下午两点，县扶贫办负责宣传的副主任刘爱军说刘桂珍回来了，饭还没顾上吃。叫她来宾馆吃一点，人家说就在门口吃碗面。

刘桂珍一出现，尽管两个人都没见过她，但从人群里一眼就认出来了。当然行前见过照片，但这个瘦弱、朴素、精干的女人眼神就跟别人不一样。她很腼腆地跟两人握手。陈克海回来说，那一双手，粗拉拉的，还很有劲。克海是感动了，因为眼前这个女人，跟自己远在鄂西大山里的母亲年纪相仿。

简单聊了几句，想着还是去她的村子看一看。

车逆着峪河往上走，先前还是平原，陡然间山势逼仄。终于到得段家湾，只见秃山石崖下，几排低矮的石头房子因山就势，仿佛亘古就是这般立在那里。谁能想到就这么个地方，竟也安顿滋养着百余黎庶苍生。刘桂珍说，这个小村村，亏得有这么一条河，夏天来了更好，拐过弯，沿河两岸都是好地。初看是两山夹一沟，细看却是头顶青山脚踏川的风水宝地。

刘桂珍说话声音很低，简直是很弱，完全想不来她这个劳模是如何给人做报告的。

三月的风吹得脸生疼。刘桂珍说，先到家里坐坐吧，家里暖和。刘桂珍提着鼓鼓囊囊的双肩包往前走，同行的乡镇组宣委员李晋芳想帮着拿一下，两人争抢几番，到底没有拗过刘桂珍。刘桂珍整齐的短发下面露出一丝一丝白发，面孔皮肤粗糙，眼角皱纹很多，脊背挺得直直的。这个女人看着弱，性格里还有一种让人敬重的东西。

刘桂珍家住在山坡上三间简陋的旧房里。顺着小径往上走，进门，一位满脸胡子的中年人正弯着腰在地上的盆子里洗碗，看过影像资料，知道这是男主人杨宏声。一盘炕，一个组合柜，一张桌子，屋子中间生着个火炉。男人看见刘桂珍领进来一群人，忙把洗涮的东西让到一边，赶紧给访客让座。

刘桂珍给来访者找凳子，倒水。杨遥让她别忙活，先休息一下。她忙乱着，像一个周到的主妇。她忙着招呼：离炉子远一点儿，近了烤。

看杨遥掏出本子要做记录，她拿块湿布子擦干净桌子，还在上面细心地衬了张报纸。然后端出瓜子、花生和糖，她说里面有自己炒的瓜子，吃起来香。

也不是采访，就想和她随便聊聊。尽管最近刚获奖，隔三岔五就有记者来访，刘桂珍仍是不习惯。见他们俩又掏出录音笔，她说：咱人不会说话。你想了解啥就问啥吧？

能问啥呢？眼中所见，耳中所闻，已经慢慢把新闻中的刘医生、刘老师、刘书记、刘主任和现实中的刘桂珍对上了。她今年五十七岁，丈夫五十四岁，他是一个地地道道的农民，农闲时在太原工地上打些零工，搬砖头、铲泥。两个女儿，大女儿二十九岁，在山东打工。二女儿二十岁，在山西农大读书。

话从她当医生说起，这也是她在村里的第一个身份。当乡村医生，是因为父亲刘白小的一句话。

刘白小是抗战时期的老党员，当年为八路军放哨、送情报，后来做段家湾村支部书记几十年。父亲嘴边常挂着一句话："要是没有私心，啥事情都好办。"生产队的时候，分粮、分菜，都是先给村民分，把好的分给村民。有回分萝卜缨，看到好几家人家实在熬不下去，便把自己的给这家一把，给那家几根，到最后，自己家没有了。母亲因为这个经常和父亲吵，刘桂珍小时候没少听父亲母亲因此吵架。一个男人说得到，也做得到，是条汉子。聊到老父亲，刘桂珍话多了些。

她是家里的四女儿，上头三个姐姐，下头两个弟弟。俗话说，老大亲，老末娇，挨打受气正中腰，谈不上挨打受气，父亲管教严却是真的。这么多子女，家中无严父，实在不可想象。

1977 年，刘桂珍高中毕业，以为自己要一辈子待在村里了。没想到这一年年底，中断十年的高考恢复了，这个转机将改变许多中国青年的命运。刘桂珍感觉转机来了，劳动之余，再累也要看书、做题。

不承想，乡里又来了个通知，要求村里推荐参加赤脚医生培训的人选。赤脚医生抢手，还比种地轻松。刘桂珍一心只想考大学，根本就没往这边想。不料父亲推荐她去。有那么多人能去，干吗就挑中了自己？她心心念念的就是考个大学，赤脚医生？就是穿鞋医生也不去。父亲脾气大，冲女儿说：村里就你一个高中生，你不去学谁去学，你不干谁干？

按照政策，"赤脚医生"要么是医学世家，要么是高中毕业且略懂医术病理的人，要么是上山下乡的知识青年。段家湾村符合条件的就她一个人。她不干哪个来干？

1978年6月1日，刘桂珍到枣林镇卫生班学习。但她还是不死心，悄悄报名参加高考。考试前一天，刘桂珍请了假，早上五点就骑车往20里外的县城跑，就是能看上考场一眼也不算遗憾。一路上，脑子里尽是这想法，谁想半道和人撞了车子，错过了考试时间。这一撞，她也清醒了，半路上抹了把泪，又折回枣林镇。还是老老实实做医生吧，就这个命。

培训结束，刘桂珍回到段家湾。邻村就是部队医院，她又在那里学了半年西医。刘桂珍好学又勤奋，逐渐积累了一些临床经验，望闻问切，打针输液，简单的缝合和患者日常护理都做得很标准。峪河一沟里的百姓，也逐渐就认下了这个技术好人又漂亮的刘医生。

说起做乡村医生，刘桂珍眼带笑意。这么多年下来，学习养成习惯，简直由不得她，2017年县里办培训班，学习《黄帝内经》，年过半百，也去了，那一次，她学会了针灸。

聊起妻子看病，一旁还在洗碗的杨宏声接过了话：医生这个行当，天生就是替人操心的职业，由不得人。有两个大年夜给人看病，过年还过在病人家里头。外头炮声连天，硝烟里弥漫着年味道，我和两个闺女看电视，团圆饭热了又凉，凉了再热，贵贱（怎么都）等不回人来，冷冷清清和两个闺女过了大年，憋屈难受不好活。本来等她回来和她说一说，人一进门，又是劳累又是困，人又瘦了一圈，一股风就能把她吹倒，大年时节，心就软了，只能把到嘴边的话咽回去。

刘桂珍在旁笑着解释：那年大年夜，晚上正好下大雪，一家人在一起看春晚、包饺子，有人嗵嗵嗵敲门，挺急的。进来的是武强村的老曹，他妈病得厉害，叫我赶紧去看看。大过年的，人家开这个口也难。没多想，背起药箱就是个走。人家要过不好这个年，我能过好？小闺女拉着我的衣袖说，妈，你走了，我们咋过年？我只能是个安慰哇。段家湾离武强村将近十里，那会儿还不通公路，眼看就是个早回不来。又是天黑，又是下雪，风刮得还挺硬，刮在脸上像小刀子割，一路上跌了好几个跟头才到了病人家里。病人上吐下泻，高烧不退，严重脱水，一检查，是急性肠胃炎。马上给她输液，过了半个多小时，才平稳下来，怕老人再出意外，还得观察，就在病人家守了一夜。

杨宏声说：看病就看病哇，揽头（好管事）可大哩。那一回去武强村出诊，碰见村里一个刮野鬼货（流浪汉）回来了，家里穷得要甚没甚，沿门子讨吃。她就去找乡政府，乡领导就给这个流浪汉救助了400块钱和两袋白面。武强村不通公路，后晌叫我背上白面和她一起给送过去。我这心里能乐意？是沾亲还是带故，还是在一个院住？图个啥？你说。

你不是后来也愿意了？刘桂珍反问。

杨宏声反而成了没嘴葫芦，只是个笑，不说话。

杨遥问刘桂珍当赤脚医生的收入情况。

刘桂珍说：有生产队那会儿，每年队里补助50个工分，工分每年不等，最好的年份也没超过八毛钱。2016年国家给乡村医生补贴，一个月700元。

杨宏声说：工分队里账上记着，她一分也没领过。

乡政府的组宣委员李晋芳接过话：刘书记不光不要工分，她自己采的中药给病人吃，也从来不收费，她觉得乡里乡亲的，若照药店收费就过分了。她给群众的药价，就是批发店的价格。

刘医生这段说罢，再说刘老师这段。

段家湾交通不便，生活条件也差。村里有个小学，学生也不多，最多的时候十五个，最少的时候就五个，复式教学，几个年级混在一起上。城里的老师来了一茬又一茬，都待不住。1988年，县教育局两个多月派不出老师，学校里有学生没老师，成了个摆设。父亲做支书，自然着急，再一次想到自家小闺女："你先给代一段时间课，学校要是倒塌了，以后娃娃们可就苦了。"

刘桂珍自己也有孩子，知道课程一旦落下来，再往上赶，就费劲了。村里就她一个高中生，还算有些底子，教小学生绰绰有余。作为老高中生，后来女儿上高中，数学、物理作业里有什么差池，她还能看出来。正式老师一直没来，刘桂珍只能一直代着。从前替补都不算，这回一下成了主力。刘医生兼刘老师，二十九年下来了。

1996年，村里筹资扩建校舍，没地方上课，她把教室搬到家。家里地方小，课桌板凳搬进去没地方搁，索性把饭桌、床、缝纫机当桌子，自己做了块简易黑板，坚持了一个学期。

2006年，适龄学童越来越少，教育局撤点并校，段家湾村小学与王家会村小学合并，又到王家会村小学当老师。虽说村子相邻，还有五里山路。上班骑车，又带着七岁的女儿，出门就是坡，不能骑，只能推着走，一程下来得歇四次，回的时候是下坡，山高沟深，出溜坡倒是省劲，心却要悬在嗓子眼上。

人们都说我瘦，其实我是中午不怎么吃饭，吃什么都没有方便面方便。在家里，吃了饭就忙活去，洗涮都让他去做。刘桂珍看了看丈夫，有些不好意思，缝补啥的我都不会，全凭人家呢。

山西男人顾家，更疼女人，也善于疼女人。女人是地，男人就是天。男人疼女人，抱在怀里怕摔了，含在嘴里怕化了。虽不能说普遍，但也绝非特例，眼前就是一对。好多记者都奇怪刘桂珍和丈夫这一对组合，以为丈夫是在女人做了全国劳模之后自觉隐在背后，其实不是，是日常。否则，刘桂珍如何坚持这么些年下来？

丈夫说，家里的活儿，我在时我做，我不在，以前都是老人们做。两个娃娃小时候是奶奶哄大的，到县城上学，三姨给买鞋，大姨带着看病，两个娃娃提起来就噘嘴，耍脾气。现在大了懂事了，常常打电话叫她注意身体，多休息。

正说着，刘桂珍的电话响了，是她二闺女的。母女俩细细碎碎在拉话，叮咛女儿好好学习，不要老看手机，注意身体，吃好喝好，诸般如此。一个母亲絮絮叨叨贴心贴肺。

有了刘老师，从 1988 年开始，段家湾小学没有一个学生辍学，全村适龄儿童入学率、巩固率和小学毕业生的合格率都达到了 98%。她教过的学生考上高中，又升了大学的，不在少数。成绩最好的一个学生，上了中央财经大学。

又是刘医生，又是刘老师，两重身份两种职业。病人上门，要等刘老师下课，给病人诊病开罢药，上课铃又响起，刘医生就把病人留到办公室架上输液瓶再当刘老师。一边是病人输液，一边是书声琅琅。刘桂珍说，她会调节点滴速度，这样，上课和看病两不误。

1996 年，村委换届选举，刘桂珍得票最多。选上了村支书，刘桂珍很惶恐，哪里有女人做支书的？父亲做了一辈子村支书，男人说话，吐沫唾在地上能砸个坑，男人的肩膀就是最高的天。一个女人能挑起来吗？

到了 2003 年，村"两委"换届，刘桂珍还把村委会主任一肩挑了。

这样，刘医生、刘老师之外，再增加刘书记、刘主任，后来，又被选为乡妇联主席，还有一个刘主席。刘桂珍有了五个名号。教书育人，也就几个学生，诊脉问病，也非疑难杂症，要治理一个行政村，要操的就不是一道道心了。她在村里广有人缘，村里是是非非，家长里短倒不是难事，她说上一句话，大家都听，难就难在给村里谋发展这一摊子。

段家湾，东西两山夹一沟，中间平地还被峪河占了一多半，地下无资源，地上无企业，集体无收入。以前乡亲们种些传统作物，河沟滩地还好，山上耕地则靠天吃饭。

丈夫说：你看她瘦，八十来斤，犟起来八头驴也拉不住。

怎么回事呢？村支书、村主任一肩挑，刘桂珍想着就村里这种情况，条件就是那么个条件，靠种地肯定不行，需要另谋出路。路在哪里？思来想去，全村就那么几苗苗人，青壮年劳力都外出打工，留在村里一院一窝的老弱。出路还在地里。

她想在河滩上弄油松育苗。

周边村落村民有在太原、内蒙古打工的，好多人承包当地土地种油松苗发了财。段家湾几个村子守着一条河川，都是水地，气候也适宜，也可以搞啊！跟两委班子商量，祖祖辈辈就是个种糜谷、玉茭，好好的地种树苗子还是第一回听说。这倒是其次，点种育苗是技术活，有那技术？种起来卖给谁，有那社会关系？谁也不支持。回了家，她想让丈夫在自家地里种，先试种。丈夫老大不情愿。你教书好，你看病大家认，你栽油松苗眼见得就是个探不见底的事情，庄户人家不怕一万，怕的是个万一，万一不行，赔钱不是小事，叫人笑话更不是小事。

可刘桂珍犟，"八头驴也拉不住"，启动资金也不多，将将够种三分地。三分地都育了苗。纸袋育种，然后栽到地里。管理起来并不像丈夫想得那么复杂。头年下去，峪河边上的三分地里郁郁葱葱的墨绿。苗子在地里长了三年，可以卖了。卖得还疯快。苗子让客户拉走，丈夫问她：卖了多少钱？刘桂珍偏不说：你猜？丈夫见妻子神神秘秘的样子，着急得像火上房：到底多少钱？妻子说：七万五！

三分地，七万五。那还不是河滩地，盖上八床被子也梦不到。

三分地，七万五，如同神话，但神话就在眼前，村民们这才心动起来。刘桂珍挨家挨户落实育苗面积，调育苗种子，购肥料，还帮着技术培训。段家湾村在几年内就成了县境内有名的苗木育种基地，全村树苗育种面积达到 80 多亩。

段家湾村民靠油松育苗没少挣钱。几年下来，有的户收入达到几十万，好多人家在县城买了房，段家湾村在 2016 年实现整体脱贫。

正闲聊时，进来一个年轻女人，穿着大红羽绒服，径直朝着刘桂珍喊二嫂。刘桂珍说，说到种油松，她就是我们村的大户，起初也是跟着我一起育幼苗，如今她们三户人家在段家湾育上小苗，还在山下合伙租了三十多亩地，把小苗移栽进去卖成苗。年轻女人脸上堆着笑：还不是当年听了二嫂的话！

代州多是古军营，土著尽是古军户。男人说话大嗓门，女人肚里不盛二两棉花，直爽开朗，骂人不拐弯，夸人不掩饰。女人说：我二嫂那个好，没那么个好，阖代县也找不下这么个好人。

女人就说起一件事。村里一个老人，叫甚甚甚，得了脑梗，贵贱不进城里去看。二嫂隔天就去家里给按摩扎针，儿女们在城里头，也顾不上照顾老人。每一次回来就给二嫂提点东西，牛奶呀饼干呀特产呀，二嫂就说人家："欢欢给老人送去哇，我不要。"前些天，正好回家，正好电视台记者采访，问起来，那家女儿说："我们做儿女的也没有这么孝顺，全凭桂珍姐呢。"说着就哭，抱住二嫂哭，二嫂还从来没让人这样抱过，站在那不知道该咋办。

从家里出来，又去村里转。刘桂珍指着峪河两岸，说她村里的土地，说人们的劳作，说农闲季节怎样引导大家上山找寻药材。访客眼中是秃山荒岭，沟沟岔岔里还有未化的残雪，但这块地方在她心里，是父天母地，是一块厚土，怎么能用语言传达？

刘桂珍有过机会离开大山。2012 年，县里鼓励生活条件差的村子移民搬迁。段家湾没人愿意搬，刘桂珍就带头，拿出八万元积蓄，又借了四万元，在县城买了套楼房。她在城里有了房，也不怎么住。杨遥说：你为什么不搬出去？刘桂珍说：你没见村里还有老人，他们不走我怎么走？

段家湾村在 2017 年被列入了县里"十三五"易地扶贫搬迁计划。2017 年下半年动议，10 月份就完成了 46 户房屋拆除和土地复垦。村民在没有确定补偿款多少的情况下就签了房屋拆除协议，全村大部分人都搬到城里。大家都信任这个瘦弱的领头人。看着河川里的田地，刘桂珍不无忧虑。她说：现在苗木市场竞争特别厉害，几年就饱和了。下一步还得思谋怎么转型一下。

天色渐晚，又从段家湾往县城返。车驰而过，才看见河川地不少树苗地，一块接一块，绿油油的，在初春寒素的山野格外醒目。

省委书记参加的座谈会

临县境内，一条湫水河由北而南扑入黄河母水。沿湫水河两岸，多数田亩可汲水灌溉。也许正是因为这一块狭长的小盆地上的肥沃土地，临县才赢得了"晋绥边区的乌克兰"的美称。如果单是行进在湫水河两岸，菜圃连片，交易频繁，会给人造成某种错觉，几乎无法将之与曾经触目惊心的贫困联系起来。

然而错了。

贫困像躲灾避难的兽匿藏深山。在前往碛口寨上村的路上，大家还是吃了一惊。寨上村仿佛与过去数百年的繁荣毫无瓜葛，或者说，辉煌历史似乎故意绕道而行，不曾与它产生过什么交集。

赶往寨上村，山路弯多坡陡，简直就是在吕梁山的额头上蜿蜒前行。路两边一边悬崖峻嶒，一边巨石裸露，村庄在路的尽头一闪，刚刚看清眉目，马上又被一道山梁遮蔽。寨上村距离碛口镇政府只有三公里，三公里只是直线距离，垂直距离则有千米之巨，把人都能转晕。碛口镇的过往与眼前的寨上村，仿佛不在一个物理空间，但站在寨上村的山峁上，远眺陕北高原，俯瞰长河雪浪，碛口古镇尽收眼底。一县之中，六里之遥，自然条件差别如此之大。

后来听第一书记张志介绍才知道，即便是这一条蜿蜒曲折的水泥路，也是 2016 年沿黄公路改线才修通硬化。过去盘山路，眼见着乡镇在望，砂石路盘来绕去就是下不去，那个难，"回水湾湾千层层冰，每一回就看你的个头顶顶"。现在方便多了，开车也就十几分钟可达。再走几个乡镇，发现不独是寨上村，全县有 60% 的村落都是这种立地条件，丘陵绵延，深沟大壑。寨上村并非特例，仅是其中之一。

村支书老王感慨说：老古人咋就把咱安排到个这地方？

但反过来讲，老古人也正是在这样的苦焦地方，居然创造出农耕时代最为辉煌的篇章，不能不对临县产生另外一层敬意。

两委班子和吕梁市发改委驻村工作队都在。

杨遥特别感慨，他说：新一轮脱贫攻坚，最明显的改变怕还是干部作风。过去好长一段时间，你去一个地方，如果不是上级安排或者熟人引见，你到乡镇政府见一个人都难，更不用说村委会。咱们一路走过来，采访固然辛苦，可更辛苦的是乡村一级的干部，现在你到哪个村，乡村干部都死死盯在那里。即便到了晚上，乡镇政府院内都是灯火辉煌，人声嘈杂。

杨遥感慨，确实如此。脱贫攻坚，重中之重，从省到市到县，检查督促，频繁而严格，这是一方面；另一方面，每一个人身上的任务特别重，都不敢掉以轻心。

第一书记张志好年轻，刚刚好三十岁。

寨上村和下寨上村组成一个行政村，全村在籍人口 176 户 505 人，但常年在外打工或经商的人就有 350 多人。其中外出务工的有 202 人，还有 110 多人在县城打工或做小生意，剩下的就是在周边村镇打一些零工。读过书的、年轻一些、有技能的走得远一些，年纪大的、没有技能的就在近处打工。留在村里的常住人口有 150 人，这些人以五十岁以上的人为主，年轻人很少很少。全村两委共 10 人，党员 15 名。

寨上村紧邻黄河，三面环山，在临县这个山西省的人口大县里，属于偏村小村。全村总面积 3193 亩，其中耕地面积 764 亩，全部为山地，人均只有 1.5 亩；红枣林面积 270 亩，核桃林新旧加起来有 550 亩。玉米、薯类、黑豆、谷子、糜子是大宗，枣树为主要经济作物，全村一年收红枣 20 万斤。550 亩核桃，50 亩是老核桃地，500 亩新栽，收获还有待时日。立地条件非常差，土层一米以下都是石头。

传统种植如此薄弱，养殖副业也相对薄弱。全村 3 户养殖户都养羊，年出栏 130 多只，有两户在 60 多只，有一户在十几只。

全村建档立卡贫困户 71 户共 207 人，经过几年帮扶部分退出后，贫困户还有 46 户 126 人，贫困发生率 24.36%，远高于全省水平。这里面，除了 2 户五保户，5 户低保户和一、二级残疾 6 人之外，全部是一般贫困户。计划 2018 年整村脱贫。

张志家在吕梁市交城县，属于晋中盆地的一个相对富庶的县份。虽然张志是农村出身，但来了之后仍然感觉反差强烈。

张志说，发改委驻村工作队 2015 年 5 月下到帮扶点，他 8 月份来村里就任第一书记。刚来，村委会几间窑洞荒败得不成样子，顶上是草，院里是草，户破窗烂，好多年都不使用。支书说，两委开会都在支书家里头，多少届、多少年都不踏进村委会一步。而且那个时候，因为沿黄公路改线，在村下面打隧道，占了村里一些地，因为补偿问题矛盾比较多。问题由上一届丢给下一届，下一届又丢给此一届，都解决不了。

他们一进村，大家就说这个事，不说其他。历史遗留问题，一时也理不清，更不好解决。那就迂回来解决。大家不信任你，你说话就没有分量。来了之后第一件事情就是整饬村委会大院，带着两委班子割草，重新粉刷修整窑洞，添置办公设备，硬化院子，立起国旗杆。工作队就住在新收拾过的窑洞里，两委班子有了办公和开会的地方，大家看在眼里。

综合寨上村情况，和市发改局沟通，确定先搞寨上村的基础设施。

先是自来水。寨上村海拔高，但山上有山泉渗出，全村人吃水都靠它，夏天还可以引水灌溉，可以种一些蔬菜。2002 年，全省解决人畜饮水，建起一个蓄水池，自来水可入村。但是因为出水量比较小，每四天才可以上一回水，上一回水八个小时，家家户户门边立有一个水瓮，以备不时之需。更兼夏秋要浇地，村里吃水明显困难。这样，他们再修一个水塔，把自来水接入户，解决吃水之虞。头件实事，结结实实，大家看在眼里。

再改造动力电。村里过去有一个 30 千瓦变压器，平时尚不显山露水，可以供日常照明之需。问题显现在腊月，寨上村有闹秧歌传统，在碛口镇周边村落里打不下擂台。一到腊月、正月，一闹就要用电，用电量陡增，电闸跳得不行。他们与电网公司联系，换了一个 50 千瓦变压器。闹秧歌没有问题，置个粮食加工机械也没有问题。第二件实事，也结结实实，大家看在眼里。

然后是修路。2015 年、2016 年，包括 2017 年的前半年，做的田间路，投资 90 万，全部硬化。过去都是羊肠道、土路，收获的时候就靠人背。如果赶在雨季的话，收都收不回来，现在三轮车也可以开进去。然后又投资 80 万，修进村路，主要是扩宽，原来 3 米宽，现扩成 5 米宽。种地出地没有问题，进村出村大道通衢，大家也看在眼里。

水、电、路之外，就是通信。进村之后，通信就是大问题。在村委会院里，移动信号就是空的，打不进、接不住。要打电话，需要到村外高处来回摇晃才能接通，真正是移动网。不是网移动，是人移动。他们联系市移动公司，给把信号加强了一下。现在手机打2G信号没有问题，4G有些问题。加强之后，阖村高兴，因为可以和外头打工的子女们联系上了。这件实事，大家看在眼里。

水、电、路、信一通，村里对我们的态度就改变了。大家都看到，这些人是来做实事的。

产业方面，第一是光伏扶贫，搞了个100千瓦的电站。2017年3月份开始，5月30号并网发电，到年底发了6.2万度。按入网0.98元算（2017年6月30前审批价格），集体经济受益4.5万，其中3万国家补贴现在还没有下来。村集体过去没有一分钱，现在可以有1.5万的积累，村集体经济破零。在此基础上，正在筹建200千瓦光伏电站，并网卖电，村里每年能挣15万到20万。到时候，建档立卡的贫困户都可以从这里分红。现在，只能结合村里的公益性岗位，比方电站维护，村里卫生，都让贫困户去做，可以有1000元到2000元的收入。

村里产业结构急需调整，但这是一个慢功夫。每一项都要发挥带头能人作用。但种柴胡风险比较大、周期长，三年才能见效。先在树地、枣林地、核桃地、坝地、坡地里种，试种了三十亩。去年9月种下去，效果还不错。县里对中药材一亩有200元补贴，我们一直在跑。因为它的周期是三年，如果不能及时补上，影响群众积极性，他就不种了。

搞了这两年下来，觉得农村工作真是复杂，自己觉得也成熟了许多。那一天跟老父亲打电话，父亲说交城的村里换届选举，就没有人愿意干，只有一个人报名竞选村主任。张志跟父亲讲：那我回去竞选吧。当然这是开玩笑。

张志到寨上村快两年了，跟老百姓处得融洽。他说，我们工作队员每家每户都去过，在村的，至少去过三趟，在外头打工的，也都想方设法见见面。贫困户谁谁家过得怎么样，说句玩笑话，他家的粮有多少在哪里放着都知道，不这样你怎么精准，怎么给出相应的对策？同是吕梁市发改委的工作队队长张材，已经是第二轮下乡。听说他要走，老百姓挽留，给市里打电话说那可是个好人，还让老张在吧。结果张材同志就又开始第二轮扶贫。

头年过年临走，村里人要给张志带家里特制的酒枣，他感到心里有愧：其实我并没有给他们干什么事情，想想也都是些小事，比如还有一户，家里孩子报雨露计划，不会用电脑，其实很简单，就是个操作问题。去给弄了一下，人家就记在心里头，感激得不行，叫你吃饭，回家的时候给你再带点枣。还有一个老太太，就是入户了解一下情况，到她家看一看，坐一坐，八十多岁的老太太，临走的时候还要送下来，还给装了好多枣。

红彤彤的大红枣，颗颗都情深意长。

事先看新闻报道，2017 年 11 月 25 日，中共山西省委书记骆惠宁沿黄河考察脱贫攻坚工作，宣讲十九大精神。来到寨上村，吃在老百姓家，住在老百姓家，而且还开了一个座谈会。张志说：那个会就是我主持的。

张志说：主持省委书记参加的座谈会，心里那份紧张。刚开始，忐忑不安，慢慢就顺畅了。

这是骆书记在 2017 年第四次来临县，第三次住农家。

骆书记傍晚过来，村里看过，在房东老白家里简单吃过晚饭，就过来看我们。还看望了陈润莲、白海田两户贫困户。省委书记那么大个人物，很亲切，坐在凳子上跟大家聊，聊家常，算经济账，我们在跟前没有什么压力，群众也一样。小山村，来了省里的领导，大家都很兴奋。

陈润莲，2014 年，全家四口人收入不到 5000 元。2015 年我们为他儿子找了一份在包头开铲车的工作，年收入达 4 万元，除去开销，一年能给家里寄 3 万元。她和老伴儿也加入了村里的养羊合作社，全年除了日常性开支外预计增收 3 万元左右。

白海田，也就是骆书记住的房东，他种了 30 亩柴胡。

快到晚上九点，骆书记回到房东老白家，又召集县委张书记、村干部、扶贫工作队员、村民代表座谈，很晚才结束。

一大早，继续走访贫困户陈福莲、白照城，两个人反映近年枣裂很严重，引起骆书记的重视。近几年红枣成熟时经常遇到雨季，红枣裂果严重。全村 270 亩红枣林，正常年景年产量 20 万斤，收入 10 万元以上，去年产量不到 3 万斤，收入 2 万元左右，枣农收入下降。其实，这不是寨上村一村的现象，整个吕梁地区，包括再南边的永和县，枣裂特别严重。骆书记随行的还有枣树专家，骆书记当即就到枣树地实地察看，商量对策。

这一次骆书记考察村里，给我们真是办了大事。至少两件现在已经落了地。一是跟潞安集团对接，村里 25 位青壮劳力到潞安集团煤矿务工，正月刚刚送走。二是与潞安集团协商，帮助村里进行油用牡丹种植，已经和潞安集团对接落地，共 127 亩，9 月开始播种。

这是跟县里统一签约。专家过来看过，按村里的土质情况，一亩可以收 300 斤。骆书记当下说，不用估计那么高，就以一亩 100

斤到 200 斤算，这样收益就是 1000 元到 2000 元，种玉米你比不上的。

这一程，先是专家讲解枣裂原因和防治对策，然后是专家讲油用牡丹的种植模式和收益情况。接着就开了一个会，主题是宣讲党的十九大精神，就是让张志主持的那个会。骆书记讲了五个问题，优化主导产业、提高劳务水平，发展深加工工业，大力移风易俗，抓好村级党建。每一个都讲得详细而朴实。

比方讲到移风易俗，就是针对当地婚俗讲的，村里五十多岁的人，为儿为女操劳半辈子，娶嫁之后又陷入贫困。骆书记讲，我们那个年代，结婚相对要简单得多，没有那么复杂，不要房子不要车，不收彩礼，这个风俗一定要改过来。他讲得入情入理，大家都爱听，群众给鼓掌的不少。每一项都是这样，讲得很细致。

这里还有一个插曲。前一天，村上的冯俊银正从碛口回村里头，那条路虽经硬化，但要走的话还得爬好大一道坡。他正走着，骆书记一行的车正要进村，他哪里知道是哪个？就招招手希望搭一程，车子还真停了下来。他坐上去，也不知道跟省委书记坐在一起，人家在车上还问他村里的情况。到了村里，他才知道坐在身边问他话的是省委书记。老汉特别感慨，说：活了一辈子，也没坐过几回小车，没想到一拦就拦了个省委书记的车，没想到一坐就跟省委书记坐在一起啦！

省委书记骆惠宁的这一次进村入户，可能已被传为美谈，但他并不是到过一次，而是到过几次。

2016 年 9 月 24 日，深入临县南圪垛村，深入了解县、村扶贫情况。

2017 年 1 月 11 日，在临县调研产业结构调整，看望慰问贫困户。

2017 年 5 月 6 日，在临县视察太原一建承建的城庄镇易地整村搬迁扶贫移民工程项目。

2017 年 5 月 14 日，在临县驻村调研，聚集深度贫困，下足绣花功夫。

2017 年 11 月 25 日，深入临县寨上村宣讲党的十九大精神，指导脱贫攻坚工作。

2018 年 4 月 12 日，深入临县调研，强调要调整种植结构，深入推进农业供给侧结构性改革。

固然，临县是省委书记定点包扶的县份，然而，三个年头，不到两整年，就去了六次，每一次都深入细致，只能说明，临县包括吕梁山区深度贫困的区域是如何牵动人心。

这块饱经沧桑的土地，等待着重新焕发生机。

"吕梁汉子"梁宝

六个月的行走采访，由省扶贫办宣传中心事前联络，事后检点。出临县，下柳林，直奔吕梁市另一个深度贫困县石楼县，在电话里安顿扶贫采访种种，又提了一句，你们去看看"吕梁汉子"。

电影《吕梁汉子》原型就是石楼县薛家垣村村支书梁宝，讲述村支书几十年如一日，带领村民发展致富，最终倒在脱贫一线的故事。

梁宝于 2012 年 12 月去世。

梁宝去世将近六年，不论是在政府机关，还是在吕梁民间，大家都会时不时提到这个名字。在去世之前，县委常委讨论完事情，梁宝的病情和治疗情况会自然提出来；治疗过程中，省纪委领导几次打电话过问。

梁宝，既是一个活生生的人，更是一种精神象征。或者说，这个人的德和行，正与新时代乡村对村干部的要求相吻合，不仅吻合，而且还高度吻合，来自政府和民间对梁宝的肯定与怀念，有着情感因素，但更多的还是文化层面的认同与欣赏。

石楼县与永和县相邻，两个靠着黄河的县份，真像一对难兄难弟，农业立地条件在吕梁山诸多深度贫困县中怕是最差的。若干年前，石楼县里曾发现过早期人类穴居遗址，穴居洞窟居然有白垩土粉刷装饰痕迹，后来又出土过一件商代青铜器，加上民间传说，县里文化人正在千方百计证明石楼县乃是姜子牙的故乡。史前人类穴居发现，商代青铜器出土，倒是说明一点，那就是这块黄土高原的农耕开发已经有数千年的历史。黄土高原开发愈早的地域，水土流失愈加严重，沟深壑大，地貌如鸡爪子刨过，找到一块平整垣面难上加难。

但梁宝所在的薛家垣村的情况似乎好一些。薛家垣行政村由薛家垣、秋树垣、王家垣三个自然村组成，合计 102 户 321 口人。地平线下除了沟壑没有资源，资源就是土地，土地就是资源，站在高处看去，整个村子就像一只展开的手掌，楔在黄土塬上，被沟谷切割成两块。塬面相对平整，在石楼一县很少见到。当年人都住在半山腰，吃水得下到几里外的沟底。2015 年年底，全村人均收入近 4000 元。2015 年建档立卡贫困户 27 户 77 人。2016 年，自然死亡 2 人，新增贫困户 2 户 7 人。2017 年 8 月，动态调整后，全村共有贫困户 24 户 67 人。

县扶贫办负责宣传的高寄洲陪我们到薛家垣，车轮碾过水泥路面，寄洲就说：这条路就是梁宝在的时候修下的。再转一个弯，有一道大坡，寄洲再讲：梁宝就是在这道弯上第一次吐了血。那一天，有一台拖拉机让坝塌下来的土给压住，他跑着回村里叫人来施救，可能因为跑得太急，回到村里就吐了一口血。薛家垣由汾阳医学院定点帮扶，工作队把他弄到汾阳，一检查，肺癌，而且是晚期。

梁宝的痕迹无处不在。

进了村，村容整洁。脱贫攻坚之后，村级两委"六个一"全部有，两委办公场所为两层楼，原来是学校，学校撤并之后改为村委会，下一层，是由市里拨款修建的"梁宝事迹展览馆"。

现在的村支书，就是梁宝的弟弟。一看就是个老实人，不善辞令，也不愿意多说，问他关于他哥哥的事情，他讲：我不能说，一说起来就难活得不行。

好在有事迹展览。梁宝一生尽在眼前。

也难怪，长兄为父。梁宝，1959 年 3 月生，姐弟八个，上头三个姐姐，下面还有两个弟弟两个妹妹。梁宝十六岁时，父亲就去世了。最小的弟弟才五岁。姐姐们嫁了人，照顾弟弟妹妹的责任就压在了梁宝身上。他跟自己女儿笑说：你爷爷生了八个孩子，就给我生了四个。

早早成为一家之主，自己的婚事刚解决，又得忙着给弟弟们娶媳妇，给妹妹们寻婆家，真是没少受苦。当时梁宝是村里的民兵连长。老支书郑国奇见梁宝年纪轻轻，吃得了苦，做事又利索，着意培养，到了 1982 年 6 月，就介绍梁宝入了党。1984 年，郑国奇带着梁宝去县里参加三干会，会后回到村里，让梁宝传达会议精神，梁宝劈头就是一句：咱村只要能通上电，吃上水，有条好路走，就和会议的精神一致了。

这句话，村里人记住了，这个靠一把力气撑起家庭的后生不得了。

当上村支书，带领村民平整土地，科学种田，引水修路，架设电线，搞好了基础设施建设，又引导村民搞庭院经济，栽核桃。他把自己治家的一套本领与想法扩展到治理村庄上面，村民自觉不自觉已经把他当成村里的"家长"。村庄哪怕是一点点改变，都不容易，要到县里跑资金，要联系项目落地，然后又因为占地补偿跟村民商议、争吵。

以通村公路为例，我们进村的公路已经是第三次改造。

过去进村出村，就是小道羊肠，绕一道梁，下几道沟，进乡政府所在地买瓶醋都得花半天工夫。几辈子人下来，漫说是大型汽车，就是一台拖拉机都没碾进过薛家垣上。村里有一辈子没有离过塬上的老汉。问他见过汽车没，说没见过。问说见过拖拉机没，也说没见过。要说见过，咱见过飞机。当年日本人飞机轰炸，好几十架飞机从头顶飞过呢。

第一次，村里的羊肠小道变成了2米宽的土路。改造之后，小型农用车可以方便进出，村民们也使上了农机具。第二次，路面被加宽到3米，并且硬化，当时县里只给3.9万元，梁宝以个人名义借了13万高利贷。第三回是要重新修一条标准公路，家里人没有一个赞同，上回欠下的外债还压在头上。但到了2010天秋天，总投资120万、1730米长、6米宽的新路如期开工。进水泥、抬沙，要看价格；机械拌和，现场碾压，要看环节；后期保养，施工验收，更是一一把关。

也就是修这第三条路时查出了病。查出病，他以为也就是个病，工期不能耽误。有记者来山上，看见这个病人一边在那里和施工队丈量测线，一边还跟村里一位妇女因为补偿问题说来说去，嘴唇上一层白皮。

写梁宝先进事迹的作者正是陪我们的高寄洲，她在文章中强调：第二条路叫梁宝负债累累，第三条路更让他是命悬一线。

有一组数字。担任村主任、村支书29年，带领村民平整土地1540亩，昔日山梁陡坡地，变成标准农田。完成退耕还林818亩，荒山造林1585亩。发展经济林2400亩，栽种核桃树1600亩。建成蔬菜大棚16座。建成出栏5000头自动化生猪养殖场项目。到2010

年，全村仅核桃收入就达到 150 万，人均增收 4573 元。2011 年，薛家垣村人均纯收入就达到了 4500 元，当时石楼县全县人均收入不过 1801 元。

梁宝去世，举乡哀悼，全县震动。群众说起梁宝，梁宝在群众中说过的话，大家都记得，一条一条提供给宣传部门。这些话谈不上豪言壮语，之所以能让大家记得并传颂，其实还是暗合着村民对村干部的期许，梁宝是他们心里合格的村干部。

——农村工作，说难也不难，说复杂也不复杂，一个公，一个严，事情就好办了。

——村民要干部有什么用，我们山上没有理由修不出路，就是用手刨也要刨出一条路来。

——群众选你为了甚？你当支书为了谁？不就是为了让全村人过上好日子？

——如果农民一直过不上好日子，那就是咱当干部的没本事！

——不管谁当干部，都要让群众有水吃、有路走、有电用，否则要干部有什么用？

——村风好了，群众富了，自己穷点无所谓。

……

梁宝从查出病，到最后去世，硬撑了两年。一个肺癌晚期病人，能撑这么长时间，已经是奇迹。高寄洲讲，他得了病，一拖再拖，因为公路还在修，离不了人，头次化疗就错过一个月，汾阳医学院的同志说，这一个月是化疗的最佳时机。

他还是没有去。因为那段时间，大大小小五六项工程，哪里能离开？这样断断续续化疗过，时好时坏。2012 年 12 月，两年之后，他外出给村里猪场挑选种猪，中途犯病，再没有起来。

梁宝带领村民致富的奋斗故事感动了许多人。2011 年 12 月，他被评为"感动山西"十大人物之一。2012 年 2 月，他被吕梁市委、市政府授予"当代吕梁英雄"称号。

现在的薛家垣村，屋舍齐整，果树掩映，穿村而过的水泥路旁，时不时就有一面文化墙，或弘扬家风，或宣传政策。村里有农家乐，有采摘园，村口竟然还有一家规模不小的儿童游乐园。

承包游乐场的老板叫郑明明，今年三十五岁。得知我们想了解梁宝，他神色激动。他说他二十二岁时也就是 2005 年经梁宝介绍入党，梁宝算是他的引路人。

他说，梁宝叔刚开始当村支书的时候，薛家垣就是穷村、烂村，吃水、用电都成问题。当时他年纪轻，谁也不认识，去电业局争取指标，得找熟人，托关系，他硬是跑了十几趟，终于把指标跑下来。没有启动资金，他又从信用社贷款 2500 元，凑够了 4500 元启动资金，终于结束了薛家垣点煤油灯的历史。

当时人们从沟里往塬上挑水，一个小时只能担一担水。小时候记事起，就知道梁宝成天往城里跑，争取政策，要项目，要资金。正好市项目办在村里扶贫，他争取了 10 多万资金，建起蓄水池，买上泵，把沟里的水抽到塬上水塔，水管直通家家户户。总算是把村里老百姓吃水难的问题也解决了。

通电、通水，前后大概就一年时间。

通了水通了电，梁宝又想着修路。以前的村子，一下雨，泥就半尺深，谁也别想出村。当时，郑明明是第一个去城里上学的孩子，每天走着到了学校，腿上全是泥。城里的孩子看见了就笑话他：你看你看，村里的泥腿子来了。郑明明还记得，上初中，就是1996年，梁宝开始带着村里人扩路。之前进村的土路，太窄了，路基没打，每年塌每年修。车也上不来，地里的东西不好卖，老百姓想从城里买点东西，也是肩挑背扛。那个时候修路，没有什么挖掘机，就是靠人工。到了2005年，把土路铺成了水泥路。这期间，他自家地里长了草，都顾不上锄。没黑没白住在工地上。路修完，最后一算账，除了项目补贴，还有13万缺口，怎么办？他去借了高利贷。现在他女儿名下还欠着7万高利贷。

之后国家政策越来越好，梁宝从县里、乡里要补贴，整治村内环境，十来年，大家从半坡上的土窑，搬到塬上住砖房。住房条件改善了，家家户户都是大院子。也不能全浪费，他去了趟河南，看见别人院子里种菜种水果，说咱这地也不能闲着啊，就带领老百姓一起发展庭院经济，有了出产，就到县城去卖。

郑明明当时在天津打工，但他牵挂着家乡的变化。后来听说梁宝病了，住院的时候，他还去看过。没想到原先那么能干的梁宝叔，一天比一天老了。他跟郑明明说：明明，我一直看好你，以后你要是有机会的话，还是得回村里来，你看现在国家这么重视农村，农村也有广阔天地，你回来，继续带着老百姓，把这个村子搞好。

郑明明虽说从小就在这个村里长大，但十九岁出门念书。二十二岁一毕业，就到天津一家上市公司搞销售，后来又做过日丰管山西办事处分管地暖的经理。一方面，在外头搞得还好，另一方面，现在的村庄，已经不是小时候的村庄了。

郑明明最后还是回来了，父母年龄大，弟弟又在国外。乡村以这样一种方式召唤自己的游子归来。像郑明明这样有知识有眼界的青年，虽然已经深度融入城市，但从文化上讲，城市从来不被他们认为那里是自己的根。他们关心乡村的点滴变化，在内心深处，还是最终认同乡村的。去年选举，他被选成副支书。冥冥之中有这么个缘分。

"有梁宝叔在那里放着，就老老实实给村里人办点事吧。"

乡村最终发生根本性改变，出身乡土的本土干部无疑起着至关重要的作用。同样是乡村精英，雁门关下的刘桂珍三十多年默默无闻，做村医、做代教，在村民眼里，她自己就是国家恩惠在基层的具体实施者，天长日久，在村民眼里，她已经幻化为国家形象，具有相当的道德感召力，被选为村支书村主任自然而然；而梁宝则是另外一种乡村精英人物，是全能型的乡村领袖，善于与上级沟通，善于把握政策，敢想、敢做、敢担当，也善于在国家、村民和家族之间找到恰切的平衡点，先治村，后富民，力图让落后封闭的村庄尽快融入社会主流，是典型的新时代服务型和公共型的乡村干部。本土乡村精英，他们有一个共同的特点，就是着力改变村庄的基础设施，从反贫困的意义上讲，他们更多着眼于相对贫困，更多着眼于缩小村庄与城镇之间的差距，更多着眼于创造条件共同富裕。

反过来，在新时代村治格局改变，乡村呼唤服务型和公共型干部。凡是两委班子建设搞得好的村落，脱贫攻坚的力度就大，效率就高，压力相对轻。反之，那些搞得不好的村子，常常两委班子就建设得差。

刘桂珍、梁宝，还有许许多多本土村干部，在新一轮脱贫攻坚开始之后，是具有相当启示意义的。

"憨实"和"仁义"两书记

谈起郭连乐大家就想笑。这个 1983 年出生的团中央干部太可爱了。

听县里的朋友们闲聊,说起郭连乐,都竖大拇指。都竖大拇指,又禁不住个笑。怎么回事呢?

郭连乐在 2016 年 5 月被团中央派遣到石楼县岔沟村担任第一书记,交接完毕,正好有一个项目要和县职能部门协调。他去了县里,结果办公室人正在谈事,大家也不知道他是哪个,就让他等一等。他在楼道里就那么站着等了两个多小时,直到下班,办公室人带门要回家,发现这个人还在那里等着。问他是哪个,他才说自己是团中央下派到岔沟村的第一书记。

让团中央下来的干部在楼道里干等了两个多小时,办公室的人惊得不轻。

但谁能认出他是从团中央下来的!

一身蓝西服不甚讲究,脸黑呛呛的,倚在楼道的窗户边抽烟,还戴副眼镜,还骑一辆破自行车,更要命的是一只半旧的黑皮包挂在胳膊上。这样的做派,走在石楼的村社,马上会融到人群里面找不出来,若不是操一口略带中原豫腔的普通话,任是谁都不会把他和团中央下派的干部联系起来。

郭连乐，河南中牟县人，1983 年 4 月出生。河南省农业大学硕士研究生毕业。先到驻马店市上蔡县工作，在村里干过四年半，当过副镇长。2014 年结婚，爱人在郑州一家出版社上班。2015 年团中央遴选公务员，他考到北京。2016 年 5 月 30 日，到石楼县灵泉镇岔沟村，挂职任党支部第一书记。

克海把郭连乐的《民情日记》拍了几十页，逐一阅读。

《民情日记》记下他第一天来到岔沟村的心情："今天是我挂职第一书记的第一天，来到岔沟村，满眼望去，沟壑纵横，村里的贫穷，让我感到肩头责任重大。两年时间里，自己究竟能为村里做些什么？留下什么？"

初跟老百姓接触，也是这股子"憨"劲，骑辆破自行车挨家挨户地转。碰到男人支住车就递烟，碰到老太喊声大娘。点上烟，也不走，圪蹴下一聊就是半天。也不分什么周六周日，黑夜白天都在村里转。做过四年半乡村干部，尽管中原与晋西差别大，可是做农民的苦乐他怎么能不知道？

岔口村是近城村，沿屈产河曲曲折折安顿下百十户人家。前清的窑洞民国的院，还有现代混凝土浇筑的小二楼，村道曲折，忽上忽下，坡上滩边，走一圈下来还真不容易。

来岔沟村一个半月，走访了全部贫困户，每户都去过三次以上。村里谁家有个啥事，只要他知道，都会去看看。

《民情日记》里，大都是些村里的家长里短，还有许多跟村民打交道的细节，谁家有什么事，都愿意请这位憨实的团中央干部来"劈砍"一下是非曲直，他坐在炕边，一口豫腔普通话一说，叨叨、叨叨，中不中？事情就明白了。这后生有水平。

比如，2016 年 12 月 15 日，下雪天，村民郑洪峰给他打电话，"火圪墩墩"的，说郭书记你来一下。郭连乐去过郑洪峰家几次，熟得很。但村民这样叫他，还是头一遭。听话听音，郑洪峰这是心里有气。他骑上自行车就走，雪花飘飘，路滑难行。到了以后，果然，是心里有气。

两天前，县里统一来文件，根据要求，贫困户情况要调整。郑洪峰因为名下有车，贫困户名额被撤下来。重新调整，其实就是更精准识别。有程序在那里摆着，也不是郭连乐一个人说了算，三支队伍，村两委负责人，都要表态。但郑洪峰不认那么多，就感觉郭连乐是团中央来的干部，人又年轻，应该会考虑到他的个人情况。

听郑洪峰这么说，郭连乐盘腿坐下，和他"劈砍"开了。贫困户也不是个荣誉，又不比几十年前，还要争个好成分。就那么一点好处，国家也是要用在刀刃上，去帮更需要的人，要是人人都不按规矩来，就是个胡搅蛮缠，社会岂不是乱了套？就是下了贫困户，村里基础设施建设都在搞，不也相当于变相地给大家福利？不要单看眼前那点利，以为给你钱给你物才是真实惠。再说了，也不是单单针对你郑洪峰一个人。

这么一通说下来，郑洪峰服气了：郭书记，本来我心里有气，你冒雪到了我家里，啥也不说啦。这件事，以后再不提。郭连乐在日记里感慨："村民的朴实、善良感动着我，一定要帮他们多做事情。"

乡镇干部出身，团中央下派书记，亲民，接地气，熟悉村庄的角角落落，开始筹划做事情。而且也做了很多事情。贫困户的家庭状况，收入开支，致贫原因，他心中有数。摸清了底子，他帮助贫困户制定完脱贫计划，制定《岔沟村脱贫致富规划》。

桩桩件件，扎扎实实，默默无闻。这个"憨书记"来了不到两年，做了不少事情。他哪次回豫或返京、村街上不见他的身影，大家心里都慌慌的。

郭连乐刚来村里，正逢"双石公路"改线进村，要拆迁村民171户，涉及762人。这可是大工程，相当于整村出迁。好在，县里要安置全县建档立卡贫困户660户2760人，在岔沟村打造"龙山水岸"住宅小区，两项整合，村民新宅无虞。可是破家值万贯，老百姓愿不愿意拆迁？难坏了村干部，工程也一度因为拆迁而停了下来。郭连乐组织两委开会，再开群众大会，又骑车一户一户跑，去说服，去做工作。村民郑二宝记得，其中有一户特别难做工作，想多要点补偿，郭书记连往家里跑了七八趟。村里人看他骑车往坡上走，就说：那又是到谁谁家去呀。果然是去那一家，一次不行两次来，最后还是说服了。这个憨实后生有那么股子劲，长得憨憨实实，村里人都喜欢他。

拆迁做工作做了一年多，除了一户还有待再做工作，其余都已经做通。但是，这个时候，离他离开也就不远了，2018年5月，他任期已满，将回北京上班。他恋恋不舍。

在2018年4月8日的民情日志上，郭连乐写着这样的话：

> 再有一个多月两年的挂职就到期了，虽说自己每月在村平均都在二十六天以上，但这两天还是感觉时间不够用，必须跟时间赛跑。说实话，同村民朝夕相处中，我已经深深爱上了这里，岔沟村已经成为我的第二故乡。相信在上级的领导下，村两委带领村民苦干实干，岔沟村的明天一定会更美好！

这是"憨实"的郭书记。

在大宁县，还听到一位"仁义"书记的故事。

"仁义"书记，大名李孟涛。扶贫办的同志说，那娃，可仁义呢。他是国家卫健委下派到大宁县道教村的第一书记，三十四岁，从山东省卫生厅参加公考考到当时的卫生部。2017年8月底来到山西，来到大宁县道教村。

和郭连乐一样，从大宁到北京，回一趟家不容易，早上六点出门，乘公共汽车到临汾，然后坐高铁，到晚上八点才能回到家里。光在车上就需颠簸九个小时，到北京家里待上一天，然后又得往回返，所以他也是很少回家。家里孩子刚刚过一岁生日，妻子一个人带着，很辛苦。

要说李孟涛，先说道教村。

大宁县有一条昕水河，自东向西最后汇入黄河。大宁的老百姓把沿河川一带的村落称为"川里的"。道教村位于昕河右岸，可汲水浇地，是塬上村落不可比的。可惜人口太多，人均也就一亩多地。

道教村阖村皆姓房，村落有千年历史。老先人一辈一辈口口相传，说道教村原叫房家湾，北魏年间大旱，张天师后人路过这儿中暑病倒，被村人所救，为了答谢这个村民，住下来施义粥、救灾民，临走时留下八个字，"道在教化，教化有道"，村子遂改名道教村。明末，道教村老先人还搭救过李自成，村里还有碑铭记其事。

有历史，当然有文化。李孟涛来了之后，惊奇地发现，村里七八十岁的老年人基本上都会写字，年龄越大写得越好，别的村过春节，贴的春联都是现成购买的印刷品，千篇一律，道教村家家户户都用手写对联，真草隶篆，户户不同。也出过许多历史文化名人，出过举人、秀才。坚持每年正月十五闹社火，威风锣鼓在县里很有名。村里考取大学的孩子特别多，几个贫苦户家里都有两三个本科生、研究生。真正是耕读传家，弦歌不辍，是一个典型的传统农耕村落。"仁义"书记来到这样一个古风淳淳的村落，仿佛是有意安排。或者说，小伙子所作所为，与历史积淀形成的乡村伦理产生了共鸣。

可是，道教村虽然是"川里的"好村村，却与吕梁山区的村落一样，贫困发生率高得惊人。李孟涛来了之后，精准识别后的建档立卡贫困户占到三分之一。

和所有第一书记驻村一样，村民对李孟涛有一个接受过程。也和所有第一书记驻村一样，村民对他的接受程度与他做的事情多寡成正比。

说起李孟涛，村里人马上会说：那是个做事的年轻人，仁义得很哩，不笑不说话，笑眉笑眼给村里人办事呢。

村里人说，这个年轻的书记，把我们村的人气一下子提高不少。

村里人说的"人气"，说的是李孟涛着手搞的党建工作。

李孟涛来自国家部委，大城市、大机关，生活节奏跟村里人完全不一样。他慢慢发现，村里人劳作、休闲的节奏，被四季的农事左右，熟悉了这个规律，于是着手抓党建。党员活动室建起来，图书室建起来，党建宣传设备一套搞起来，下来就是党员活动。

怎么活动？比如召开党支部学习例会，李孟涛总结，叫作"选好时间、丰富形式、来了愿听、听了能记"。选好时间，就是利用农闲，见缝插针。他讲，有的第一书记下来，叫大家开会，以为跟机关一样，什么时候叫什么时候到。结果村里人都出地干活，哪里匀得出工夫来开你的会？丰富形式，就是让大家愿意来，形式上动脑筋，每一次开会，先放视频，或者先放一会儿电视，边看边等人，不搞得那么严肃。来了愿听，不是光听他在那里发言，让每一个党员都说话，说村里的事，说自己的事，然后结合文件精神总结。说村里的故事，讲村落的党建史，说自己和自己身边感人的事迹，生动活泼，具体有效，大家都有参与感，大家都愿意听。听了能记，不记不行。临汾市委组织部给每位党员都配了笔记本，给党员提要求，告诉他们开党会是自己的责任，也是义务。第一步让党员先把本本拿到自己面前，把自己的名字写上，把党支部的名字写上，然后几月几号星期几，晚上几点写上。让大家都发言，就有了参与感，让每位党员把自己的名字写在本本上，庄重而郑重，参与感之外，就有了组织归属感。

现在开党员会，紧紧凑凑，不枝不蔓，有什么事情一招呼就到。

2018年开组织生活会，让大家批评与自我批评，他先带头，很严肃地说自己的问题，谈了三条，一下定了调，每个人开始找自己的毛病，然后找村委会的毛病，其他人的毛病，话一说开就没啥了。李孟涛对大家说，平时在桌面下回到家说的话，一定要拿到桌面上说，包括对支部的意见和建议等，一说一公开，大家本来就是一家人，都姓房，脸一红，出去就把事儿办了。大家都能接受，大家都能理解。

关于党建，村里人还有一个故事。大家说起来，李书记不光是仁义，还很机灵。这故事是什么呢？

2017年冬天，下了两场大雪，出入道教村的路全封了。李孟涛在党员微信群和全体村民微信群里发出倡议，让大家都出来扫雪。结果有些群众在群里就说起风凉话，"让贫困户扫，让享受政策的扫，让干部们扫"。李孟涛回道："路是咱们道教村的路，扫雪人也应该是咱们道教村自己的人，还有我这个从外边来的新道教人，咱们大家一块来扫吧。"

这个时候支部和党员发挥了作用，先是有十个八个党员拿着扫帚、扛着铁锹出来扫，扫到老百姓家门口的时候，有几个老百姓把大家扫雪的照片发到群里面，结果过了一会儿，出来五十多个人一起扫，场面十分热闹，不断有人拍上视频发到群里面，这时没有一个人说风凉话了。扫完了雪，他带着大家在村口拍了张合影，发到群里。直到现在，全村动员集体清雪的场景还时不时被转发回群里，甚至全县人都知道有这么回事。

李孟涛说，我觉得，脱贫攻坚，最大困难不是缺政策、缺支持，是老百姓缺自信、缺理念、缺信息。比如这儿的小米特别好，熬十来分钟就能熬出米油，在北京的超市里找不到，但这里卖不出去。我就在微信朋友圈里每天宣传我们村里的土特产，效果很好，北京的朋友从村里买了不少东西。

李孟涛很感慨，我们国家经济高速发展十多年，变化翻天覆地，但是现代化的脚步到农村边缘上就停住了。如果按过去的标准，温饱没有问题。现在脱贫攻坚，实际上就是要让现代化的脚步再往前走一走，走完这剩下的最后一公里。什么时候拉近了乡村与全社会的距离，与城市的距离，开辟乡村与都市通道，让乡村沐浴在现代化阳光之下，贫困的阴影就会越来越少。

| 第三章 |

新 "希望的田野"

梨花开处春带雨

2018 年 3 月 27 日，到隰县采访。

到隰县采访，进入杨遥、陈克海下乡的"老巢"，他们对这个吕梁山上的县份已经相当熟悉，午城的酒，塬上的梨，山里的森林，川底的谷，各乡出产熟稔于胸。两人不约而同感慨，不要看这是一个国家级贫困县，年财政收入就 1 亿多元，可比起邻近的石楼、永和、大宁诸县，这里的老百姓并不穷。为什么？因为隰县素有梨果种植传统，近年，大力发展"玉露香"梨果产业，已经名声在外。栽一亩玉露香梨，强如种十亩田。

陪同采访的县委宣传部马兰明部长快人快语，说，隰县脱贫攻坚，你不必要看太多，其他工作做得跟其他县份都大同小异，但是隰县这些年抓产业促脱贫的工作是别的地方不能比的。

马部长说的产业，就是玉露香梨果产业。隰县的玉露香，广告做到中央台，山西省重要的高速公路上都可以见到隰县玉露香的广告。马部长告诉我们，隰县的玉露香市场日益扩大，北到哈尔滨，南及海南岛，香港、澳门，步子迈得很大，甚至加拿大、美国都有订单。

山西农耕传统深厚，山区果品种植也有历史。在许多地方志记载中，有作为的司政者，莫不把果品种植当作"救荒"手段，倡导果木栽培是劝农的重要内容。

山西梨果种植有传统，除晋北、晋西北高寒山区外，山西全省各地都有梨树的影子，同时也诞生过若干闻名天下的品牌。

山西吕梁、太行的沟岔里，梨花带雨开，但隰县开得最香最艳最有名，这是为什么？

马兰明部长一再强调是有道理、有底气的。

隰县梨果产业之所以异军突起，背后有政府这一只"看不见的手"在大力推助。不仅大力推助，而且是一届一届县委、县政府紧抓不放，一届接着一届念一部"梨花经"，久久为功，遂成规模。

隰县的梨果种植并没有明确记载，但蓬门村、路家峪几个村都有几人合抱的老梨树，薛干村铁梨树多达 2000 株，测龄都在 600 年以上。村中百姓口口传说，故事多多，隰县栽种梨树史，堪称久远。

隰县境内高原残塬沟壑交叉密布，日照时间长，昼夜温差大，形成区域性小气候环境，遂成就隰县水果优异品质。本地文化人王登华有《简述隰县梨产业的发展史》一文，梳理隰县梨果产业发展甚详。

隰县的梨果产业是逼出来的，也是抓出来的。

隰县梨果产业发展到今天，背后一直有政府推广的力量。

从 1949 年开始，由政府主导，引进梨种，引进苹果，先是大金梨，后是酥梨，也曾风光，也几度黯然，并非一帆风顺。

不断推进的结果，隰县作为全省果业大县，声名在外，但效果却难以让人满意。直到 1998 年，引进玉露香梨品种，局面彻底改变。

玉露香梨之成产业，一是政府推助，二是科技的力量。

2015 年，全县果树总面积达到 35 万亩，果品总产量 4.5 亿斤，产值 5 亿元，农民人均果品收入 6000 元。隰县 80% 的土地种植果树，80% 的农民从事果业生产，80% 的农业收入来源于果树，三个80% 让隰县形成了以梨果产业发展为主的农村"一县一业"发展格局。据不完全统计，2015 年全县户均收入 30 万以上的户，达到了20 多户；户均收入 10 万以上的户，达到了 500 多户；户均收入 5万至 8 万的户，更是数不胜数，一些梨果专业村依托梨果产业率先实现小康目标。

也是这一年，在首届中国果业品牌大会上，隰县玉露香品牌入选中国果品区域公用品牌五十强；在第十六届中国绿色食品博览会和第十三届中国国际农产品交易会上，分别获"绿博会金奖"和"参展产品金奖"；同时玉露香梨首次获得气候品质认证，通过山西省气象局和临汾市气象台的专业气候品质认证，结果为"特优"。

二十多年来，书记调任，县长更换，可是政策一届一届延续下来了，成就了一部玉露香梨在隰县的推广史、种植史和农民的发财经。

阖县十之有八的人在种植、经营玉露香。此时桃杏花正盛开，梨花尚得等一周左右时间。但田间果农已经在拉枝修剪，村巷皆空，田野人影绰绰。

到村里的时候，正好碰上阳头升乡党委书记王晓辉、乡长李冬冬带着中国乡建院一干人在村里调研。县里、乡里，已经做出规划，要依托后堰塬梨果产业园搞观光农业。构想的蓝图不能说不灿烂。乡建院的人介绍，他们不单是就地利用材料盖符合当地特色的房子，房子只是外在，说到底还是要构建一种新的农村农业农民文化生态。村里好多人都在旁边看着，张保平正好也在。

听完村里美好乡村的建设设想，又把张保平拉到一边，大家平时熟络，说起话来亲切。

讲起村里的果树发展，张保平头头是道：

老早村里就有一片老果园，种的国光苹果，在县城里一斤能卖到一块多，种玉米一斤才几分钱。之所以没敢大面积种，当时人们的消费习惯也不一样，都只想着吃饱就行，谁天天没事去吃水果？又不经饿。

20世纪80年代，县里发展酥梨业，我也栽了一点。1992年，县里大面积推广苹果树，又栽了6亩苹果。2003年，阳头升乡推广种植梨树，是从山东引进的品种"新世纪"，结果栽到后来树苗不够了。当时县果业中心主任韩正远调来2000棵玉露香梨苗子，我就和村里六七户都种上了玉露香。开始我总共才有10来亩地，种了6亩苹果，又怕天旱没粮食，还得种玉米，总共才栽了1.2亩"玉露香。"

说到底还是对种这个玉露香没底。我初中还没毕业呢，要文化没文化，要知识没知识，有点经验，碰到新东西，哪个敢打包票？哪里分得清好坏？连玉露香是个啥，我也说不出个眉目。倒是之前推广的"黄金梨"和"新世纪"，知道个大概，直觉就是种果树比种玉米要强。但再强，万一碰到个天灾，怎么办？小农经济嘛，讲究的就是小而全。

刚开始没经验，就是个估计。按照两米乘四米的间距栽种，过了两三年，树长大了，原来的间距太小，间伐了一批，变成四米乘四米。玉露香开始挂果。当年酥梨一斤三四毛钱，玉露香卖到了一块多。不管物价怎么波动，反正从我种上玉露香梨后，每年一斤玉露香梨都顶别人的三四斤酥梨。

到了 2008 年，隰县开始大面积推广玉露香梨。当时每棵梨苗农户自筹一元，剩下的由政府贴补。我没有地，也就没有再扩种。县政府倡导高接换优，将原来的品种，改接成玉露香，技术由果业局统一找专家指导，农户出个人工就行了。

去年，我的 48 棵树年龄又大了些，长得更高大了，就听专家的意见，间伐了 18 棵，还有 30 棵。产量还能保持到 12000 斤左右，一斤六块五，还能卖个六七万块。

好多人也来问我，为什么我的梨就能种得这么好？这里面的技巧就多了。比方说省农科院果业所的专家郭黄萍、王国平、张玉星、牛自勉，也有西安来的专家屠长春，他们听说我的果园管护得比较好，就来看，也给我们一些技术上的指导，我哪些地方做得有问题，他们都会告我怎么纠正。他们的意见各有各的好处，我呢，就按照他们的说法，再去实验、观察，看看是不是适合我这片果园。他们一年下来一两次，不可能时刻关注到我这果园的情况，所以就靠我自己，细致观察是关键，毕竟他们的说法也不是绝对的。前一年剪了树，三年过后，树到底能变成什么样，谁也说不准，最终还得靠自己观察。现在我那片果园的亩产量，和周围人家的果园相比，比最高的还要多产 5000 斤，比最低的高 10000 斤也有。每年春天剪树，夏天快采摘，只要不是特别农忙，到我这果园参观的人就多了。但能不能学到，说到底也全是凭经验，比如一棵树枝长在不同的部位，下一年有什么变化，过三年后又会变成啥样，它会长到外围，还是长到树上，还是树下，会不会遮挡另外的树枝，有没有用，会不会影响别枝的养分吸收？就是靠经验判断。现在好多人就是没这个耐心去观察。就像中国的文化一样，汉字过来过去就五千来个字，就看你怎么用，用得好的，写出来就是好文章，天下喝彩，用得不好，就是狗屎一堆，臭不可闻。剪枝修树，说简单也简单，说难也难，就看你有没有心，会不会用那颗心。

当老百姓，想挣点钱，做什么不辛苦？别看我一亩多玉露香挣了六七万，一年四季费去的辛苦，那可真是不好说。冬天，给树干抹白，好杀菌，春天了，又得给地里送粪。县里还比较好，我不是示范户嘛，和贫困户享受一个待遇，每年给我6000斤蚯蚓粪、4000斤牛粪。蚯蚓粪市场上自己买，得一块一斤，牛粪一方一百五六十元。蚯蚓吃一斤牛粪，有六两蚯蚓粪。经过蚯蚓加工，肥料的肥效更足。牛粪直接放在地里是生肥，也得经过发酵了才能用。上完肥料，又得剪枝。开花季节你得看着，下雪下冰雹气温下降了，得在地里点火升温。结果了，得给套袋。套袋了还得打药防虫。摘了果子还要去卖。反正一年四季，就得盯着果园，算成本账，不能把投进去的工算进去，算不清的。老百姓嘛，到哪儿就是个受。

也是因为管理树上摸出了点门道，2016年，我又栽了五亩玉露香。到2017年，梨苗成活率不高，2018年又补栽了一批。都是县里果业局统一给发树苗，但现在随着种梨大面积推广，政府不再主导，而交由市场引导。

现在村里谁在城里没有一套房子？收入高了，说到底还是靠这几十年一直种苹果种梨，国光不行了，种红富士，金梨不行了种酥梨，酥梨价格下来了种玉露香。现在我们村，有谁去争贫困户？反正我是不会去争，有那个工夫，还不如把我那几亩果园种好。再说了，你要家里有两亩玉露香，按照现在的国家标准，怎么可能是贫困户？不过要是有个天灾人祸，那是另一说。

张保平说出去，又说回来，他并不担心玉露香会掉价，"现在人们的消费观念也变了，只要种得好，不怕人们不爱吃，就怕不够吃。"

"会种梨是一种本事，把梨卖个好价钱，也是一种本事。时代不一样了，当农民也不能光盯着那一亩三分地。"

一篇入情入理的《种梨者说》。

也正如马兰明部长说的，隰县依托梨果产业脱贫攻坚确实做得很到位。其他县不可比。几乎是全民参与，人人都会念这本经，深入人心，实在难得。

脱贫攻坚，产业扶贫居其首。山西省 58 个贫困县的产业扶贫项目，不外两种模式：一是像道教村这样，通过土地流转，引进大项目，通过设施农业带动贫困户增收退出。比方宁武县、河曲县、岢岚县、临县、石楼县等地引进山西大象农牧集团，通过土地流转建 7000 头以上的大型现代化养猪场，再通过贫困户贷款入股分红，来增加农户收入，带动贫困户脱贫。一种就是像隰县一样，改变传统种植结构，梨果带动，形成规模，进而通过政策引导，带动贫困户脱贫退出。前一种可以通俗地理解为借用"外科手术"改造乡村传统农业格局，后一种可以通俗地理解为通过内部调理逐步增强乡村产业的活力。

但应该看到，无论是哪一种模式，风险并不因为现代科技进入而消除。比方资本风险、环境风险等等。这种风险，并不是预设，有的已经是摆在面前的事实。"外科手术"式的设施农业进入，在呼唤绿色生态建设和新农村建设的今天，还需要一个漫长的磨合过程。

隰县梨果产业，以及以万荣、吉县苹果为代表的晋南苹果，经过几十年艰难探索才最后形成今天的规模。经验弥足珍贵，教训亦应记取。同样是水果种植业，兴县、临县、柳林、石楼、永和沿黄河一带著名的"河畔枣"，曾经是当地农业收入的半壁江山，现在正面临着市场萎缩、品质下降、枣病不断的困境。同样是果业，风险仍然存在。保持产业优势，引领果业龙头，注定也是一个漫长而艰难的持久战，岂可掉以轻心？

没有任何一种产业扶贫模式可以一蹴而就，可以一劳永逸。

山野牧歌

　　山西版图如一柄展开的桑叶，桑干河、滹沱河、汾河、漳河、涑水等等著名河流两岸，有不小的盆地与冲击洲，灌溉农业历史长达几千年，太行、吕梁山地丘陵的旱作农业虽以小杂粮为主，上苍眷顾，小杂粮竟也养活一方百姓。农业历史悠久，牧业也不逊色，春秋有猗顿富甲天下，秦时金沙滩外牛马成群。历史上，游牧文明与农耕文明来回拉锯碰撞，农牧结合，向为传统。

　　小农经济背景之下，山西乡村畜牧名优产品闻名遐迩。

　　广灵画眉驴，通体亮黑，眼圈、嘴头、肚底、裆口和双耳内侧呈粉白色。所谓"五白一黑"。画眉驴头颅硕大，鼻梁平直，眼亮微突，两耳大，多倒伏，颈粗壮，与体躯结合良好。前胸阔，后裆展，背腰平直，四腿如柱，后肢发育良好，蹄子圆大结实。这是典型的画眉驴，当地老百姓称之为黑画眉。除了黑画眉，还有青画眉、白画眉、黑乌头、杂毛，更有一种灰画眉驴，叫作灰葫芦。画眉驴个高体长，高则一米四五，长则近两米，体重可达三百多公斤，远优于山东德州的"三粉驴""乌头驴"，是中国四大名驴之一，过去军队的军马场还专门调集广灵画眉驴为改良骑兵坐骑前去配种。

　　来自山西畜禽繁育工作站的统计数据显示，1982年，山西一省有毛驴 48 万头，到了 2016 年，山西毛驴存栏量仅有 15 万头。而今一张驴皮能卖到 3000 元，十五年上涨了近 300 倍。既然市场上驴少，利润可观，为什么山西驴养殖产业不光没有做大，反而日渐萎缩？

王主任说：养殖毛驴如果没有深加工，赚的就是小钱，而过去老百姓养驴，就是为役畜，深加工哪里是一家一户办得到的事。现在的情况是，养驴企业不缺思路，也不缺技术，但是缺钱。也想过融资，但在银行那里，活驴不能做抵押贷款。

说到底，还是行业不看好毛驴养殖，仅靠一张驴皮，难以拉动整个产业链发展。

杨遥下乡扶贫，主要工作就是分管一村一品一主体，对产业扶贫素有关注。这时他接过话题：山西毛驴养殖没有做大，面上是科研缺位，母驴缺失，里子则是散养化始终没有走标准化、集约化和产业化。

驴还是那个驴，但养驴人和需要驴的那个世界已经不可同日而语了。

说罢画眉驴，未见一头驴。

王主任再说广灵的产业扶贫给贫困户带来的切实收益。王主任所谓的产业扶贫，变成理论话语，叫作"资产性收益项目"。这个提法已经出现在《中共中央关于制定国民经济和社会发展第十三个五年规划的建议》里。这项政策主要针对那些自主创收能力受限制的农村贫困人口，就是要把细碎、分散、沉睡的各种资源，转化为资产，整合到优势产业平台上，拓展贫困人口生产生存空间，最终脱贫致富。

王主任见我们表示疑惑，就比画着给大家解释：说白了，就是资产资本化扶贫。资产收益扶贫，就是将自然资源、公共资产或农户权益资本化或股权化，相关经营主体利用这类资产产生经济收益后，贫困村与贫困农户按照股份或特定比例获得收益的扶贫方式。也就是说，资产收益扶贫，就是让贫困户充分利用既有资源、资产，以入股或委托方式参与产业发展，成为股东或收租方，获取分红或租金，从而享受到产业发展的成果。

王主任进而讲：一会儿的海高牧场，就是这个典型。我们广灵不是资产收益扶贫试点县嘛。南村镇的张家洼、黑土洼等四个村集体，将295.09亩土地折价入股海高牧业养殖有限公司，获得长期稳定的土地流转资产性收益，每年可收入24.771万。

仍是一头雾水，雾水一头。真正来到南村镇海高乳肉兼用牛科技示范牧场，还是有些震撼。青色山岚下，一片蔚蓝色屋顶尤其醒目。随着新修的柏油公路前行，到了尽头，但见七栋面积阔大的牛舍整齐地陈列在沙石地上。

牧场负责人之一的刘总给我们讲解了企业发展规模。牧场老板高喜平，当年在山西开过煤矿，后在内蒙古凉城转型创业。2017年，正好广灵县委县政府搞资产收益扶贫，招商引资，又回到山西，开办分厂。牛场选址，设计建造，设备选购，引进良种奶牛，冻精选用，需要技术，是精细活计，好在都有专业技术团队指导。

养牛营养很重要，为了喂好它们，把奶牛分为七群。牧场在奶牛营养配方上面肯投入，花钱聘请了农牧行业的教授、专家，为牧场的奶牛提供营养套餐，作为奶牛的专职厨师。奶牛分群饲养管理。细化到高产牛分两群、中产牛分两群、低产牛分三群、还包括中转群。目前，牧场在职员工100多人，主要都在凉城总部。但随着广灵分厂规模扩大，这边还会继续加大投入，引进人才。专业技术人员像兽医员、配种员等都是大学生、中专生。养牛必须舍得投资，投入与产出是成正比的，只有高投入才会有高产出。

刘总介绍，2017 年投资 1.42 亿，完工建成牛舍 7 栋 56000 平方米，青贮窖 4 座 16000 平方米，干草棚 5000 平方米，牛存栏 3000 头。等到三期项目建成，广灵海高乳肉兼用牛科技示范牧场，将投资 4.3 亿元。预计到 2020 年，牛存栏 15000 头。

数字枯燥，背后却是结结实实的利市，当地农民没少跟着沾光。这么多牛存栏，意味着需要大量的玉米秸秆，一年玉米青贮就要 11 万吨，精饲料 3 万吨，至少三四万亩的土地才能足量供应。去处理谷草和秸秆，农民深以为苦，都是丘陵地带，机械作业不便，秸秆粉碎还田喊了多少年，渐渐变成一个笑话，最后只能堆在路边，焚在田头。现在不再发愁，还可以变成饲草出售。

2017 年，收购贫困户种植的玉米 6000 多亩，玉米秸秆 1.2 万亩，900 多户贫困户因此增收。这还不算牧场开工以来，为 150 多名当地贫困农民提供了稳定的就业岗位。

牧场旁边的周图寺新村就是直接受益的村庄之一。

整村搬迁到此之后，回村种地也方便，又因为靠近海高牧场，村里不少人都在这里找到了工作。贫困户陈要雨说，现在的政策真是太好了。没搬之前，还有点舍不得，担心回村种地不方便。没想到政府考虑得这么周到，把我们村移到了海高牧场跟前，回村不算远，还能挂靠着企业养牛赚钱。以前种的玉米秆都烧了，现在卖给牧场，又多了一份收入。

资产收益扶贫试点，原来是这么回事。资产收益扶贫，资产收益促进村集体经济，贫困户以土地流转入股，贫困户通过分红和务工增收脱贫。说起来也似曾相识，效果却是实实在在，真金白银落在手里，这是再不能让人感到踏实的事情。

牛也好，驴也好，都有大文章可做，你不能不感慨晋省牧业传统实在深厚。

在石楼县龙交乡麻庄村，见到了传说中的画眉驴。百头规模的养殖场，有的在安详吃料，有的在奔跑嬉闹，有的仰天嘶鸣，有两只亲热地低头"交流"，这一百头画眉驴是麻庄村脱贫致富的得力产业。

其实在龙交乡炭窑沟的丰泰农庄，还有一处更大的画眉驴养殖基地，存栏1000多头毛驴，是龙交籍在外成功人士冉海军投资3000多万元创办的沟域经济示范点，也是石楼县的毛驴繁育基地。

丰泰农庄占地400亩，办公展示区、苜蓿种植区、养殖区、屠宰加工区和农家乐休闲区五大区域区分得井井有条，农庄里面有花园、凉亭、木屋……有职工宿舍、餐厅、厨房、KTV等，在贫困的龙交乡，像世外桃源。农场周围就是棋盘山，青山幽幽，空气清新。

冉海军，三十八岁，土生土长龙交人。经历与上面几位相同。1997年，跟同样是山里娃出身的李亮一样，冉海军十七岁就到交口打工谋生。当小工，干煤焦，做生意，闯荡多年，有所积蓄。每年回家过年，看着父母一天天老迈，但还在土里刨食，乡亲还在贫困线上挣扎，他很扎心，既为父母，也为乡亲，决定回乡创业。

2016年8月23日，冉海军注册丰泰农庄，开始选厂址、平土地、垒围墙、搭驴舍，不到半年时间，一个拥有办公楼、饲料棚、饲养场区、屠宰场、冷库等的现代化农庄建成。当年腊月十六，第一批引进的驴子在这里顺利安家落户。

老百姓办事，要的是个保险，为了让乡亲们放心，冉海军用丰泰农庄资产做抵押，采取"村委入股、企业经营、贫困户分红"模式，带动贫困户和乡亲脱贫致富。

跟河曲岳屹一样，养殖场就管收购农田秸秆谷草，每吨400元，每户可以缴售 4 吨多，可增收 1600 元。

王家沟村有了丰泰农庄，集体经济破零，贫困户增收。2017 年，冉海军上交集体 3 万元，又给 60 名贫困户每户分红 1000 元，公司也开始赢利。

丰泰走的第二步，是以公司加农户、借驴还驴的模式带动周边村更多贫困户参与养殖。目前与德义河村、君庄村 20 余户贫困户签订协议。到 2018 年 7 月，母驴下驹，贫困户们便能自己发展家庭围栏圈养驴。

第三步则是打造毛驴繁育基地。现在已为本县前山乡、小蒜镇等地的养殖户提供 70 头毛驴，待下一个生产周期来临，可为周边交口、柳林、隰县、临县提供种驴。除了屠宰、养殖、销售外，还与山东东阿阿胶集团签订战略合作伙伴协议再加工阿胶和阿胶糕。

冉海军还想结合棋盘山自然资源，发展农家乐，加工熟驴肉销售。到时候，农庄将能吸收更多的村民，特别是贫困户加入，形成集种植、养殖、加工、销售、休闲为一体的综合性农庄。

除了石楼，临县、中阳、偏关、宁武、阳高、大同、天镇、右玉、古县、左权、黎城等县份，都有规模不等的肉驴养殖基地参与产业扶贫工程。

养牛、养驴产业出人意料地如此红火，其实得益于山西省全省性产业调整。从 2015 年开始，山西各地以转方式、调结构为主线，积极推进实施振兴畜牧业计划，规模化、集约化、标准化、现代化养殖发展迅猛，以农业供给侧结构性改革为契机，按照"增猪、稳鸡、发展牛羊驴等草食畜"的思路，大力发展规模高效养殖业，逐渐形成了雁门关区牛羊草食畜、晋东南生猪、晋中南家禽三大产业板块。财政补贴和贷款贴息双管齐下，恒天然应县牧场有限公司、金沙滩羔羊肉业公司、山西大象农牧集团有限公司、晋宏天兆农牧有限公司等优质龙头企业迅速壮大，双汇、雨润、伊利、蒙牛等国内畜产品龙头加工企业前来投资建厂。伴随规模饲养比重的加大，山西畜牧产业现代化快速发展。据统计，全省年饲养量万头以上生猪养殖场 111 家，年饲养量 1000 只以上羊养殖场 994 家，年饲养量 10 万只以上家禽养殖场 255 家。

大家看到的几个点，其实是全省性产业调整的一个缩影。

屋顶上的"银行"

产业扶贫中，光伏发电扶贫的效果怕是最看得见摸得着的项目。山西脱贫攻坚8大工程，20个专项行动，光伏发电扶贫为重点之一。

最先是在偏关县，见到光伏发电带给贫困户实实在在的利益。

大家被扶贫办同志带着，到了一个叫贺家山的村子。

贺家山离偏关县城并不远，可要到贺家山，需要爬过几道黄土梁，蜿蜒盘旋才可到达。站在山顶之上，烽燧在望，烽火台墩一个接一个从黄河上游延宕而来，又沿山脊延宕而去。思古尚可，生存不易。

还在正月，山野荒芜，黄土高原的肌理看得一清二楚。贺家山村就在山畔的阳坡上，人家的窑洞院落沿着山窝铺排开来。贺家山，阖村里却没有姓贺的，都姓蒙。莫非是秦将蒙恬的后人吗？支书蒙二树咧开嘴笑起来：听村里的文化人数说（讲述）过。但蒙姓是偏关大姓，还有好几个村子都姓蒙。

是不是这么回事倒不必坐实，但贺家山老百姓是过去戍边将士后人无疑。祖辈守边，生活认真，掀开任何一户人家的帘子进窑，干净、整洁、一尘不落，窗户上大红窗花，炕上铺盖床子（放被褥的小柜），红油漆小桌，连让客人坐的小凳子上都绷一个绣花坐垫。

贺家山如此，偏关县、河曲县古边塞人家大部分村落莫不如此，这不仅仅是一种生活习惯，更多的，怕还是一种生活态度。如果不是深入生活细节里，你根本无从判断这个村子里会有贫困户，至少，在精神层面他们并不贫困。精神的不贫困，在边关地方持续了怕还不止一百年两百年，而是上千年。贺家山跨过一道大沟，再越过一道山梁，黄河就在雾岚下面的峡谷中。风大，立地条件差，村落跟黄土高原上那些村落一样，年轻人都出去了，剩下的都是老人。

村支书蒙二树，五十八岁，已经是村里最年轻的人。再年轻的就是县里派驻的第一书记。村里人见了第一书记，就热情地打招呼。精准扶贫开始，贺家山村经过进村水泥路面硬化、危房改造、饮用水改造，这个小山村显得更加整洁。

饮用水改造值得一说。贺家山村过去在沟里取水饮用，后来地下水位下降，小泉水枯竭。2012 年，山西省解决人畜饮水困难，补贴到户每家都修筑旱井水窖一座，计 30 立方米，然后硬化院子，通过院子混凝土面集水储存。所以，偏关县山区村落人家，家家户户的院落都收拾得很干净，为的就是积雨，避免杂物带入。旱井技术在晋西北山区村落到处都是，没有上千年历史，也过了几百年。但即便通过避光密封消毒，水质仍然非常可疑，更重要的是，旱涝不均，如果遇上天旱，30 立方米的旱井只能储存不到一半的水。精准扶贫之后，县水利局投资在附近打了一眼深井，穿山跨沟接到村里，在村里布置了四处供水点。因为抽水成本太高，每四天可以供水一次，届时，村民可以从供水点再抽水到旱井里储存起来，以备日常饮用。

村里最老的共产党员方秀婵，七十一岁。个子不高的一个老太太，精精干干，把自家的水窖打开让我们喝，甜盈盈的，杨遥直呼可以泡龙井。

水、电、路一通，村容村貌大变。蒙二树说，除了水电路网信五通，还有户供式光伏发电。说着话，拿出手机拨弄半天，对方秀婵说：你家到现在发了一度多电。方秀婵笑说：我也会看，现在是春天，每天可以发七八度，阴天差点，早就算见了，一个月下来就是 200 多元的收入。

蒙二树说，这个以户安装的光伏发电，冬天和春天差一点，夏天日照时间长，发电量相对就大，可达十几度甚至二十度。这样下来，一户人家安装六块电池板，一年下来 3000 元左右没问题。

方秀婵的老伴蒙成唤已经七十九岁。老两口育有三女一男，都在外头。儿子在内蒙古准格尔旗打工，生了两个孙子，双胞胎。孙子长大，"可费钱呢"，所以老两口还种着 7 亩多地，养着 20 头山羊，用来贴补儿女生活。7 亩多山地，种谷子 4 亩，亩产 300 斤左右，玉米 3 亩，亩产 700 斤左右，然后又耕种二女儿进城后留下的地，种些土豆，能收 30 多袋，收获之后，这家三四袋，那家三四袋，都给了回来探望的儿女们。

蒙成唤不服老，说：别看我七十九岁，搬石头垒墙，后生们还不知道如不如我。年轻时候，给人家碹窑起石头，一顿饭能吃二十三片油糕，外带一大海碗山药拌饭。现在？现在的饭量也如你个后生！

老两口很乐观。五眼窑洞是 20 世纪 80 年代所碹，石面石拱。六块光伏板就放置在窑顶上。多晶硅板呈钢蓝色，阳光照着光伏板，也照着石窑墙面上，石墙面锤錾痕迹粗犷，一串玉米、两串辣椒挂在上面，现代与传统的反差很强烈。

蒙二树说，村里的建档立卡户，窑顶上都有户供式光伏发电。

你进村看吧,有光伏板的就是贫困户。

方秀婵是老党员,觉悟高:可不能这么说,这是国家的政策好嘛,怎么就说成个窑顶上有光伏板就是贫困户?当贫困户又不是个光荣的事情。但方秀婵又说:这是共产党给咱们建的一个小银行,天天见钱呢。

偏关县光伏扶贫起步比较早,是该县最大的产业扶贫项目,效果明显。县境内光伏扶贫项目,一种是贫困户利用小额贷款,在自家屋顶、窑顶面安装光伏发电板,以户为单位,是谓"户用电站";一种是为集体经济破零,集中一村或数村扶贫专项资金统一建设,是谓"村级光伏发电站"。

蒙二树介绍,贺家山光伏电站涉及四个村总人口 2136 人,其中贫困户 254 户 659 人。项目总投资约 320 万,其中扶贫资金 200 万,省电力公司帮扶资金 100 万,剩余部分由承建公司垫付,由中国恩菲工程技术有限公司承建。电站年发电量约 60 万度,年纯收益约 52 万,25 年寿命期内共可发电 1500 万度,实现总收益 1320 万元。

村里计划把年收入的 60% 分配给四个村 156 户贫困户,40% 留给贺家山、营盘梁、高家上石会、杨家岭四个村,作为村集体经济收入,四个村 2017 年同时实现了集体经济收入"零"突破。

县扶贫办李虹介绍,目前偏关已经建成两座这样的电站。另一个电站位于窑头乡大石洼村,由大石洼、光明、闫家贝、沙庄窝四个村级电站联合建成,装机容量同样为 400 千瓦。该电站可为 132 户贫困户每户每年增加 2300 多元收入,也为这四个村带来 20 多万的村集体经济收入。

偏关县还计划建设两个总规模为 38 兆瓦的集中式光伏扶贫电站,目前项目签约和项目选址业已完成,已经上报国家发改委,一旦指标下达，即可开工建设。项目完成，贫困户 1912 户 4784 口人将年均增收 3200 元。

速度快，是为了抓机遇。

简单地讲，每年审批的光伏电站每度电的入网价格并不相同，国家为扶持清洁能源产业，每年都要从财政拿出巨额资金进行补贴。举例而言，2016 年审批的光伏项目，每度电入网价为 0.96 元，2017年审批项目为 0.85 元，以后逐年递减。国家补贴占到 70%。早一天建成，就早一天得利。

扶贫办主任夏俊英介绍，县长刘川楠为争取光伏项目早日落地，一手统筹，多方论证，选地形最适宜的地块，选最优的产品，把好效率关、管理关、分配关，以工匠精神塑造精品工程，先后试验了地面集中、一村一站、多村一站、农光互补一村站（薄膜光伏电池）、农光互补多村一站、林光互补百村一站、户用电站七种模式，最后发现林光互补百村一站最为实用。在我们天镇，刘县长又被大家叫作光伏县长。

而且电站运行和保养，也是公司化运作。

2018 年 3 月 11 日，在天镇采访的第一站就是保利光伏服务公司。不同于偏关县贺家山村级电站，更不同于贫困户屋顶光伏发电，这已经是一家现代化的光伏发电企业。

全县光伏发电用各种形式安装光伏电池板，加起来的装机总容量达到 5.23 万千瓦。

一般人可能不知道这个装机容量意味着什么。二十世纪六七十年代，各县都纷纷上马小火电，小火电是一个县份工业的地标性存在，深深融入人们的日常生活中，红火一时。

但那个时候县级火电站的装机容量才不过 2500 千瓦左右，从来没有上万装机的县级电站，不仅污染严重，而且电压不稳，发电效率不高。后来，全部关停，有的经过改造之后转为供热站。5万千瓦，相当于过去县级电站装机容量的十倍甚至更高。

天镇县几个光伏发电站点的信息全部汇总到公司大楼的电子屏上。各个光伏网点的运行情况，小到逆变器的状况都一清二楚。通过光伏扶贫智能运营管理平台，可以看见当天实时发电1436度。

这是一个不俗的发电量。不仅不声不响，而且清洁。

经理庞爱介绍：全县光伏站点不少，怎么节省资源，减少运营成本，县里尝试创新"政府扶持、市场运作"的管理运行机制，最后，以县为单位，成立了天镇县保利光伏服务公司，负责县域内所有村级光伏扶贫电站和户用电站的项目管理、并网申请、电费结算、运营维护等工作。

这最大可能节省了成本。以黑石梁光伏扶贫电站为例，占地445亩，装机容量1.01万千瓦，共有37736块光伏板。这么多板子，其中一块要是发电量不够，靠人工一一排除，显然不大可能。但在我们的智能化远程全程监控系统里，却看得一清二楚。这相当于是全天镇光伏电站的心脏。每个电站、每一块光伏板的发电数据，都通过云端传输到这里。有了问题，在这里也可以立即发现，方便检测和维修。农户屋顶上的光伏板同样如此，他们就等着分红，管理上的问题有我们运维管理人员。

天镇县，地处晋北，西接内蒙古，东连河北，三省交界，长城迤逦，是晋北地区的农业大县。全县21.38万口人，农业人口就有17.6万，占到82.6%，建档立卡贫困人口达2.14万户、4.67万人，占农业人口的26.5%。属于燕山—太行山连片特困地区的深度贫困县。

天镇光伏产业扶贫模式创新产业发展，精准扶贫到户，反响良好。

2017 年 10 月 16 日，在"攻坚深度贫困"高峰论坛上，县长刘川楠做了交流发言：

根据全县日照时间长的特点，我们积极发展光伏发电产业，三年来，累计投资 4.67 亿元，建成光伏扶贫电站 5.23 万千瓦，组织发放收益 990 万，惠及建档立卡深度贫困对象 6680 户。天镇县在全省首家实现贫困村村级光伏扶贫电站全覆盖、集体经济全破零、收益分配全覆盖。

在具体工作中，有三个关键环节的问题需要特别注意，即规划设计、运维管理和收益分配。

刘川楠说，项目规模、光照条件、土地性质和输出条件都需要做出科学的规划。同时，融入信息化、智能化的管理方式，才能实现运营最稳定、扶贫效果最佳。

在收益分配方面，天镇县采取固定补助与发放工资相结合的方式，对无劳动能力的深度贫困户，按照每户每年 3000 元标准，给予固定补助，通过这种方式扶持了 4000 多户深度贫困户；对有一定劳动能力的贫困户，通过吸引他们从事清洁打扫、巡逻保卫等公益岗位，根据劳动量发放工资，扶持贫困户 2000 多户。

接下来，天镇县将重点发展户用光伏。目前已顺利完成一个村 95 户的试点项目，采取政府补助（20%）+ 农户自筹（10%，计2740 元）+ 银行贷款（70%，共 19200 元）的模式，政府并给予贷款贴息。项目于 6 月份全部并网发电，目前运行良好，预计每户年可发电 4760 度，实现收入 3525 元。

光伏扶贫，效果明显。国务院确定的十大扶贫工程中，光伏是重点推动的产业扶贫项目。

产业背后有庞大的国家投资。

光伏发电，与其他传统能源发电一样，分为两大部分。一为发电系统，二为输变电系统。发电系统相对于传统火电、水电，甚至核电，不必固定厂址，追逐阳光，随处可以布点，最后集中。

偏关县营盘梁第一书记李建生，原来工作单位在国家电网，他跟我们讲了光伏发电在投资、收益方面的常识。

发电系统投资，各地有各地的办法，但全省大致相同。以偏关县为例，发电系统分为集中共用、村级同用、分布式户级三种模式。筹资方式，则为贫困户部分贷款，政府全额贴息，企业垫资，保险资产投保。偏关县采取了"贫困户部分贷款、政府全额贴息、企业垫资、保险资产投保"的方式。政府首先遴选优秀光伏企业作为全县光伏电站建设企业。光伏企业成立项目公司，设立维修站，配备专职维修维护人员，负责光伏电站建设、施工及售后服务，为贫困户提供整个光伏系统十年质保，二十五年免费售后服务。筹措资金采取"七三分摊、政府贴息"的办法。安装一套 3 千瓦户级光伏扶贫系统造价 2.38 万元，六十周岁以下符合贷款条件的建档立卡贫困户向县信用社贷款 1.68 万元（总价的 70%，政府全额贴息），公司前期垫资 7000 元。同时，政府融资平台贷款 7000 元，为六十岁以上的建档立卡贫困户贷款，由政府全额贴息，让六十岁以上的建档立卡贫困户向银行贷款转为向投融资平台贷款。

贷款解决，开始施工。收益分配方面，采取"分年度单项还贷"的方式，破解利益分配难题。第一个五年，在保证贫困户每年增收 1000 元的基础上，向银行还贷款 3360 元；在第二个五年中，保证贫困户每年增收 3000 元的基础上，向光伏公司还垫资 1400 元；十年后还款完成，产权全部归农户，贫困户除去维修维护费用后，每年可增收 4300 元。

全县共有 9190 户建档立卡贫困户，县里统一规划，每户都要建设 3 千瓦的户级电站。目前，已办理贷款 2555 户，完成安装户级电站 2339 户。2555 户加起来，发电端投资就达 5800 万元之巨。

光伏初始发电是直流电，通过光伏电池自身带的逆变器变为交流电之后，发电系统便完成了自己的工作，下来就是输变电系统的事情。

光伏发电，较之传统能源，厂址布置灵活，但分散；不必建设电站配套的大型输变电系统。户用式电站先要把电流输送到农网低压线路，通过变压器再统一送到高压电网系统里面。只是过去农村电网的变压器标准普遍较低，需要在每一个站点给变压器增容，还有低压线路改造。就是说，需要对已经布设好的农村电网重新整理一遍，沿线的电杆、电线，包括铁塔的搭线瓷柱，都需要更换。

光伏发电站通过逆变器输送出电流之后的所有事情，都由国家电网公司来承担。2014 年以来，国家电网每年都要为此投入巨资，这个投资远高于光伏发电系统。以 2018 年为例，国家电网山西公司负责的扶贫接网工程要投资 7.06 亿元，涉及 8 市 32 县，共 3553 个贫困村、118314 户贫困户，2235 座电站。2235 座电站，加起来的装机容量为 73.7981 万千瓦，略高于三峡电站一台机组的容量。工程具体分解，共 132 项，新建和改造 10 千伏线路 1033 公里，低压线路改造 111 公里。

老百姓津津乐道于自家"屋顶上的银行"，以为就是几块光伏板再搭两根线接出去的事情。不说光伏本身的科技含量，他们更不知道几块板子两根线搭出去，像精灵一样的电流顺着呜呜作响的电线走山绕梁送出去，背后有强大的国家筹划与具体的部门投入，还有许许多多工程师和技术工人，夜以继日流下的汗水与闪现的智慧。

绿色涌动黄土高原

解谜南圪垛

　　湫水河畔的临县林家坪镇南圪垛村，在 65 万人的临县算是一个中等村落，距乡政府 2.3 公里，下游就是碛口古镇。

　　南圪垛村，一听就是一个充满山西意味的地名。下辖南圪垛、高家圪台、沙垣三个自然村。圪垛，在山西话里，是一块隆起的地方。圪台，在山西话里，则是一块相对平整的高地。三村合一之前，南圪垛本村有 300 多户计 800 多口人，三村合一，人口逾 2000 口。

　　1947 年 3 月，胡宗南进犯延安，中共西北局东撤到山西，就驻扎在南圪垛村。习仲勋、马文瑞等西北局领导人就在这里办公，贺龙担任司令员的陕甘宁晋绥联防司令部也设在该村。军政要员齐聚南圪垛，这段历史不得了。如今村里上了年纪的老人还能一一数说出习仲勋住谁家院子，马文瑞又住在谁家。2016 年，临县对农村房舍危房改造，整村提升，南圪垛经过一番改造，发展红色旅游，村民开始"吃旅游饭"，一到周末，游客纷至沓来。

　　红色旅游是一方面，更重要的，南圪垛商业传统深厚，村里明清两代的窑院建筑分布在"圪垛"上上下下，古朴、严整，是典型的黄土高原窑院民居聚落。除"红色"资源之外，本身就有相当的历史底蕴。

到南圪垛，是专门看一个造林专业合作社。

在沿黄诸县中，偏关县早在20世纪90年代初就有"造林专业队"。偏关专业队造林植树，在山西省绿化行业里大有名头。别人种不活的树，他能种活，栽不成树的地方，他能栽上，几近传奇。到偏关，正是正月里，梁峁风动沙大，还没有正式开工，新时代的造林专业合作社还没有开始运作。

说起临县造林，县委书记张建国很激动。他说，我们临县的造林前所未有，你们一定要看看我们的合作社，看看合作社是如何带动脱贫攻坚的。

他讲到一件事。去年国庆节，北京展览馆展出"砥砺奋进的五年"大型成就展。这是全国性的一个展览，与地方政府关系不大，所以也没有在意。但是展出第二天晚上，一位在美国读博士的临县籍年轻人回国看展览，见到一幅临县城东山万亩生态建设的工程图片，人不亲土亲，激动莫名，在微信群里分享家乡的光荣。张建国这才知道，临县的生态绿化建设是代表山西，代表深度贫困地区脱贫攻坚入选这个展览。山西只有两家，临县生态绿化是其一。张建国很兴奋。他讲：这说明什么？说明我们这几年生态脱贫的成绩有目共睹啊。

这幅放大后的照片确实令人震撼，随航拍机视角，恍然有一种悬置半空的错觉。东山上梁峁辗转，沟深壑巨，沿山脊，顺山梁，鱼鳞坑的白圈圈齐整盘绕，绿色的油松沐浴着晨光排兵布阵，黄土静默，青松摇曳，见惯了荒凉的黄土坡一点点一层层在染成绿色。"绿水青山就是金山银山"几个字被制成十个巨型标牌伫立梁塬，甚为醒目。自然造化，黄土大山雄浑厚重，人造工程，更让雄浑厚重重上几分。

这都是在农民踩着牲口都不能直立的山坡，一点一点抠出来，栽出来，浇出来的。张建国指着图片上陡峭的山脊说，像这样立不住人的地方也种了树，人从山上吊一根钢丝，人拽着钢丝把石头、肥料运下来，挖坑、垒堰、培土、上肥，然后把树栽进去，再拉管子挨个儿浇上。在管护期，为保成活率，每年要上上下下十几趟，个中辛苦，可以想见。这是绣花功夫，更是水滴石穿的功夫。

全省脱贫攻坚，临县的生态林业扶贫确实走在前面。

2017 年 5 月 25 日，山西省扶贫攻坚造林专业合作社现场推进会在临县召开。

2017 年 9 月 26 日，全国林业扶贫现场观摩会在吕梁召开，与会嘉宾先后到临县李家湾造林专业合作社规模治理工程、曜头牧光互助扶贫项目进行实地观摩。

2017 年 12 月 12 日，四川等地的林业干部到临县考察学习扶贫攻坚合作社造林工作。

山东、河南、云南的林业干部也先后来参观学习了。

虽然取得了不俗的成绩，但临县底子差，到底还是一个生态脆弱县。作为吕梁市，乃至山西省生态治理的主战场之一，临县有 25 度以上坡耕地 91.18 万亩，宜林荒山 55.73 万亩。2016 年完成造林 7.32 万亩。2017 年完成 34.92 万亩。2018 年临县要完成造林任务 33.61 万亩，退耕还林 29.65 万亩。对于即将开展的工作，县委书记张建国这样讲道：

不久前，我们开了一个全县脱贫攻坚大会，对 2018 年，甚至是 2019 年的工作，都做了具体的规划和安排。临县是 2019 年脱贫，好多事情就得提前铺开。该加快进度的，都得往前赶。生态造林尤其不能等。植树造林合作社，成立了 291 个，今年 3 月 12 日就动工了。去年实际参与合作社 258 个，动员 14000 多人，其中贫困劳力 11000 多人。造林招标变为议标，其中合作社得吸引 60% 以上的贫困劳力。政策的调整极大调动了老百姓的积极性，不用外出打工，在春季和秋季这两个时间段，在本县范围内就能工作。在这场攻坚战里，我们在一个战场赢得了两场胜利，一是山野增绿，改善了环境；二是贫困户分红，百姓增收。

经张建国书记这样一说，造林专业合作社像一块磁石，更像一个待猜的谜。合作社到底怎么运行？怎么造林？如何脱贫？一切都来得如此急迫。

临县组建的 291 支造林专业合作社，入社成员 1.3 万人，其中贫困户成员 1.14 万人，有相当完善的贫困户参与方式、用工酬劳、收益分配、议标办法等机制。全年参与造林的贫困社员 6802 人，人均增收 6885 元。重新选聘了 1634 名护林员，其中贫困户 1360 人，人均年增收 5600 元。全县退耕还林兑现补助 19272.5 万元，涉及 5.2 万户 18.92 万人，其中贫困户 1.7 万户 4.6 万人，人均增收 1100 元。

临县百姓，一天两顿饭。到了村里已经上午九点，正是早饭时间。早春二月，地里的活还不太忙。到上午十点，合作社的人才陆陆续续过来。

南圪垛村林业专业合作社理事长叫张奋云，合作社还有一个办公地点，就在湫水河边公路一侧。屋里阴冷，屋外太阳朗照。张奋云开了电暖气，才稍稍感到舒服一些。

张奋云听说采访造林合作社，心里正泼烦，说起话来也就有些不耐烦。他说：这种造林方式好，给了你造林指标，就相当于给了你钱。但是这个钱不好挣，2016 年，村里共 300 亩造林指标，一亩地按照 8000 元结算，但是这个活真是不好干，自己垫了 100 多万元。因为按县里要求，你必须保证工人的工资，除了工资，还有买树苗款，浇树用的水管、水泵这一套投资。正月二十，县里给了三分之一，全部款项要待三年之后验收合格，才能全部结清。怎么验收合格？要求你的成活率达到90%。我们要求硬，要求管护上来，必须100%的合格，半道出了问题的苗子要及时补上。

他愁的是这个三年周期，三年周期，中间还需要养护，浇水补栽这一套，眼看还得往里垫资。这不是要紧的，要紧的是今年给村里下达的任务是1000亩。乖乖呀，300亩往里垫资100万元。这营生看见是个肥蛋蛋，但你一口吃不下，丢又舍不得丢，只能硬着头皮干。

所念结深肠，各算各的账。张奋云原来愁的是这个。

张奋云四十多岁，我问他：村里像你这样的年轻人多不多？

他笑起来，说：多！我们南圪垛，现在2000多人，贫困户173户436人。但我们村向来不是个贫困村，是近些年不行了。你从林家坪到碛口打听哇，一说南圪垛，都说是好村子。为什么？你看我们村的老房老舍，虽然过去地主老财没有，但家家户户都是富裕人家。村里人从来做生意的多，外出打工的少。在前些年，全村一半人做红枣产业，主要是贩红枣，收购回来分级分类，然后贩到各地去。往哪里贩？跑东北，跑南方，全国各地跑。临县红枣那几年行，拉上一车到当地的干果批发市场，再批给二道贩子。前十几年，临县红枣占全国红枣市场的半壁江山，价格平稳，出去一车顺顺利利就卖完了。现在不行了，像前年，出去一车干脆就卖不动。为什么？让新疆枣顶得不行。新疆枣个大，品相好，市场认。叫我看，还是咱临县枣好，好吃。但人家不认你没办法。像今年，枣都撒在地里，没人去拣。

话说出去，再说回来。张奋云是村里的能人，贩过红枣，养过大车，揽过工程，做过包工头。"甚挣钱做甚"，村里 2017 年整村改造，打造红色旅游景点，每家每户的蓝色塑钢瓦都是由他来承包统一施工的。组织造林专业合作社，一是他年轻，有想法；二是有经济实力，能垫资。但钱不好挣。张奋云说：这个形式挺好，本村的树让本村人来种，肥水不外流。不像过去，几千亩大的造林任务，谁看见不眼红？哪里能轮得上咱们？南圪垛村的造林合作社在 2016 年年底成立，造林专业合作社，造林 300 亩，受益 92 户 184 人。

造林合作社是怎么回事？先要取得资质，这个造林资质不是随便发的，由省林业厅统一核发，县里把任务给你，这就是给了你投资，然后由你来组织，董事会、监事会这些组织都得有。组成人员中，建档立卡贫困户不能少于 60%。咱们这个合作社在工程忙的时候，最多用工达到 184 人，造林植树高峰期连续工作两个月，村里受益 92 户 184 人，百分之七八十是贫困户。但实实际际讲，植树高峰期，大家外出务工的务工，做生意的做生意，雇一个打下手的小工（一天）需要 120 元，雇一个懂植树的技术工，那就三四百元不等了。做完营生，首先要付工资。因为上头要检查，付不了工人工资，你的资质就成问题，下一年的任务就不给你，你这个合作社也成了空壳子。

墙边坐定贫困户刘海峰，是合作社的监事。监事是兼任，实际上是工人。

刘海峰年龄也是四十出头，过去两个孩子念书，妻子有顽固性胃病，"一个医生一个方子"，一年吃药就得八九千，学费加药费，"够喝一壶"，所以是因学、因病致贫的贫困户。

合作社成立，去年干了三个多月，一月五千多六千的样子，总共挣了一万多。

这一万多顶大事啊。孩子大学毕业，现在都在外头打工，老婆吃药如常，因为不住院，所以不能报销。地亩也不多，村里平均一个人一亩多地，一等水地，二等旱地，三等枣林地加起来是一亩多，河滩里有一分多菜地，刚刚够日常用度。这个造林合作社顶大事不顶？

当然顶了！

贫困户刘存贵接过话茬。刘存贵特殊一些，他有个三轮车，往山上拉树苗，顶一个半工。张奋云说，他和他的三轮车挣得最多。问他挣了多少？竟然脸红起来，不说。张奋云说：人一个工，三轮车一个半工，三个月下来你算算是多少钱？

说起三轮车，刘存贵说，这钱也不好挣，往山上拉树苗，就没有路，活活从坡梁上杵出一条路来走，都是山羊都立不住脚的石梁梁土坎坎，很危险。也就是我能干了这活，别人还未必敢走这路。

浇水，从河里拢一个拱水坝，三级提水往山上提。挖好鱼鳞坑，培上土，上足肥，栽上树，再提根管子一苗一苗往过浇，浇饱灌足，不敢稍有差池。哪里偷懒一下，哪里的树尸首也全不了，一眼看去那个难看。

说着说着，他就说到栽树那一套去了。

屋外，杨遥和克海在暖阳下跟村里几个外出打工回来的护工说话，其中一个叫刘引娥，四十六岁。听见屋里头聊造林专业合作社，快人快语，接过话头：以前男人在外打工，一年下来说是也挣了两个钱，都花在路上了。现在就在家里待着，有工程的时候，就跟着一起种树，不用出门，一年光种树就能有近两万的收入，家里有什么事还能帮衬上。

造林专业合作社确实是起了作用。眼见为实，运作无甚惊喜，信息量却特别大。

就南圪垛村而言，全村贫困户146户463人，脱贫攻坚大致上有几大块。一是红色旅游，环境保洁，景区管理，可以解决一部分岗位，36人，一年保证工资性收入6000元。红色景区展览与西北局、陕甘宁晋绥联防司令部旧址，需租赁15户房屋，年收入3000元到8000元不等；二是食用菌培植大棚，政府扶持60万，29户贫困户以小额贷款入股，25户贫困户在房前屋后修建大棚10座，户均纯收入可达6000元到9000元。还有香菇合作社，建设大棚41个，带动贫困户108户；三是光伏发电，装机200千瓦，年均发电24万度，收益23.5万元，村集体收入6万元，带动深度贫困户36户83人，人均收益1000元；四是造林专业合作社。

林林总总，脱贫项目众多，整村脱贫，造林专业合作社起了大作用。

通过生态造林扶贫，完成一个战场打赢两场战役，包括建立造林专业合作社，都来自山西省的顶层设计。

在老百姓口里，赖以生存的这块热土有非常具体的地理描述，是坡上、坡下，是沟、梁、峁、塬，是河条、崖畔，是沟沿、沟掌，是墕畔、崖边。地图上连一颗沙粒都无法腾挪转身的地方，命名密度如此之大，只能说明地貌之零碎，生态破坏之严重。吕梁山、燕山—太行山深度贫困区域，也是著名的京津风沙源区。一年一场风，从春刮到冬。老百姓夸张地说，铺天盖地的老黄风，刮得大山不见顶，刮得小树没踪影，刮得碌碡耍流星，刮得碾盘翻烧饼。

生态恶化与贫困如同一对难兄难弟，互为因果。山西58个贫困县中，10个深度贫困县，都深处生态脆弱区域。所以，山西省脱贫攻坚，改善生态，修复生态是题中应有之意。

恰好，朋友王裔飞担任省林业厅法规处处长，近水楼台，打电话过去咨询关于山西省林业生态扶贫问题。王处长刚从大同出差归来，风尘仆仆，话里能听出疲惫。脱贫攻坚正处于关键阶段，全省各职能部门都消停不得。

裔飞处长说，先从背景说起。山西省在制定8大工程、20项行动中，实施林业生态治理工程是一大项，或者说，脱贫攻坚，林业是主力军、排头兵。省委、省政府明确指出，解决深度贫困，要采取深度措施。尤其在生态脆弱地区，要坚持把脱贫攻坚与生态建设紧密结合起来。要在一个战场打响两场战役，一个战场，就是58个扶贫开发重点县，两场战役，即生态治理与脱贫攻坚。一个战场两场战役是主线。

围绕这条主线，省林业厅为脱贫攻坚，具体地说，为贫困户在林业生态建设中尽快脱贫和增收，联动实施五大项目。第一，造林绿化务工；第二，退耕还林奖补；第三，森林管护就业；第四，经济林提质增效；第五，绿色产业综合增收。五项联动，力度非常大，效果明显。

第一项造林绿化务工，主要形式就是各地成立造林专业合作社，吸收贫困户务工增收。省林业厅专门就造林专业合作社运行机制出台了一个规定。规定甚详，具体地说，合作社运行，要实现"六个精准"，确保"四个到位"。

六个精准。

首先是精准制定扶贫政策。也就是一整套规范有序的运行办法和保证，如次：

合作社由贫困人口精准组成；造林工程由贫困人口精准完成；劳务收入由贫困人口精准获得；最大限度提升扶贫惠民政策的覆盖面；吸收更多贫困人口增收脱贫。

第二是精准遴选领办人员，以县政府名义向社会发布招募公告，优先选择具有丰富管理经验、先进技术力量、成熟团队管理、较强经济实力，专业机械设备的造林公司或专业队伍的法人、负责人，由他们牵头领办脱贫攻坚造林专业合作社，充分发挥他们的资金、技术、管理、装备等力量和优势，确保造林成功、群众增收。

第三，精准吸纳贫困社员。由县级林业部门会同扶贫部门和乡镇政府，确定建档立卡扶贫对象，建立林业扶贫名册；然后，由领办人根据扶贫名册，按照合作社人数不低于20人，贫困社员不低于合作社社员人数的60%，组建脱贫攻坚造林专业社。

第四，精准落实造林任务。统筹考虑年度造林任务和合作社承载的贫困人口数量，按照每个贫困社员平均劳务收入4000元，贫困户年收入1.2万元，平均造林35亩，核算合作社造林规模，并根据合作社人员构成、交通便利情况，确定合作社造林地点。

第五，精准支付劳务工资。县级林业部门按照造林工程项目管理规定，组织验收，验收合格后按照合同约定工程项目资金拨付到合作社。合作社依据参与工程项目建设的社员劳动量登记造册并计入劳务台账，所产生的劳务工资全部通过银行转账方式直接支付到社员银行账户，不得以现金方式发放。合作社所产生的劳务工资要占到工程款的 45% 以上。贫困社员的劳务工资要占到总劳务工资的 60% 以上。

第六，精准考核扶贫成效。县级林业部门在分阶段拨付造林工程项目资金时，核查劳务工资凭证、未给付的劳务工资账务清单，核算贫困社员年度劳务收入。每年对合作社生态治理与脱贫攻坚成效进行双评价、双考核。对造林质量高、组织运行规范、扶贫成效显著的，给予表彰奖励，优先安排工程，适当增加任务。对造林任务未能如期完成、造林质量不达标、贫困社员劳务收入不达比例、资金支付存在弄虚作假的，暂停下一年度任务安排。

这是"六个精准"，"四个到位"不需详说，组织领导到位、内部管理到位、培训服务到位、监督指导到位，旨在对合作社运营全过程进行规范、指导、服务、监督。

王处长一口气叙述如竹筒倒豆，熟稔于胸。六个精准，四个到位，本质上还是体现脱贫攻坚中"帮扶谁，谁来扶，怎么扶"的精神。同时，如此缜密的运行管理，都精准指向保证贫困人口增收脱贫，有效避免各种资源和利益的"精英俘获"。

王处长进而讲，合作社动作还有一个大背景，那就是国家对深度贫困地区采取的另一种扶贫政策——大规模的退耕还林和生态建设投资，不然合作社也是无本之木。

为确保"一个战场，两场战役"打赢打出成效，山西省通过立法程序，制订《山西省永久性生态公益林保护条例》，退耕还林和林业生态建设有法可依。

退多少呢？数字相当庞大。经过四个月摸底调查，全省群众自愿退耕还林面积为 635 万亩，涉及贫困人口 90 余万人。省里在国家退耕还林补助政策的基础上，对退耕农户每亩补助 300 元，再通过种苗补助配套，贫困县每亩种苗造林补助达到 800 元，非贫困县每亩种苗也达到 500 元。

2017 年，新一轮退耕还林还草工作开始，下达计划 169.8 万亩（还草 6.8 万亩），省财政垫资 4.94 亿元，按照每亩 500 元标准提前兑现退耕还林补助资金。2017 年 6 月，山西省人民政府下发《关于聚焦深度贫困集中力量攻坚的若干意见》，支持 10 个深度贫困县 120 万亩 25 度坡度的耕地全部退出。

退耕还林如此，国家的林业投资更大。

2013 年到 2017 年，国家对山西省各市县的林业投资达 173 亿元。58 个贫困县就占到 150 亿元，占总投资的 80% 强。

包括临县在内，吕梁山生态脆弱区 23 县，实施林业生态治理，累计投入 21.4 亿元，完成 572 万亩。区域内森林覆盖率由 2010 年的 12.77%，上升到 2017 年的 14.86%。

山西省全省，2010 年保有森林面积 4236 万亩，覆盖率为 18.03%，到 2017 年，达到 4816 万亩，覆盖率达到 20.59%，为全国增幅最大的省份之地。

新华社通稿称之为"增绿脚步还在加快，生态蓝图笔力千钧"，概括得甚为准确。

2017 年，再向 10 个深度贫困县追加 60 万亩造林任务，50 万亩沙棘林改造任务。

话再说回来，临县的合作社运作，当然规模大、人数多，但仅仅是全省造林专业合作社的一个缩影，一个片段，一个乐章。2017 年，全省共有 2926 个造林专业合作社，吸收贫困户 6.2 万人，带动 15.5 万人脱贫。也是 2017 年统计，8.2 万贫困户退耕还林 52 万亩，户均增收 3150 元，还有 2.8 万个护林岗位，吸纳 1.9 万贫困劳动力就业。

等等诸般，"五项联动"，全方位，多层面，全过程，林业要真正起到主力军和排头兵作用，体现的是山西特殊环境下山西脱贫攻坚的"山西气魄"和"山西担当"。

王处长解释，条理清晰，从解决长期的生态欠账导致的相对贫困看，林业扶贫无疑是一剂驱贫脱贫良药。

"枣树精神"

走兴县，过临县，再到石楼县。虽然对黄土高原的地貌特点非常熟悉了，但走到位于石楼县东南部靠近黄河的和合乡，黄土高原的破碎程度仍然让我们大吃一惊。

和合乡是石楼县 2016 年下达退耕还林最多的乡，总共有 25700 亩土地要退出，占到全县总任务的 43%，涉及 12 个村委，1623 户农户，其中有 696 户贫困户。现在退耕任务已经全部完成，退耕地的树木由合作社全部栽种完毕。

当车子七拐八弯颤颤巍巍爬到高岗之上，四野群山合围，高原巨壑尽收眼底。和合乡，水土流失严重，境内除了沟岔通过打淤地坝略有些平整地块之外，要找一块平整塬面难上加难。脚下深壑竟达百米之巨，但就是这样陡的坡地，还残存着去年未收回的谷秆。如此坡地，驴来驴崴蹄，牛上牛喘气，如果用畜力耕作，十头驴能跌死五对。四条腿的动物都无法站立，农民是如何一年一年在上面撒种耕作的？县里同志说，只能倒退着耕作播种，稍有不慎就可能掉到崖底。

环境恶劣与贫困相伴相生，和合乡像一个模板展示在眼前。

石楼位于晋西吕梁山西麓，黄河东岸，总面积 1808 平方公里，耕地面积 49.5 万亩，总人口 11.9 万，农业人口 9.8 万。2015 年底建档立卡贫困户有 1.2 万户、贫困人口 35920 人，贫困发生率达 36.7%。全县 67% 的土地是 25 度以上的陡坡地，土地贫瘠，降水量少且分布极不均匀，十年九旱，农作物广种薄收。交通闭塞，境内还没有高速公路。

说起植树造林，县林业局局长刘小龙说：我经常在手机上看右玉植树造林精神，看塞罕坝精神，我就在想我们石楼人一直就有这个苦干实干的传统。

刘小龙是土生土长的本土干部，苦孩子出身，县扶贫办的同志讲，刘小龙是家里的老大，长兄为父，几个弟弟的婚事都是他一手张罗的。学校毕业分配回县，一直在乡镇工作，做过乡长、乡党委书记，对全县的情况了如指掌。聊开石楼县的植树造林精神，刘小龙的话多了：

从 1958 年，石楼就开始栽树，其中团圆山现在发展到了 20 万亩，核心区域有 10 万亩，成为全省唯一一个通过人工造林变成的自然保护区，有人工侧柏、油松林 3733 公顷，天然灌木林 2910 公顷，人工林总面积达 4100 公顷，总蓄积量 4.6 万立方米。

一任接着一任，就这么干出来了。现在外地来客人，我就跟他们介绍，哪里要跑到右玉那么远的地方去看，你到我们团圆山的人工林场看一看也一样。以前全是荒山坡地，都是开荒种地，到我小时候那会儿就见人们栽上树了，只是栽得不多。但是石楼人对栽树还是有一套的。比方民间口头禅里有这样的话：当年富，抓畜牧；长远富，多栽树。三分造林七分管，一时不管就完蛋。栽树不管，牛羊喜欢。桃三杏四梨五年，枣树当年就见钱。

到20世纪90年代末，国家层面也意识到水土流失严重，黄河断流，每年干旱不止。从2000年开始，石楼开始大规模退耕还林。到2006年，退耕了68万亩，其中22.2万亩是耕地，剩下的是配套荒山。这在当时全省规模最大。

从2016年开始，我们通过摸底，还有20.5万亩坡耕地，所以也就接受了这么多退耕还林任务。2016年完成5万亩，去年完成6万亩，今年的任务是9.5万亩，要一次性拿下来。

一是所有25度以上的坡耕地，全部退耕还林。二是支部牵头，每个村至少成立一个植树造林合作社。如今已有57个扶贫造林合作社，吸收农户1060户4100人，其中贫困人口1000户3900人。今年还要再成立87个合作社。三是通过生态造林，村村覆盖，人人受益。就是要通过生态脱贫，打造一支永久脱贫的队伍。这支队伍现在造林脱贫，然后地栽完了，就要通过管护林场要效益，来细水长流地增加百姓收入。真正践行习总书记的话："绿水青山就是金山银山。"现在全县有260万亩荒地，180万亩林地，150万亩生态林，有1003个护林员。但从去年开始，护林员全部解聘。新的护林员，通过个人申报，村里推荐，乡镇审批，重新聘用。你得真正管护好林业，而不是把这个当成养老金。因为制度设计好了，政策也透明，程序也公正，村里没有出现上访事件。

现在我们为什么要高举支部这杆旗，村村搞造林合作社？就是经过几轮退耕还林下来，该栽的都栽了，再新增，怕是任务完成不了。

也就是说，退耕造林到了现在这个规模，要继续推进，就存在这么几个问题：

一是林牧矛盾。一涉及牧，就事关民生利益。你要造林，就要禁牧。现在来看，右玉搞得好，就是他不光植树，还种草，把老百姓的利益兼顾上。

二是村社矛盾。最初成立生态造林合作社，目的是好的，就是为了致富。但合作社的任务是为了利润最大化，而好多贫困户之所以贫困，就是因为身体残疾，病痛缠身，没有劳动能力，参与不到合作社里面去，就得不到分红。村干部在这个过程里既无利可图，还得协调负责任，连一个名誉都没有，怎么可能有积极性？合作社这面旗既然提出来，理论分析也可行，上面给了你这么多政策，这么大的扶持力度，为什么实际操作起来有困难？我们的领导分析来分析去，认为还是组织上出了问题。所以就让村支部牵头，村社合一。村干部成为主体，不光是担责任，还能做主，人格得到了尊重，说话算话，自然也就有了积极性。之前，上面给了政策和任务，分配到各个村里面，都不要。他们就认定不干事不犯错误，少干事少犯错误。现在呢，村干部的积极性调动起来了，他们就会积极要任务。要来任务，村集体能创收，贫困户的收益能得到精确保证，村干部自己能得到一点利润，名誉有了，政治任务完成，自己也有实惠。这样就达到了多赢局面，国家的生态利益、干部的政治利益、群众的经济利益都达到了。说到底还是领导觉悟高，抓住了支部这杆旗，就抓住了一切。

举个例子，今年80%植树造林的任务都放到了和合乡。他们打破长期基本农田限制，一是突出土地调整，坚持宜林则林。

和国土部门协调，把 2.3 万亩坡耕地调整为非基本农田，搞退耕。二是突出特色栽植，保证老百姓退耕后还能从土地上有收入来源。

和合乡下面有个呼延山村，在村社合一方面搞得非常好。贫困户以入股的方式参与生态造林合作社，三千五千都行，分红是分红，劳务所得多劳多得，另算。呼延山村有一块枣树地，作为村集体经济入股，我们通过提质增效又给注入了一部分资金，这样，通过生态建设，实现了集体经济破零，贫困户在村支部的领导下，一户一账簿，精准生态扶贫收入。村里的合作社，2017 年先期投入 60 来万，就是村支书自己垫资去购苗木，等到验收合格了，再付给他一部分。造林员一天能挣 150 元，一年下来挣个一万八九也容易。以前的造林跨区域，造完后，树能不能活，质量不好追究。本村的造林，本村的护林，也方便后期管理。

我们吃透了政策，摸清了底子，知道了问题，又通过一些示范村获得了经验，就可以在大方向上给各个乡镇当好参谋。现在这个模式好，各个乡镇现在也有了积极性，主动要任务，提出的口号就是："依托生态造林，完成精准脱贫"。今年的 14.5 万亩造林任务，已经全部开工，顺便去看一看，都是人山人海，红旗招展。

现在石楼县的绿化率已经达到 33.8%，已经超出申报生态县的标准。

现在我们的目标是既要全方位覆盖，又要提质增效。以后春夏季节来我们石楼，你看到的是一路青。

事实上，我们在生态造林上不单探索出了"石楼模式"，还有石楼精神。石楼精神就是枣树精神。这方水土养育出大红枣，养育出我们。我们的红枣跟我们石楼人是相近的。为什么南方人低声细语，北方人就是高门大嗓？就是地理环境造就了你，这头山上和那头山上说话容易，见个面就难了。石楼交通闭塞，地理条件也不好，但老天爷给祖祖辈辈石楼人还是留下了一个宝贝，那就是枣树。

通过林业来折射人生，比如我们就是一棵树，一面沐浴阳光，一面抛洒阴凉；一半深深扎根在泥土，一半在空中迎风飘扬。搞林业的，也必须有这种品质，你挣上国家的钱，不干好工作能行？你工作没做到位，老百姓能不来找你的不是？小矛盾变成了大问题，组织上会不调查你？只有像枣树一样，扎扎实实把根扎进厚土，把党的政策认认真真落实到老百姓身上，让百姓能得到切切实实的利益，那么作为一个林业人，你就合格了。我是搞林的，结合上枣树来说，我们的石楼精神就是"枣树精神"。

什么是枣树精神？具体来说就是：叶不争宠，花不争艳，树不争光，根不争水，就是长期默默无闻地干，尽心奉献。

走和合乡，进龙交乡，刘小龙说的造林成绩与造林规模眼见为实，收效甚大。刘小龙说，你开上车转，到处跑，我不怕你们找问题，我们的成绩是落在地面上的。成绩不说跑不了，问题不说不得了。

石楼县林业生态建设，遵循省厅的一个战场两场战役五项联动部署，有五大增收工程。

一是退耕还林奖补增收工程。前一轮退耕还林完成 20.7 万亩，涉及贫困户 4128 户 1.3 万贫困人口。2017 年启动实施退耕还林，对 25 度以上坡耕地应退尽退，涉及 4356 户 13258 人，其中贫困户 1772 户 6202 人，人均增收 4300 元。

二是扶贫造林合作社造林任务增收工程。全县 57 个合作社，吸收贫困人口 3900 人，人均可增收 6000 元左右。

三是管护就业增收工程。尽量聘任贫困户担任护林员，1003 个护林员，贫困户 898 人，每人每年补助 6000 元以上。

四是经济林提质增效增收工程。全县 50 万亩红枣核桃经济林共涉及 2.37 万户 8.32 万人，其中贫困户 18 万亩 8200 户 2.9 万人。已实施 2 万亩补助，每亩补 200 元，连补三年，涉及贫困户 940 户 3300 人，人均经济林收入 700 元。

五是特色林业产业增收工程。鼓励贫困户发展养蜂，累计养蜂量达到 1.16 万箱，带动贫困户 61 户，户均增收 3 万元。推广种植黄芩、柴胡等中药材 1.3 万亩，带动贫困户 220 户，户均增收 2.1 万元。推广苹果、梨、单季槐、油牡丹等产业 2 万余亩，涉及 1400 户 4900 人，其中贫困户 560 户 1960 人，三年后见效，户均可增收 2.1 万元。

枣树精神，其实就是右玉精神的翻版，或者说是右玉精神的另一种阐释。只不过，右玉精神也好，石楼的枣树精神也好，都是由恶劣的环境逼出来，在实践中摸索出来，用智慧和汗水浇灌出来的一种精神气质。

久久为功何以久

山西林业生态建设话题说不尽道不完，不能不说右玉。

右玉是典型，更是象征。从 20 世纪 50 年代开始，"植树造林"不是来自国家动员，而是来自山西老百姓朴素的生存观念。"当年富，搞畜牧，长远富，多栽树""要想富，办学、挖煤、栽果树"，20 世纪 80 年代，这些口号耳熟能详，几乎县县皆有。栽树与致富之间的关系被阐释得如此简捷而直白。然而山西人对植树造林，从认知到行动，怕还要丰富复杂得多，也深刻得多。

右玉县位于晋西北边陲，在山西省和内蒙古自治区的交界地带，既属于晋北黄土高原组成部分，又属于"西北半壁"区域。全县总面积 1969 平方公里，辖 4 镇 6 乡 1 个风景名胜区，288 个行政村，总人口 11.4 万，农村人口 8.13 万，耕地面积 87 万亩，林木绿化率 54%，是全省 36 个国定贫困县之一，也是朔州市唯一的国定贫困县。2014 年贫困村有 129 个，建档立卡贫困户 8035 户 16337 人，到 2017 年年底，全县剩余贫困村 3 个，贫困人口 419 人，贫困发生率为 0.46%。

关于右玉县植树造林的宣传很多，右玉精神被提炼总结，典型而感人。记得有一次带着天津作家协会的朋友由内蒙古和林格尔入晋，登上县城外的南山公园，放眼四望，林木遍野，绿云浮天。天津朋友谁都不相信荒凉的晋北竟然会有这样一片绿地，谁都不相信眼前的景色全是人工所为。直到他们看到林木横成行、纵成列，这是最好的叙述，确是人工痕迹才最终相信，然后大家都沉默不语。

右玉县脱贫效果如此明显，无疑得益于生态造林，也是山西省环境与贫困博弈的最好样本。多少年来，大家宣传右玉，学习右玉，总结甚多，怎么总结都不为过。跟右玉基层干部接触，尤其是一线的林业干部接触，体会到的不仅仅是精神层面的扎实、认真，还有更多更深层次的内涵。

七十四岁的王德功精神很好，知道访客来意，讲起了右玉的植树造林。

新中国成立后，开始进入生产建设，张永怀是右玉的第一任县委书记，通过调查研究，发现风沙是影响右玉生活、生存的最大问题，便提出，"右玉要想富，就得风沙住，要想风沙住，就得多栽树"。把致富与种树、治沙的关系联系起来，为右玉把脉，选准了走治沙防风通向富裕的道路，走治沙防风的根本措施就是种树，于是在右玉拉开了植树造林的序幕。当时右玉45000人，1976平方公里的土地上，铺开了一场旷日持久的接力赛。

六十年在历史上很短暂，对于一个人来说很漫长，右玉人六十年坚持不懈，历经了许多艰难困苦，不断探索，克服了一个又一个的困难，解决了一个又一个的矛盾，不停地艰苦奋斗，才有了今天的绿色春光。来之不易啊！现在说，青山绿水就是金山银山，右玉把荒山秃岭变成现在的青山绿水、金山银山，领导们呕心沥血，人民苦干实干，付出了心血和汗水。我觉得右玉精神的本质是艰苦奋斗，苦干实干。

右玉走到今天，不是一路平坦，走过许多艰难曲折，才有了今天。其中遇到过许多矛盾。

第一个矛盾是林粮矛盾。20世纪50年代，国家的政策是以粮为纲，粮食上去戴红花，其他上去没人夸。但是对于右玉来说，抓粮，地广人稀，土地贫瘠，人们说种上一坡，收获一窝，种些高寒杂粮，一亩地最高产量六七十斤。在风沙滩上种粮，有的年限，干旱种不下去；有的年限，由于雨涝，种下去付之东流。只适合种树，但种树不是考核指标，种下树与考核指标文不对题。在这种情况下，右玉的领导坚持实事求是的发展路线，种起树来，防风固沙，才能促进粮食种植，走了一条迂回之路。对于领导来说，牺牲了政绩；对于群众来说，当时走合作化道路，付出了难以想象的艰辛。

右玉的大片风沙地，从北到南铺开了几个战场，围歼荒漠风口，长城沿线的防风林带，苍头河两岸的起风地，黄沙洼、老虎坪等几大块荒山荒坡。许多农民端锅带灶，安营扎寨，集中围歼荒漠。县领导亲自前线指挥，几个公社联合防治，农民大兵团作战，坚持几个春秋治理荒坡，能种树的地方都种了树。那会儿大量种树，就连小老汉杨的树苗本地都没有，从桑干河沿岸砍下苗子，回来当树种；没有技术员，从桑干河请来的大同县技术员胡印岗当指导，胡印岗从年轻时当技术员，到国有林场当厂长，奉献了一辈子。

第二个矛盾是林牧矛盾。右玉县大量种树的地方，原来大都是自然放牧的牧场，现在栽了树，还得管护。禁止放牧，一管护，牛羊倌就不高兴，有时候牛羊进了地吃了树、踩了树还罚。60年代后期到70年代初期，许多牛羊倌摔了鞭子不干了。

在这种情况下，如何解决林牧矛盾成了问题。于是觉得右玉发展单一抓林不行，得林草间抓，在北部山区的起风地、风沙源，每隔200米地段种50米的林带。有的种树，有的种草，有的种粮，林草粮间抓。对于一些已经种上树，还没有长起来的地方，飞机播种种草。

为此，当时的县委书记马禄原专门到甘肃天水学习如何种植草木。那时天水种草木出名，天水与右玉气温、雨量差不多。他还亲自背回20斤草木种子先进行试验。试验之后，效果挺好。请示当时的雁北地委，征得了驻地空军同意，用飞机播草。地方集中牛具、机械，把荒地耕了之后，天气好时用飞机播种。县委书记马禄原当时二十八九三十岁，要亲自上飞机播草。飞行员说不安全，他说既然你们敢上，我就敢上。

前几年马禄原退休后说，过去民间故事有天女散花，我当书记天空散草。为了好标识，天上播草，地上插满红旗，在插红旗的范围内播草，很成功。

通过林草粮间抓，种上草，嫩的时候牲畜吃草，打下种子后吃料，解决了林草矛盾，使牲畜有了草料。

到了改革开放时期，出现了第三种矛盾，经济与发展林业的矛盾。

那会儿开始追求经济效益，右玉单一种植小老汉杨树，成材率低，长五六十年甚至七八十年也不值个钱，好多年之后计算，林牧收入占全县总收入一直徘徊在10%左右。大量种树，大片土地成了林地，收入这么少，形成反差。大量的人靠地养活，50%以上的土地种了树，仅仅这么点儿收入咋行。

为了增加林业经济效益，一是上压板厂，当时用捅下的树枝和胡麻的秸秆混合做原材料加工，开始加工时产量低，人们卖一些杂木，拆下房的木头能维持；后来与日本合资，技术更新之后，一年收的杂木不够十五天生产。哗哗哗哗，那个家伙的吞吐量特别大，把整木头一下就打碎了。

有买卖就能引起人们的欲望，于是一些偏僻边缘的地区出现偷树的现象，公安、林业、森林警察，几路人马百十号人围堵，面儿大了，查不住。县领导觉得这样下去不行，林业经济指标上不去，把树也砍完了，于是90年代把压板厂停产关闭。

二是种植果树。引进仁用杏和其他一些经济树木，都不大成功。看到右玉遍地的沙棘，便想能不能让它发挥经济效益。于是成立沙棘研究所，北京大学的老牌大学生郭振新担任所长，组织有文化的科技人员曹满，有经验的县政协主席，研究沙棘价值，开发沙棘，利用沙棘。这条路坚持得不错，现在有几十家沙棘加工企业，加工饮料、保健品、化妆品。以前当地叫圪针，果子又酸又涩，没有啥用，没啥价值，只能当穷人用的烧火柴的沙棘。经过不懈研究，终于带来了经济效益。

省林校毕业的曹满，放着林业厅办公室主任不做，到沙研所搞科研，坚持不懈跑遍全国各地，引进好品种；一次次进北京，找专家研究沙棘的科学价值，一直坚持到现在。脱贫最宝贵的是人才，人才用到最恰当的地方就是财富，年轻人在贫困地区能不能搞成事业，曹满是典型代表。沙棘在右玉是最没用最不起眼的东西，但是现在成了一个宝，也成全了曹满的事业，成就了右玉的产业。现在好多人靠沙棘吃饭，沙棘成了发展右玉绿色经济成功的原因，成就了右玉绿色发展的成果探索。

以前左云、右玉、平鲁都是贫困县，随着改革开放，左云、平鲁靠煤富起来了。右玉夹在中间眼红人家，看着人家深沟挖煤，高楼拔地起。左云、平鲁的老百姓赶着平车、毛驴去拉煤，很快成为万元户。右玉植树，就是白贴义务，顶多记个义务工，好点儿出一天给两袋子方便面，这就是报酬。这是右玉最难堪的时期，领导最难受的时期，老百姓最不理解的时期，右玉几十年的绿色发展坚持不坚持？在这种情况下，领导坚守了下来，而且苦口婆心给干部做工作，给老百姓做工作，大家吃着烧山药、方便面去植树，有心酸，艰辛。

在这个阶段，右玉因地制宜，继续积极探索，挺过了最艰难的时期。开始办苗圃，一开始还可以，当时树苗值钱，正赶上黄金时期，许多人种树苗，红红火火了几年，树苗不好卖了，不值钱了，又面临一个考验。

可以说，在右玉，领导奉献了前途，奉献青春；干部群众，一代接一代，六十多年艰辛坚持，把改变地方面貌作为中心的中心，重心的重心，不管时代如何变幻，坚持绿色发展。

在右玉，领导干部群众能坚持下来，能够产生右玉精神，一是因为领导在改变自然生态的过程中，营造了良好的政治生态。历任县委书记县长，以身作则，带头艰苦奋斗，营造干群和谐。二是把树人与树木紧密结合起来，在树木中树人，在树人中树木。怎么多栽树？干部先带头。县领导包片，乡干部包村，积极发动群众，走群众路线，支持群众，依靠群众，发动群众。把为人民服务化作改天换地的动力。三是和谐是生产力。

那时候每到春秋两季，领导干部带头植树，各系统分配一座山、一片林，都有责任账、记工手册，坚决严格执行。干部都是普通劳动力，比庄户人还庄户人，从种植到管护一包到底，都是实地实数检查，多少地、多少苗，连续不断验收，造的好的地方都是机关干部的造林基地，干部给农民做出了样子。谁要是做不好，给黄牌警告。那个时候，领导不上丰碑，哪有自己给自己树功臣碑的？打板子却先打领导，落后的全县通报，让每个干部浑身出汗，给了黄牌警告没脸见人。除了每天检查，季度、年度通报，把各行各业真正做出贡献的人树立起来。

右玉的今天，干部功不可没。在那样艰苦的环境下，努力奋斗。解润在县长位置一干就是十一年，任职期间换了四任县委书记。1956年任职的县委书记马禄元，干到20世纪60年代，说做领导，就是到处要指标，为老百姓谋点实事。1957年庞汉杰从省委组织部来右玉任县委第一书记，排在了马禄元前面，但那时候人不讲究谁第一谁第二，都高风亮节，讲究团结一致，一心干工作。庞汉杰由于身体不好，组织上调他去条件好些的浑源，他不去。他说："右玉虽然环境艰苦，但右玉的人勤劳朴实，我个人艰苦点儿没啥。"

领导教育了右玉人，右玉人感染了领导。在新出版的《英雄地——右玉人民绿化列传》中，杨雍、王昌文、王占峰、曹国权、曹栓女、王文华、张秀连、陈富、李云生、王月兰、曹满、姚守业等出现在"英雄篇"中。他们确实是当之无愧的英雄，我们应该记住他们。

2011年，时任中共中央政治局常委、国家副主席、中央党校校长的习近平在中央党校第一次讲到"右玉精神"，对右玉精神做出重要批示："右玉精神体现的是全心全意为人民服务，是迎难而上、艰苦奋斗，是久久为功、利在长远。"在2015年和2017年，习近平总书记四次讲到右玉精神。右玉人六十多年的艰苦奋斗，探索出了生态文明之路，绿色发展之路，科学发展之路。

2017年右玉县整体脱贫，得益于这个"久久为功"之长久，得益于水滴石穿的不懈努力。新一轮脱贫攻坚，右玉县六十多年的林业生态建设，具有非常深刻的启示意义。

今天看来，山西省的林业生态建设，投入大，收效明显，在脱贫攻坚中发挥了重大作用。但也应当看到，无论是退耕还林，还是林业生态建设，不再追求粗放的数字增长，而是追求精细的质的提升，从整体规划到树种选择，都投入了相当大的科研力量。比方临县生态造林，坚持生态为主，兼顾经济与景观，采取针阔混交、乔灌混交模式，选用种植油松、侧柏、山桃、山杏、刺槐、连翘、白蜡等乡土树种，取得了切切实实的效果。右玉同样如此，从过去的单纯造林，到后来兼顾百姓利益，造林模式更恰当更实际。

"给女儿挣一台电脑"

早春二月，沿着湫水河走过几个村子，出碛口，访上寨，再赴南圪垛，各有收获。这一次又到三交镇。

到三交镇，是探访一位"吕梁山护工"。

早春的三交镇，市声如潮，一条街上邮局、银行、饭店、日用百货门市鳞次栉比，移动、联通、电信的门面则更显气派，人气最旺的还是那些卖化肥、种子、农具的门店，人来人往，或问或买，农民们要开始一年的忙碌了。

临县三交镇为临县第二大镇，地处临（县）离（石）、三（交）碛（口）、三（交）曲（峪）公路的交会处，交通发达，历来有经商传统。清乾隆年间已有商铺字号100余家，嘉庆道光时达到200多家。20世纪40年代，据晋绥边区工委调查，三交镇为边区最大的集市。

不惮其烦说道三交镇历史，并不多余。既有悠久经商传统，老辈临县人依靠黄河水运，南北倒贩，东西沟通，虽然没有阀阅巨族，但一部晋商发展史，不时闪现临县人的身影。改革开放四十年，临县是山西省少有的几个劳务输出大县之一。临县的出租车司机，临县的厨师，临县的汽车修理工遍及太原、离石、榆次等山西省重要城市。

外出务工，或者说外出谋生，至少对于临县的农民而言，几乎就是生活本身，是生活常态。

那么，"吕梁山护工"有什么特殊之处吗？

果然有。

我们提出要采访临县劳务输出具体对象，县劳动就业局副局长刘星很精干，眼睛转转，想了一会，说：有，曹继清这两天正在家里，她刚从天津回来。接着，哗哗哗翻屏找电话，找到电话就打过去。电话一通，车子发动，到达三交镇，曹继清已经在大门上迎接访客了。

曹继清婆家是东王家沟人，距三交镇也就五公里。前几年，孩子来镇上读书，丈夫也在镇上打工，一家人就在镇上赁屋而居。孩子考上学校，一家人也就把租屋当家，没有再迁回村去。租金倒不贵，一年2000元整。出租屋是一溜石窑，显然还有其他租户，院子略显零乱。但花台上却用塑料薄膜搭起一个小型暖棚，里面郁郁葱葱长着葱，长着韭菜，还有菠菜苗，还有，就是一些杂花苗了。院子里一株杏树，正犹犹豫豫准备开花。

虽然是出租屋，可收拾得干干净净，被褥叠成豆腐块摞在炕角，上面还覆一幅十字绣，就连地上生的火炉子盘面都用油擦拭过，乌亮可鉴。

刘星局长倒有话了：你们看看，我们临县女人就是这么干净利落，要不然在外面能受欢迎？

曹继清让大家进屋坐。杨遥很快发现，洗衣机绣花盖布上放着两个本子，灰色封皮本子记的是菜谱。翻开来看，洋洋大观。杨遥一一记下来，简直就是一份厨艺食单。香酥鸡翅、糖醋里脊、肉馅酿豆腐、鲍汁杏鲍菇，选何种食材，处理方法，烹调步骤，色香味标准，甚为清楚。还有红豆沙如何调馅，花生猪蹄黑枣枸杞汤如何调料，饺子馅分为几种，也记得明白。此外，还有产妇饮食注意事项等等。

杨遥说：在太原就听说过护理产妇的护工，今天见到，果然仔细。

另一个白色绿边本显然是听课笔记，工工整整写着"贝亲好家政培训第二期"。笔记甚详，记录每天讲课内容和月嫂、护工等的注意事项，有"月嫂面试的问题""回家后补充的物品""产妇的护理内容十一项""产妇入院需要准备的物品""新生儿护理的内容"等等诸般。杨遥夸她记得认真，字写得好。

曹继清搓着双手，笑着说：当护工也得用心，公司规定，去了户主家里不能用手机，一怕耽误正事，二怕给客户造成辐射。没法儿在手机上看，怕忘了，就把它们都记下来，不忙的时候可以看一看。

曹继清说：本子上记的菜都能做，这么说吧，一个月三十天，顿顿不重样儿。

曹继清，四十八岁，小学毕业，娘家兄弟姊妹七个，她排行老四。丈夫家弟兄五个，丈夫前几年"害"了腰椎间盘突出的病，重体力活儿干不了。一儿一女，女儿二十岁，在榆次晋中学院读书，去年花了15000元。儿子十八岁，在临县二中读高三，一年需要花费一万五六。是村里的建档立卡贫困户。

曹继清与丈夫在本村有六亩地，产粮少，农忙时回村里种一下，收一下，平时不怎样去打理。过去儿女没有读书的时候，丈夫也是常年在外打零工，六亩地就是捎带。从女儿读初中开始，举家从村里搬到三交镇来租房住。曹继清有些不好意思，说咱是个农民，实际已经不习惯种地了。正应了老百姓的一句话，叫"男人是搂钱的耙耙，女人是装钱的匣匣"，男人在外打工挣钱，女人操持家务，一家人在镇上就这样生活了七八年。

像曹继清这样为孩子就学方便举家迁出村落，在吕梁山农村是一种普遍现象，或者说是一种常态。表面看，是因为学校撤并，为方便照顾孩子读书是出迁的直接原因，背后还是实实在在的利益驱动在起作用。就农村而言，所谓的利益驱动，指的是比较收益的差异而产生的动力。从事农业生产与从事非农性务工与经营在收入水平、收入方式和收益弹性水平三方面都存在较大差异。说得明白一些，就是打工工资与现金收入方式，远较种地来得快、来得多、来得实惠，农户主要收入来源越来越依赖于非农性务工或者经营。

同时，随着农业生产耕作、播种、收割、加工的分工在乡村日益确立，农业机械装备程度提高，单位面积所付出的劳力实际上越来越少。我们看到的所谓"空心村"，以五十岁以上的中老年人为主，田亩撂荒现象并不严重，弱劳力完全可以胜任所有农业生产劳作。分工细化，造成农村劳力大量富余。利益驱动已经把大部分精壮劳力"拉"向劳务市场。再一方面，农村土地已经不需要太多劳动力，于是富余劳动力被"推"向劳务市场。这一推一拉，乡村外出务工渐成风气，年轻人甚至整家出迁，是所谓"惯性驱动力"。年轻人如果待在村里不出去务工，被视为"懒惰""没本事"，已经成为新乡村伦理判断的内容之一。

随之而来的，是农村"空心化"的出现。"空心化"之后，会带来诸多问题，比方青少年留守问题，老年人养老问题，村落公共资源浪费问题，个人财产闲置问题，等等。许多村落因此而凋敝，凋敝让多少人莫名感伤，乡愁不再。但是，当人们在书斋里长吁短叹的时候，乡村社会已经发生和正在发生的流动性变革事实上已成常态。事实上，临县诸多历史古村落石条上的苔迹正在冷静地告诉人们，历史上的村落，从来就是流动的，从来不存在一成不变的村庄，正因为如此，乡村社会才充满了活力，才可以安放你的一生。

总之，你既不可以想象乡村老少株守家园"至死不离寸地"的村落还会保持多少活力，也不可以想象，青壮劳动力如果不外出务工，或者不从事非农性经营，他们的下一代将如何拥有正常的教育成长环境。

但在劳动力流动大潮中，女性劳动力流出要远弱于男性。尤其是传统文化非常深厚的山西，乡村女性劳动力输出在过去更不可想象。她们现在出去务工是怎样一种情形？

曹继清的两个孩子先后来镇上读初中，房租、学费，还有日常用度，这个农村四口之家尚能过得去，但一个孩子考上大学，另一个上高中，压力就大了。而曹继清又要强，不愿意向人开口"塌饥荒"（借债）。2016年正月二十二，曹继清参加了县里举办的"吕梁山护工"培训。培训一结束，因为家里条件比较困难，曹继清请求马上上岗。

第一次做护工在本地临县，曹继清说自己去了战战兢兢，用心做下去，一个月挣了3200元。户主感觉曹继清做得好，又连续用了她三个月，挣了9600元。

曹继清说，现在待家里感觉不自在了。除了临近地方，还去天津，户主是两位老人，是城市里的"留守老人"，男的还有些脑梗后遗症，她做得很认真。因为只身在外，也没有老乡来往，星期天也不休息，就在人家家里做。户主当然很满意。前年干了两个月，挣了5500元，去年三个月，挣了6800元。

曹继清认真敬业，今年做到了金牌月嫂。

她又说，我不愿意待在家里，不忙的时候，便宜也去，能挣点儿是点儿。

为什么呢？为儿子读书，为女儿读书。

去年冬天，女儿想要一台笔记本电脑。曹继清对女儿说：咱们家里穷，那个东西贵，不要不行吗？女儿说：同学们都有，学校里学习也需要。曹继清想着，女儿正是青春期，既然确实需要，做父母的就得满足她。女孩子不同于男孩子，现在社会上那么乱，学校里多少娃娃让各式各样的网贷骗了，跟人学坏了，可咋办？正巧有户人家需要月嫂，打听到曹继清这儿，但他只出 4500 元。为了女儿的电脑，忙了一年的曹继清又在腊月里干了二十六天。本来腊月二十五就结束，这户人家里碰巧有事，曹继清就送了他一天，一直干到腊月二十六。回的时候，老板送了她一对灯笼。到手 4500 元，曹继清花 4200 元给女儿买了一台电脑，还余下 300 元。女儿拿到电脑那一刻，那种欢喜，做父母的感觉也特别踏实，再苦也值了。曹继清说：看到女儿高兴，我也高兴。过春节家里挂上红彤彤的灯笼，也像别人家一样喜庆。

大家一路上被曹继清的讲述感动着。一个小学毕业的农村妇女，以自己纤弱之躯撑起一个家庭的希望，这多不容易。但更不容忽视的是，每一次乡村与城市的拉锯变革，妇女在其中都扮演着推动和主导角色。这个直接体现就是考虑子女就学，考虑子女发展。她们希望子女有良好的教育成长环境，有广阔光明的发展前景，能过上比自己强的日子。她们对未来有彩色的梦想，但这个梦想也相当实际。除了非农收入的利益驱动之外，这个对未来的梦想，是带动乡村农户出迁村落的最大动力。在过去保守的乡村伦理中，农村妇女此种梦想常常因此被斥为"攀比""时髦""赶时兴"。其实，古有"孟母三迁"典故，《三字经》有"择邻处"教谕，今有妇女渴望走出村落渴望孩子拥有更好的教育成长资源，古今中外概莫能外。这样的故事不独发生在三交镇，不独发生在临县，而是一个世界性景观。

克海说：话说回来，就脱贫攻坚而言，吕梁市着力打造"吕梁山护工"品牌，让农村富余劳动力外同务工，劳务输出，实际上也体现出新一轮脱贫攻坚"精准"精神。

杨遥说：这个路子找得特别精准。如果不是政府出面组织，像曹继清这样的农村妇女，怎么可能找到这么好的门路？

刘星作为地方劳动就业部门干部，具体说起临县的"吕梁山护工"，要生动得多。她听克海、杨遥两人的分析，热情顿时上来，打开话匣子：

临县人出去干护工有优势。临县妇女有三个特点：勤劳，爱干净，善沟通。临县人说普通话不太行，但在培训学校都会进行强化训练。本身临县人也善于沟通，去了雇主家就会主动问询，盐在哪儿放着，醋在哪儿放着，慢慢熟起来，也不会坐下来等着，主动就要给自己找事儿做。我们这边的女人普遍爱干净。去村里边，家里铺的砖石地面，每天也扫，每天也墩。出去应该是受欢迎的。从培训角度来讲吧，白文学校培训了2000多人，其他的都在另外几个学校。培训了一段时间，其他几个学校就主动打电话，说临县妇女爱学习，老师怎么讲，都要记笔记，勤快得很。

就我们统计，临县培训的这2000多人，就业率能达到

70%。就业地方不同，工资多少也有差别。平均下来，每月差不多在3000元以上。月嫂多一些，最少的每个月也能拿到3800元。家政公司都有记录，如果第一单得到好评，慢慢就会调你的星级，工资自然也就越高。家政服务员如果是在离石做保姆，一个月也就2000来元，做得好了，顶多也就3000元。如果是去养老院，有12小时制的，有24小时制的，你是上一天休息一天，还是上五天休息一天，工资也就三四千，有按月结的，也有按日结的。

挣得最多的，叫秦玉莲，四十多岁，就在太原做月嫂，一个月挣到10800元。还有一个叫许艳平的金牌月嫂，才四十岁，一个月挣8800元。

许艳平也好学，加了一个全国母婴护理微信群，别人发的新生儿护理知识小视频，生动也好记。平时工作时间不让看手机，就带本婴幼儿护理的书，孩子睡着的时候，她就在那学习。有的字不认识，就圈起来，问她儿子。她的月嫂星级慢慢就起来了。

2017年到广州干了四个月，挣了几万块回来！和她聊起来才知道，刚开始老公也不同意她去干这一行，孩子又正上高中，也不同意。但她通过在学校的培训，思路开阔了，就是想奔着讲师梦去。做的时间长了，她发现月嫂也不错，挣钱也可以，好好做月嫂也一样，毕竟孩子上高中，学的是艺术类，花销也大。做好月嫂，将来孩子上大学，也能供得起。

去年市里让推个典型，家政公司推的她，临县推的也是她，然后当选为省人大代表，代表吕梁山护工参加省代会。开两会的时候，让基层代表发言，许艳平就把她的经历说了。骆惠宁书记听了，非常看好吕梁山护工，说下一步要加大培训力度，搞好劳务输出，助力脱贫攻坚。

其实从 20 世纪 80 年代农村第一轮改革开始，农村劳动力流动已经开始。这轮流动的特点，是"离土不离乡"，随着乡镇企业的异军突起，农村富余劳力就近到乡镇企业上班打工；从 20 世纪 90 年代开始，乡镇企业衰退，城市改革开始，农村富余劳动力开始大规模流出，呈现出"离土又离乡"的趋势，但伴随"离土又离乡"的，是收入不可预期不可确定性增加。进入新一轮脱贫攻坚阶段，政府介入，联系市场，组织培训，标志着制度化劳动力流动的开始。脱贫攻坚背景下的农村劳动力流动，有政府扶贫政策强有力的保障，光伏工程建成、生态建设投入，还有路、电、水、讯、网全覆盖，还有医疗卫生保障，事实上正在寻求城市与乡村的平衡点，客观上促成劳动力逐渐完成由身份化农民向职业化农民的转换，不独是妇女，全体外出务工人员既能够走出去，又能够回得来。

这不能不说，是另外一种巨大收益。

"护工产业"

刘星说完许艳平，就说劳动就业局负责的职业培训。

培训开始于 2015 年年底。

此前，临县外出务工人员多，行踪无定，行业驳杂。或由村中能人带动，揽工程，修桥筑路；或村邻朋友结伴贩卖红枣，走南闯北；或呼朋引伴，进城市打工，做厨师，做修理工，做出租车司机；有的甚至踩着祖辈"走西口"的脚印前往内蒙古。大致上，劳动力外出的路线，还是沿着传统的血缘、亲缘、族缘、地缘还有同学关系的学缘路线出迁，"二姑舅啊三姥爷，三亲六眷漫绥远"，都是沿乡村熟人社会的"熟人路线"脉络四下迁徙游走。成规模，有名声，虽然有着很强的不确定性，但潜力巨大。

2015 年，吕梁市政府落实山西省人民政府的脱贫攻坚战略，进而提出"三个一"扶贫行动计划，即 100 万亩经济林提质增效、100 万千瓦光伏发电、10 万贫困人口护理培训。

吕梁一市的贫困县份要举办 10 万贫困人口护理培训，临县结合具体县情，搞"吕梁山护工""临县的哥""超市服务员"三大培训内容，做出 1 万名外出务工培训计划。

刘星让我们看她手机里拍摄的白文职业学校的培训视频。学员们着校服，做早操，实际操作实训课，还有许多课余活动，如果不特别说明，这样的视频让谁看谁都不会认为这些学员是来自村里的姑娘和媳妇们。

这样秩序井然的教学场面倒不出预料。政府出面组织，自然中规中矩。让大家感到疑惑的，是职业学校的实训教学。因为是护工实训，烹饪课必修，实训必训。实训室内全是真刀真枪上手，煎炸烹炒，真材实料，火正旺，油正温，那都是真金白银啊！对职业教育还大致有一些了解，知道实训课是职业教育中最耗资的一块。为农民外出务工的培训，这显然是一笔很大的投入，这笔钱从哪里来？

刘星呵呵笑起来，说我眼睛就是尖，一下就看到实质性问题。她说：确实是个花钱的事情，花了不少钱，这都来自财政补贴。按吕梁市统一安排，我们的培训都是全日制封闭式管理，理论培训不少于 208 个学时，实训时间不少于 20 天。2016 年，市里下达到白文职业学校培训任务是 1200 人，分几个批次。这都有补贴啊！按照"需求引导培训、补贴对应等级"原则，高级月嫂、育儿嫂、护工补贴标准为每人 3500 元，中、初级月嫂、育儿嫂、护工补贴标准为每人 3000 元，家政服务员补贴标准为每人 2500 元。

但是，这个补贴不好拿，学员存在能不能顺利毕业的问题。培训结束，取得相应工种初级以上职业资格证书后，按 100% 给予补贴；未取得相应证书，培训时间达到要求的，按 60% 给予补贴；不达培训时限的，不予补贴。

用工单位安置学员就业满六个月以上的，每安置一人给予不超过 1000 元的一次性就业补贴，超过三个月以上不满六个月的，补贴 500 元。

这个补贴就相当可观了。

刘星说，实训真刀真枪，其实整个教学也很严格，有完备的教学大纲。对学员要求严，对教师要求更严。说着，就拿出个本本来，一页一页翻。

比如养老护理，教学大纲涵盖十一部分：养老护理的职业素养，家居保洁，老年人运动系统，家庭餐制作，老人消化系统，老人呼吸系统，老人泌尿和生殖系统，老人内分泌系统，老人脉管系统，老人感觉系统，老人神经系统。

比如病患护理，教学大纲包括十四部分：护工就业认知，病患护理基本知识介绍，病患护理一般性技巧，手术前后护理技术，饮食和起居护理，急救病人的护理，消化系统病人的护理，呼吸系统、泌尿系统和休克病人的护理，神经系统和血液病人的护理，关节、烧伤和截瘫病人的护理，传染病、脓肿病和急性阑尾炎护理，护工安全防范，护工与用户家庭关系，如何成为一名优秀护工。

又比如家政服务，教学内容大纲共有十三部分：家政服务基本常识介绍，家庭烹饪与营养，家居保洁，家政服务员的就业认知，家用电器的使用与保养，衣物的洗涤与整理，家庭购物与休闲，家庭养花和宠物，母婴护理，养老护理，家政服务员安全防范，家政服务员与用户家庭关系，如何做一名合格的家政服务员。

又比如母婴护理，教学内容大纲更是长达十六部分：母婴护理基本常识介绍，家庭保洁，孕妇保健护理，胎教护理，家庭餐的制作，产褥期产妇保健护理，母婴护理员的就业认知，母乳喂养护理，新生儿早教护理，母婴用药安全与急救常识，新生儿保健护理，奶粉喂养护理，母婴护理员安全防范，母婴护理员与用户家庭关系，如何成为一个优秀的母婴护理员。

......

课程设计，就是大学家政系课程的浓缩版。

刘星讲，刚起步的时候，需要我们做工作动员妇女们来培训。好些人的思想就是做不通，咱这地方，传统观念还是重些，认为男人外出打工挣钱天经地义，女人守家给孩子们做饭侍候老人也是天经地义，哪有让女人抛头露面外出挣钱的道理。头两期报名的人就不多，三三两两，一期培训连一个班的名额都填不满。这是 2015 年年底，我们着急啊，像这种状况，2016 年 1200 名培训任务眼看完不成。

其实不只是临县，其他县也一样。2016 年，市里根据省里统一安排，制定出计划，要确保 10000 人的培训计划，汾阳医学院高级护工护理、月嫂、育儿嫂 1800 人，吕梁卫生学校承担初级护理工、月嫂、育儿嫂 2100 人，吕梁高级技工学校培训家政服务、月嫂、育儿嫂 2100 人，吕梁市经济管理学校培训 1800 人，临县白文职业学校培训 1200 人，其他民办职业培训机构培训 1000 人。

临县在 2015 年年底先在各乡镇摸底调查，先组织了一批十八岁到五十二岁的建档立卡贫户困，还有贫困村的非贫困人口，到吕梁卫校培训。这一批人起了大作用，毕业之后，就业率还好。

市里就组织这些已经走出去，并且受益的优秀护工到各县做巡回事迹宣讲，前前后后有 27 场吧，2017 年 3 月 1 日到临县，我们带了几个典型给大家进行交流发言，现身说法，效果挺好，头一期人不满，从第二期开始就人满为患。

解决思想观念是一方面，仔细阅读各培训机构的教学大纲内容，养老护理，病患护理，家政服务，母婴护理等等，专业，细化，简直就是大学里的家政课程，对于很少走出大山的"婆姨"而言，更是另外一个世界的另外一种生活，何况，她们大都只有小学、初中文化水平，她们如何消化，又是否能学得进去。

刘星笑着讲了一件事。

说有一期护工培训报名，来了一个男的。男的也很正常，每期都有男护工。这个人却点名要去天津。你培训好了，去哪不去哪，都是公司派遣，还能由你个人？细问才知道，他学护工，原来是为了夫妻团聚。

他的妻子是上一期培训过的护工，很快跟家政公司签约就业，去了天津的大医院里做护工，一个月收入不菲。妻子劝丈夫也参加护工培训，也可以到医院做护工——医院里女护工多，但也缺不得男护工，医院里的男护工多得是。

妻子这一劝，丈夫感觉到，一是护工这个行当确实比到外面打零工收入更强；二是能和妻子在一起，毕竟身处陌生城市，两口子在一起也有个照应。

男人学得很上心，也很聪明，扎扎实实"混"在婆姨群里学了一个月多一点时间，顺利签约上岗，如愿去了天津。

一个大男人能学会、学精，你想想我们临县女人还能学不会？刘星说。

杨遥和克海两人采访辛苦，把在吕梁诸县入户采访的内容进行整理归类，也是现身说法，虽简略，却生动。

之一：离石坪头村的薛平英，经过培训后，现在好大姐家政公司上班，月入6800元，对于将来，她说，"我打算不定时地去学习、培训，更全面更扎实地掌握相关技能，自己也可以有个更好的发展。"同一个村子的闫晓燕，现在月入2800元，她说，"我没有什么文化，五口人挤在四十平方米的房子里。听说政府免费培训，还给推荐工作，就报了名。当时也不知道什么是家政，培训了那么多课程，真是学到不少东西。以前我就认为自己是个农村人，也不重视外表，来到好大姐，知道人的外表也是一个人精气神的体现，各个方面也注意起来了，客户表扬我，我在大城市里也有了立足之地"。

之二：中阳县宁乡柏家峪村的王春光，2016年春天在电视里看到培训护工的通知，到处打电话咨询。当时报名的多数都是女人，还没男的报名。到了8月，接到县人社局电话，到汾阳医学院培训。他之前做建筑工程，经常干了活拿不到工资，一度对自己产生极度怀疑。但经过一个月培训，他知道了如何对待病人，如何善待自己，如何笑看人生，如何做好一个护工。培训结束，他来到太原泰兴康护中心工作。开始也忐忑，主要是病人情绪不稳，呵骂斥责是常事，他差点放弃。这个时候，他想起在学校里培训的课程，想着换位思考，如果躺在床上是自己的亲朋，该怎么处理。终于到了第四天下午，靠着耐心和体贴，小伙子愿意和我聊天了，也让我帮他做康复锻炼。他因为病情变得自卑，我帮他做心理疏导，重新认识自我，树立信心。护理人员应该把病人的健康放在第一位。病人在治疗身体上的病痛，身为护理也要对他们进行精神安抚。护工只有对患者真心关爱，并且具备熟练的技术，才能得到病人信赖。就像南丁·格尔说的"护工就是地上的天使，要用爱心、耐心、细心、责任心对待每一位病人"。

之三：方山县的张丽平，没有培训前，认为月嫂、家政这个行业都是多余的。"照顾产妇、看小孩、伺候老人这些事情，对我们这个年纪的人来说，小菜一碟。结果有一回我出去找工作，客户说我不专业。这才意识到自己想得还是简单。听到吕梁在免费培训，赶忙报名。到卫校和好大姐公司又是培训，又是实际操作，没想到做月嫂还有那么大学问。以后有机会，我还要不断学习新知识，提高技能，再上一个档次，做月嫂中的佼佼者。"

之四：柳林李家湾上白霜村的王冬娥，之前就是干家务。"现在孩子都长大了，在家里没有什么事情，一个人在家无所事事，等着时间过日子。生活虽然过得还不错，但是用无聊来打发时间，自己一天也没有什么开心事，把情绪会带到生活中，难免和家人发生口角。再说，孩子们越来越大，也要用钱。正好有机会参加免费培训。毕业做母婴护理员，开始压力很大，睡也睡不好。经过适应和努力，现在客户对我满意，公司对我评价也很高。"

之五：兴县吕家湾村的任底梅，五十一岁，初中毕业因家贫，没再上学。参加培训后，出来做护工。虽然年龄大了，但她肯学习，也得到客户好评。"我心里常记着老师的话：不是客户过分挑剔，而是自己没有做到客户要求的标准。我不断努力，把培训时学到的知识用到实际工作中，工作做好了，人家满意，我也开心。"

之六：临县的高兵付，是吕梁卫校第六期学员。现在太原老军营社区红马甲家政公司上班。"一开始，觉得这只是一份普通工作，时间长了，才知道这工作并不普通。正是因为日复一日的坚持，有些老人的吃饭问题才得以解决。在这里工作，特别踏实，菜是我们自己买，饭是我们自己做，饭菜干净可口，老人吃得也踏实。逢年过节，老人们来聚餐，一个满足的微笑，对我们就是莫大鼓励。同事们有时候议论，哪位老人吃得多，饭量好，看来胃口不错，我们感觉也高兴。做饭不仅仅是把饭做好，做的时候用心，热乎乎的饭满足的不仅是老人的胃，更会温暖老人的心。一想到这些，我认为自己的工作也有价值，有意义。"

之七：兴县交楼申乡王家庄的白侯莲，三个孩子，大儿子到了结婚年龄，老二、老三还在上大学，家里负担重。听说有护理护工培训，2016 年 4 月报名，培训一个月，学会了普通话、内务整理、家政保洁、新生儿护理、月子餐制作。毕业后，来到太原斯思家政。"工作快一年，客户对我很满意，相处得跟家人一样。最近每天有空了，我就会看一些育婴育儿的书籍，巩固加深这方面的知识，客户家孩子一天天长大，我想再进一步，从保姆晋升到育婴师。"

之八：兴县的王小红说："没想到我也可以通过自己的双手来让家里过得富裕，不是只有男人可以在外挣钱，咱女人也可以。自己能独立，不靠其他人，挺好的。刚开始工作也累，睡得也晚。也斗争过。做什么不都得有个过程？我尽我最大努力做到最好，雇主满意，对我也不错。有的人说辛苦付出了不一定有回报，但是不付出又怎么会知道呢？只要自己想做，就没有做不到的。"

之九：中阳的许连红，既担心生病的丈夫，又害怕孩子书念不好，但父亲支持她出门，说党指路政府带头，错不了。到了北京，照料的是北京航空航天大学的退休教授夫妇。初到北京，她普通话也不标准，厨艺也一般，差点就打了退堂鼓。夜深人静时，"想起离开吕梁时李书记的叮嘱，想到我在北京就代表吕梁老区，一定要把困难踩在脚下"。干了一个月，得了 5200 元。工作的劲头也更足了。"在北京期间我去了长城、故宫等好多地方，眼界开阔了，整个人也自信了。"

之十：岚县的丁玉萍，培训结束后在太原照顾一个老人。"有人说，家政服务是最简单、低层次的工作。通过培训后，我才知道这里面需要很多知识，也是一项专业技术性较强的工种。光靠蛮干是行不通的，要把自己平时刻苦积累下来的经验，与书本知识结合起来，融会贯通，才有可能做得更好。没有解决不了的问题，也没有真正难缠的客户，只要我们做到了，用心不分神，才可能提升自己的能力。我始终认为，服务无大小，关键在用心。"

……

不暇细举，例证七八个十几个，可以看到"吕梁山护工"背后政府的组织推助之功。制度化劳务输出，效益、效果明显，许多深居吕梁山"婆姨"和她们家庭的命运也因此而改变。

每送一批护工出行，临县、方山、兴县、中阳、石楼诸县，都是县委书记、县长亲临车站送行。曾见过临县县委书记张建国给护工们送行时的场景，他讲：大家放心，县委、县政府就是你们坚强的后盾！

话语铿锵，暖人心肺。

刘星说：临县，还有其他劳务输出县，在北京、天津、太原这些大城市都设有"吕梁山护工联络站"，学员们最初出去由联络站和家政公司对接。学员们出去了碰到什么问题，有什么需要帮助，都可以直接去找联络站。联络站还负责学校学员毕业之后的实习。

从实训到实习，对每一个学员都是一个考验，头一次进户，有诸多不适应。联络站对于实习学员也有自己的要求，要求她们马上进入工作状态，分组到家政公司，吃住都要靠自己。在学校做学生，吃住都在学校，来得很方便，现在让他们进入工作状态，有的学员适应不了，就反映到联络站，说家政公司对她们如何如何不好。联络站的人还得对他们进行再教育：你们出来就是挣钱的，不是去享受的，不付出辛苦，如何挣得到钱？

从小山沟来到大都市，都有一个磨合过程。从省里安排，山西省劳务扶贫就是要对接京津冀一体化、环渤海经济圈等国家区域战略，瞄准京津地区劳务市场。从市到县，大家都意识到，这不仅仅是一个改变劳动方式的问题，从小山村到大都市，从窑洞走进高楼大厦和豪华公寓，沐惯山野爽风，现在每天眼里都是城市的灯火，适应和磨合注定需要一个过程。所以，从动员出村进校，从进校学习实训，再到实习最后进入角色工作，每一个过程都在政府的视野里。

为确保吕梁山护工能输得出、稳得住、干得好，吕梁市确立了立足山西，覆盖京、津、冀和长三角地区的就业安置总体规划，坚持政府推动、市场导向、企业运作，积极与太原、北京、天津、青岛、呼和浩特、包头等地家政服务企业协作。

2015 年 11 月，市委市政府召开太原市家政企业、养老机构用工洽谈会，与太原贝亲好家政公司、红马甲家政公司、中华好月嫂家政公司等 28 家家政服务公司签订 2016 年用工合作意向 7280 人；与太原贝亲好家政公司合作组建了"吕梁山护工"太原实训基地和"吕梁山护工"太原联络部；与北京市爱侬家政公司、北京无忧草家政公司、北京管家帮集团公司、北京阿姨来了家政公司、北京华夏中青家政公司等八家企业签订 2016 年用工合作意向 18000 多人。

为了吕梁山护工的利益，各个部门，也是各尽所能。

吕梁市人社局制定了"五个一"进户宣传材料，即一张专题片、一份调查表、一份宣传册、一张价值 3000 元的培训券和一份承诺书；与市农委、市商务局共同开展"吕梁山护工"大礼包工作，旨在增进我市护工护理人员与客户的感情。

吕梁团市委利用团中央帮扶石楼县的有利契机，与团中央联系沟通，为石楼县的护工护理人员顺利就业提供便利；在"情系吕梁希望工程圆梦行动"助学活动中优先资助护工护理人员子女，积极筹备即将开展的"快递小哥、快递小妹"就业培训活动；与市委组织部共同动员全市团委书记、农村"第一书记"等资源，助力护工护理培训就业工作，发出"争做脱贫攻坚排头兵，我为护工家庭保后勤"倡议书，努力做好后勤服务保障工作。

北京航空航天大学包扶中阳县，加强校县联系沟通，计划将该县培训合格的护理护工人员输送到学校家属区就业，努力拓宽护工护理人员就业渠道。

市总工会将于近期组织开展全市护工护理技能大赛，旨在使即将"走出大山"的护工护理人员拥有过硬的护工护理技能，为顺利就业打好基础；将筹备组建"吕梁山护工"行业工会，切实保障我市护工护理人员的合法权益。

政府的强力支持来自各个方面，吕梁山护工不负众望，把吕梁山"婆姨"的耐心、细致、周道和聪慧带进城市混凝土单元楼，每一晚每一扇窗户的灯光都显得格外温暖。

北京航空航天大学离休干部李在仁写诗夸赞在他家工作的保姆：

一可敬：吕梁保姆王四珍，有颗忠厚善良心；热情服务很周到，不谋私利只为人。

二可信：粗活细活都认真，计划周密条不紊；里里外外都靠她，事事处处都可信。

三可亲：老人重病缠满身，脏乱苦累显殷勤；按摩拔罐医术好，不是亲人胜亲人。

四可贺：全家满意她超群，从不自满向前进；节假休息做好事，抽空专心学英文。

截至 2017 年 12 月底，吕梁市已累计培训护工 23414 人，其中贫困人口 11089 人；实现就业 11222 人，贫困就业人员 4454 人，人均月收入超过 4000 元。就业人员主要从事医疗陪护、养老陪护、月嫂育儿嫂、保洁等家政服务工作。

2018 年，吕梁还将计划用五年时间培训 10 万名护工，实现就业 6 万人。

为保障在京的吕梁山护工维护其合法权益，提供跟踪服务，2018 年 1 月 18 日，"吕梁山护工"北京服务部挂牌。

吕梁山护工做成了一个不小的产业。

裁缝还乡记

魏丙先基本上是一个传奇。

克海说他第一次见到魏丙先的情景。当时确定采访内容为产业扶贫，县扶贫办副主任王尚义很兴奋地推荐了几个企业，其中就有魏丙先办的鸿棉制衣公司。他们讲，别看那是个女人，可身上有股拼命三郎的劲头。

厂子位于广灵县城最繁华地段，听扶贫办同志讲，这个厂子的规模很大，眼前的厂子尽管是租用的一栋两层楼房，但跟扶贫办同志讲的规模还是有出入，一千多工人，已经是中型企业，两层楼房能装得下？

进入工厂，机声嘈杂，一楼办公、制版，二楼就是缝纫车间。杨遥心里还在嘀咕，面积尽管不小，但怎么也不像一个拥有一千多工人的企业啊！疑问归疑问，先采访再说。

魏丙先很文弱的一个女子，个子也不高，怎么就拼命三郎了？不仅不像拼命三郎，还有些疲惫，一副眼镜度数不低。后来杨遥才知道，魏丙先患有甲亢，还有严重的糖尿病。

魏丙先在办公室接待杨遥、克海，说着话，中途又接了几个电话，一米六出头的个子紧着个忙乎。她抱歉地说：最近有几笔订单，我们这里一个厂子根本忙不过来，再转包给忻州、平遥几家制衣厂代工。

她忙着收拾，忙着接完电话，坐下来跟客人聊。从她的童年聊起。

魏丙先，1970年生，广灵县作瞳乡平城南堡村人。她讲起小时候，就是一个穷，还不只是缺钱，真是没法儿形容。那个时候，可能大家都没什么钱，也算不得特别突出，就是感觉饿。饿还不是最吓人的，1984年，父亲心脏和脑血管都出了问题，住进了县医院，一住就是三年，最严重的时候不能离开人。姐姐正上高中，妹妹还在念小学，弟弟上学前班，魏丙先正上初中，一家六口人的生活重担，全部压到了母亲一个人身上。

家里没有什么收入，光是送孩子念书已经入不敷出，如今又多了一个病人，没了劳力不说，还得需要人照应。照顾完病人，母亲还得下去干活。总共七亩多地，种谷子、玉米。七亩地，并不多，可全凭母亲一个人忙活。家里又没有大牲口，耕种就得和有牲口的人家换工，母亲起早贪黑给人家干活，这样别人才会给她家耕地。

母亲没日没夜操劳，不到四十岁就驼背了，姐姐马上面临高考，还有妹妹弟弟要上学，魏丙先已经是初三，她再也不想给家里增添负担了，连初中毕业考试都没有参加，直接退学，在家里帮母亲干活。

1987年冬天，姐姐同学的妹妹想去北京一个鞋厂打工，没有伴，来找魏丙先，她哪里甘心就在家里，却也没敢贸然应承。读小学，读初中，就没离开村里，县城没去过几回，现在猛不丁就说要去北京，那可不是个一般的地方。她对北京的全部想象还停留在初中课文的描述里。

可是同学说，到了北京，就可以像吃公家饭的干部一样领工资。这个太有诱惑力了。有了工资不就能帮母亲减轻负担吗？这样，她怀揣着"像吃公家饭的干部一样领工资"的梦想，两人搭伴头一次出门远行了。那一年，她十七岁。

说是北京，其实她们要打工的鞋厂厂区还在通州，当时地铁还没有通到那里。对于刚从山西过来的小姑娘而言，北京还在天远地远的地方。

在来北京的火车上，对北京，对工厂，对即将"吃公家饭的干部一样挣工资"的生活想象还蛮好的，可一进鞋厂大门，心就凉透了。满地的炉灰，车间周围是荒草萋萋，脏乱不堪。这倒是其次。那么大一点宿舍装三十多个人，窗户上玻璃也没有，晚上睡觉连鞋都不敢脱。尤其是晚上呼啦呼啦的风吹打着窗户，那叫一个难受。同去的姐妹没待多长时间就回了老家，魏丙先想着就这么跑回去，来回的路费盘缠，不全贴进去了，"算不过账来"，她想着再干一段时间，怎么也得把路费存够再说走的话。

但还是坚持做下来了，至少像同伴当初说的，能像干部一样领工资。做学徒一天30元，最多60元。干了一年，觉得这样没有什么出息，想着还是应该学点技术。1989年，她在报纸上得知有个荣昌服装学校招生，就报了名。

在这个学校里，她才知道扎衣裳、做服装还有这么大的学问，这么多的乐趣，可找对地方了。所以学习特别努力，成绩也突出，期满毕业即破格留校当老师。这样就逐渐地从理论，再到实践，掌握了服装裁剪的技术，一直干到1996年。

在学校待了些年，她心大，不甘心天天在学校里挣那一份死工资，后来下到企业，在服装厂，干版师、管理、质检、工艺审核，一直做到了部门经理。待过的企业都是大品牌，比如韩企个诚，比如日企佐田雷蒙，还有红英自由马，辗转待过四五家。当然，工资已经完全超乎当初第一次出门在火车上的想象，最多的时候，每个月能挣到 10000 元，比"吃公家饭的干部"多多了，应该讲，这时候她已经由蓝领跨入了白领阶层。

在北京待了二十多年，魏丙先感慨多多。在北京的这些年，其中的甘苦真是一言难尽。从小经受苦难生活，教会了她怎么过日子，日子不是过从前，得向前看，得节省着过。再加上生活节奏太快，结果身体越来越差，等到觉得不舒服去检查身体时，先是甲亢，再是糖尿病，累下一身病。2009 年孩子出生，魏丙先休假回到广灵。

2009 年的广灵县，已经不是 1987 年那般模样。二十多年，用沧桑变化来看自己的故乡一点不过分。县城一天一天繁华起来，村庄却像母亲一样日渐苍老。土地还是那些土地，庄禾还是那些庄禾，村里到处都是闲人，闲着的老汉老婆儿，还有抱着孩子晒太阳的妇女们。

究竟经过城市二十多年的历练，她看问题的角度不一样，看到的是老家居然有这么多剩余劳动力。"我当时就有一个想法，老家就有劳力资源，肯定也要比北京便宜，我在外这么多年也有人脉，为什么非要待在拥挤的北京？就在这时我开始有了自己创业的念头。"

也是职业训练的关系，平常她看到一款新式缝纫机忍不住就买下来，十几年攒了十几台，开制衣作坊也不难。

休养在家，孩子还小，回北京再像以前那么拼命那么折腾也就是个活了。这样，她在村里开了一间作坊，雇了几个村里妇女，开始是制作内衣，生意最好的时候，一天能挣两三千。

这个从北京回来的女人很快引起政府的重视。现任县委宣传部部长的刘玉清，2009年任疃乡镇党委书记，在平城南堡村见到魏丙先，她看到魏丙先在一间又拥挤又狭窄的平房里缝衣服，又是甲亢，又是糖尿病，又要照顾孩子，忙得团团转。同是女性，心里油然升起一种感动。乡政府给了魏丙先很大帮助。她的制衣作坊从村里搬到县城北关。

在北关，她认识了日后的帮手张存印。

张存印，壶泉镇北关村人，小时候患小儿麻痹，残疾。初中毕业后，待在村里无所事事。魏丙先发现张存印虽然残疾，手却很巧，便带他学习缝纫技术。张存印上手很快。

两人在基本还是小作坊的厂房里，做了一年下来，业务量越来越大，魏丙先就谋划扩大规模。这是一方面。另一方面，与张存印相处下来，觉得像张存印这样身有残疾但心灵手巧的人，实在应该帮他们一把。尤其是做衣服，残疾人不仅不比常人差，反而更比常人坐得住，没那么多上天入地的想法。能帮人一把为什么不帮呢？更重要的，魏丙先不得不面对的事实是，她自己也是顽疾缠身的病人。

"看到村里一些残疾人和我一样忍受着病痛的折磨，都没有经济来源，靠亲戚和政府接济，心里很不是滋味，残疾人因为身体有残缺，承受着比常人更多的考验。但是，他们拥有和正常人一样的生命尊严，他们不想成为社会的包袱，也希望通过劳动自食其力。"

2010年夏，魏丙先在广灵县成立了鑫梦圆服装加工店，带领十几名妇女开始做服装加工业务。魏丙先有在北京工作的经验，熟门熟路。业务管理、质量检验这一套得心应手，业务主要是工作服、校服、棉服等大批量服装。魏丙先在家乡的小县城，由小作坊到加工店，由两个人再到十多人，当年初闯北京的那股劲头神奇地又回到身上。加工店成立当年，效益甚好。

2011 年 8 月，县残联支持，魏丙先多方筹措资金 100 万，将服装加工店扩大为鸿棉制衣公司，招聘妇女和残疾人 40 余人，开始工厂化流水线服装生产。

2014 年，生产产值达到 260 余万，解决了 12 名残疾人的就业问题。魏丙先被评为 2014 年山西省中小微企业创业先进典型人物。

在制衣车间，杨遥和克海找到了正在忙碌的张存印。见到张存印，他们吃了一惊。眼前这个残疾男人打里照外，行动吃力，但很利落，此刻，他正坐在电脑前面，听北京请来的制版师傅教他如何修正版样。

魏丙先解释说，公司从北京请师傅过来做版式，都是先教给老张，老张再教给大家。干我们这一行，不怕人多，怕的是缺熟练工人。老张现在就相当于我们公司的大脑。他在电脑上把图绘好了，剩下的活儿就好干了。现在老张一个月能挣到 5000 元。

魏丙先又说起公司里的员工。现在在车间里井然有秩工作的，有一个"蓝天之梦"姐妹组，共有十人，为公司里的优秀班组，主要承担裁剪、缝纫等工作任务。该班组在 2013 年成立，成员从一无所知到后来成为公司的骨干组，是因为这个班组工作人员的兢兢业业，踏实肯干。每天天不亮，姐妹组就在设计室、裁剪室、缝纫车间开始检查前一天的活是否全部做完整理好，每台机器是否灵活好用，开始着手准备当天要用的原料。天亮以后一切生产工作准备就绪，她们又开始紧锣密鼓地安排自己一天的工作。当天要设计哪个订单、要完成多少工作量，要为谁家发。这么些年，班组就这么坚持下来。

公司在短短四年得以立足广灵，生产出的产品更是得到省外同行的认可，蓝天之梦组功不可没。她们平均每年加工服装100余万套，年产值达到300余万元。

这些都是农家妇女，她们在进厂的前一天，还手握锄头在地里劳作。

困惑依然未解。就这么一个不大不小的制衣公司，怎么可能是拥有千人规模的中型企业？

这时候，已经是晚上八点。太行山北麓的广灵县城整条大街开始安静下来，人迹寥落。初春的寒气未散，南边山影绰绰，白雾横陈，天上星光点点。

魏丙先继续往二楼走。二楼就是制衣车间。机声隆隆，一派忙碌。流水线作业，二十几个女工井然有序，做的棉服、卫衣、短裤、制服都有。魏丙先根本不得闲，最近的订单实在是太多太多了。她说，美国的订单最大，一次性就有50万的订单，俄罗斯、波兰、孟加拉国也有代工业务。她说：这些订单到年底也做不完。今年又增加了进出口业务，已经对接了美国、波兰、孟加拉国100多万件业务。今年计划完成500万到600万美元的销售额。

她其实已经看出两个人的疑惑。就笑起来，她说，这么大一个地方怎么可能做这么多业务，我们还有分厂。公司在2011年8月注册，在壶泉镇、南村镇、作疃乡、望狐乡、斗泉乡、宜兴乡、蕉山乡7个乡镇拥有9家分厂，800多名员工，其中500多名建档立卡贫困户，41名残疾人，600多名妇女职工。2018年底公司的员工将增加到2000人。

为什么呢？你们也看到南方的服装加工企业，就是一台机器一个人，流水线生产，一道工序几个人，不像过去的裁缝店，一件衣服从裁剪到缝制锁边，最后钉纽扣成衣，都是一个人在那里操作，流水线上，所有程序都分开来，从制版、打版、裁剪，一直到最后成衣打包装箱，包括在衣服上打纽扣孔，上纽扣，都是几道工序，前前后后二十多道工序，每一道工序就是一个岗位，各司其职。所以，这就是一个劳动密集型行业，用的人多。其实，要说脱贫，这个行业对于贫困地区来说，是见效最快的一个项目。2017 年，县里整合扶贫资金 675 万，入股我们的企业。

魏丙先说，说是一个脱贫好项目、好行业，但命根子还是质量，质量从哪里来？从管理中来，从细节的管理中来。其实你看我们是一个县里的企业，但管理跟北京那些品牌企业比起来一点不差。每一道工序要做到细致入微，宁可花费更多时间，也要将每一件产品做到无可挑剔。县城里是总部，下面九个分厂，每一个分厂就有五名管理人员，六名车间管理人员，还有四名技术员。质量控制一点也不敢松懈，一个步骤差下，满盘皆输，你哭还哭不过来。

知道魏丙先的病情，两个人都很感动。这样一个病人，还在盘算着企业如何往前走，不愧大家叫她"拼命三郎"。果然是拼命。两人注意到，魏丙先两只眼睛格外凸出，这是甲亢病人的明显病征。魏丙先说起自己的病，甲亢这个病还不算病，糖尿病综合征很麻烦，经常看东西看不大清楚。

她停了片刻，说：我的想法很简单，就是想在我们这个贫困县找不到贫困人口，人人都脱贫，家家都有奔头。

这个想法还简单？说起业务来，魏丙先的精神头很大，从她叙述的表情，依稀可以看到二十多年前的这个山里女子到北京闯天下的情景。

2017 年，全国经济下行压力持续加大，魏丙先的企业在脱贫攻坚行动中格外引人注目。2017 年，对外加工冬装、学生装、工装等系列服装 200 批次 180 万套，年加工产值 1350 万，工人人均年收入 24000 元，增加社会收入 420 万元；2018 年，公司将入驻广灵县手工业产业园区，安装 6 条生产线，新增员工 300 人，年生产规模将达 200 万件套（其中出口服装 120 万套），包括职业装 50 万套、棉服 50 万套、针织品 100 万套。投产后，采取订单安排加工生产，年可实现销售收入 3000 万元，完成加工产值 3000 万，人均年收入 3 万元，增加社会收入 690 万元。

根据发展状况和市场行情，公司在原有基础上尝试新增外贸业务和团购定制业务。

她一口气叨叨了许多：

与朗利斯顿服饰公司合作，完成外贸订单 50 万件。

与新佳丽服饰有限公司合作，完成内销订单 20 万件。

直接承揽校服 5 万套、工作制服 15 万套，团购定制职业装 5000 套。

海关备案已完成，对接出口孟加拉国 5 万件业务，2 月份投入生产。

年内公司计划在迁入园区后将原厂区改造为精品生产车间，主要承担金融单位统一制服和学生校服等批量服装团购定制业务。

增加服装设计业务，新增服装制版车间，目前已购置设备，正在培训技术人员，4 月份投入使用。同时延伸产业链，向服装材料生产领域迈进，已与北京盛世昌达科技有限公司初步确定合作意向，将引进绗绣厂、棉花厂和拉链厂入驻广灵县。

克海回来讲起魏丙先，说这个女人说起这些业务来，像竹筒倒豆子一样，啪啪啪啪，我要是她的部下，简直就应付不过来。

杨遥说，就是这样一个带病的女人，还挺乐观，人家毕竟是受过大企业管理训练出来的，病是病，事是事。

山里的国际名牌

静乐县早在十多年前就是一个"出裁缝"的大县。静乐县多年积极引导劳务输出，许多"静乐裁缝"闯京城，老乡带老乡，亲戚领亲戚，滚雪球似的在首都建立了三十多家服装加工企业，每家规模在一百人左右，主要代理大型服装厂外包业务，赚取加工费。因为他们吃苦耐劳、技艺精湛，"静乐裁缝"名头日显。加上那些零散的务工裁缝，据县里不完全统计，静乐籍在京裁缝已经达到万人以上。

静乐裁缝闯北京，闯出了名堂。外出务工的"静乐裁缝"人均年收入可达4万元，以普通四口之家计算，人均收入突破1万元，已经实现脱贫致富。然而，出走乡关外出务工，带来的还不仅仅是简单的收入增加，还伴随大量留守问题，夫妻离多聚少，老人顾不上赡养，孩子缺乏照顾，等等。这样的问题几乎是中国留守问题的缩影。致富的目的达到了，幸福指数却在下降。

静乐县委、县政府在2017年提出的倡议很有意思，叫作"守土就业"，鼓励在外游子回乡创业，县里出台一系列优惠条件，帮助征地建厂、协助贷款，同时进一步加大力度宣传"静乐裁缝"，增加品牌影响力，还在县里组建了裁缝协会，创办裁缝培训基地。县里也多方努力，吸引非静乐籍服装企业进驻静乐，带动静乐县剩余劳动力脱贫致富。到 2017 年年底，县里已经举办裁缝、刺绣、鞋垫技能培训班 7 期，培训 600 余人次，为更多的贫困户"在家增收"创造了条件。在全县范围内组织贫困户创建了 10 个缝纫合作社，每家合作社给予 10 万资金扶持。利用公路沿线村庄的闲置房，集中购买缝纫机，把闲散妇女劳动力组织起来搞服装加工，构建"大村有服装加工点、个体有手工缝制"的产业网络覆盖体系。

"守土创业""在家增收"，这个倡议立竿见影。因为经济下行，在北京、太原等地的服装加工厂不同程度出现了"用工荒"，劳动力成本大幅上升。用工企业看中乡村富余劳动力相对便宜这一优势，转回乡村建厂已成趋势。

前有张尚富引资回宁武县苗庄村建厂的例子，不期然，在静乐县窑会村这个常住人口不足 200 人的小村庄，也见到一个小型服装加工车间。可惜去了窑会村，因为小年已到，春节临近，工人放假，30 多台崭新的缝纫机整齐地摆在厂房里，仿佛窥视这个正在转变的时代。

静乐县是大村小村联动，大企业与小车间"拼单"。在县城，还有一间很大的万国工坊服装制造有限公司。

万国工坊服装制造有限公司是县委县政府引进的劳动密集型产业，位于鹅城镇北门村官道湾，就在杨家山移民小区和河西移民小区门口，是静乐县移民配套产业之一，为移民户引进务工企业，获得比较稳定的生活来源。

万国工坊服装制造有限公司占地 15840 平方米，总投资 2000 万元，共分两期工程建设，一期工程 2016 年 10 月开工，2017 年 10 月完工，主要建设生产车间，已经开始投产。时近年底，工人们开始陆续放假。但留守的王厂长很着急，因为还有许多订单等待加工。生产车间里，几十个工人正在有条不紊地忙碌着，王厂长说，快过年了，做完上批任务的工人放假了，剩下这批工人再干两三天。

这个企业首期工程结束，计有100多个工人，按件计酬，一个普通工人一月可收入2000多元，有的可以达到3000元，就是按保守估计，最少也有1500元，一年就是18000元，一家四口有一口人务工，就可人均收入4500元，可稳定脱贫。完全达产，可提供600多个就业岗位，能解决2400口贫困人口脱贫。二期工程2017年11月开工，现在正在建设，大约2018年10月完工。

说是万国工坊，产品果然琳琅满目。样品车间，都是外贸服装展示区，一款款色彩鲜艳、风格不同的服装引人注目，从夏裙、马甲、沙滩裤、工作服、运动装，到棉服、羽绒服、滑雪衣应有尽有。之所以称万国工坊，是因为合作的外贸企业多，比如与加拿大Jecky合作，生产沙滩裤、泳衣、多袋裤；与青岛晨阳服装厂合作，生产伊斯坦布尔羽绒服和德国滑雪衣；与北京的服装公司合作，生产俄罗斯棉服；与青岛祺详外贸公司合作，生产西班牙多袋裤；与张家港良盛企业合作，生产美国自行车服。除了外贸服装展示区，还有校服展示区、工装展示区。万国工坊内销的地方有富士康、中铁三局、潞安集团、美特好超市、山西现代双语学校等等。按规划，外贸生产要上马320台机器，年产130万件服装；校服生产车位80台，年产20万件；劳保服装生产车位100台，年产50万件；高端定制汉唐风韵，年产1万件，全部达产，年产值近亿元。

车间的生产情形与在广灵见到的差不多，流水线生产，各司其职，工人们都比较年轻，正在专心致志给上衣钉扣子。几个人分工很细，画标志的画标志，打孔的打孔，钉扣子的钉扣子，完全流水化作业。

随机采访了一位打孔的女工，她说，家里有小孩，以前只能哄孩子、做饭，挣钱全凭丈夫种地、打工，搬迁下来时心里还发愁，没想到人家政府培训我们，学会了做服装，门前又开了这么个工厂，每天干干活儿，孩子也照顾了，一个月能挣个千把块，家里比以前松多了。

守土创业，自有其优势。

而回到代县的杨遥，则见到一个颇有喜感的织袜厂。

这个织袜厂位于代县聂营镇东段景村，全称为达康织袜厂。杨遥到村里，厂子却关着门，两个女人站在门口聊天。询问之下，原来是厂子要过三八节，上午给职工放假，下午三点开始组织工人跳舞，她们俩来早了。

杨遥笑问她们没有来织袜厂以前，这时候在干什么。

她们说，还能干什么，从正月到二月，能闲一春天，没事干，不是在家里打麻将，就是坐在一起扯闲篇，现在村里有了企业，大家来干活儿、跳舞——再说村里也不让打了，打麻将抓住就取消贫困户。

快三点，一个精干女人来开门，有人介绍说，这是车间主任康改品。

听口音，康改品却不是代县本地人。杨遥很好奇，原来，这个康改品是陕西过来的。

这位从陕西过来的婆姨，倒很快融入当地生活，说话、走姿，包括大笑，都已经很"代县化"。她跟杨遥说完，匆匆说：你们忙！转身就组织职工们跳舞去了。

好在还有聂营镇李镇长陪同，杨遥才弄明白自己故乡这座曾经书声琅琅的学校变成织袜厂的来龙去脉。

这是由镇政府主导，专门搞的产业扶贫项目。

李镇长说，我们的扶贫资金本来不多，如果散开使用，发挥不了作用，必须整合到一起，织袜厂就是整合了西段景、东段景、下街三个村的扶贫资金，共投资了143.7389万。还有60万的缺口，我们正在争取。

这三个村都是2017年整体脱贫的村，其中东段景贫困人口225户637人，西段景贫困人口197户457人，下街村贫困人口158户386人。织袜厂是三个村联建的集体股份制企业，三个村联合成立领导组，下设监事会、理事会，成员交叉任职，相互监督。法人代表是东段景村的支部书记安玉怀，是大家投票选出来的。生产管理人员是外聘的，本地人没那个水平，人家更专业，虽说是大同人，一直在浙江发展，是职业经理人，姓陈。

设备是全国最领先的，自动化生产线，一台织袜机就3万，总共有46台，都是从浙江义乌采购回来的，管理人员和技术团队也都是浙江人。正常投产后，可解决65户贫困户就业，一年最少能产袜子500万双，一双袜子按7分钱利润计算，一年利润就差不多有35万左右，70%分给贫困户，20%村集体留下来搞建设，10%维护企业日常运营，我们叫"721工程"。

工人工资计件算，激励大家好好干，正常一月平均能拿到1500元左右的工资，干得好的可以拿到2000多元。

边走边说，就进入车间参观。厂区不大，但针织车间、缝头车间、大型蒸汽定型车间、包装整理车间，功能齐全，还配套有员工食堂、宿舍、员工更衣室、"员工之家"活动室，无疑是一个小而全，小而精的现代化生产厂区。

　　杨遥还在疑惑产品的销售渠道。毕竟是在大山里，饶是你现代化程度如何高，孤零零地在这里，让人联想起20世纪80年代在乡镇随处可见，后来又悄然消失的那些厂子。李镇长说，关于销售，主要是和浙江的剑弘贸易有限公司签订包销合同，由他们来包销。但反过来，咱产品的质量也非常过关。袜子制作全部采用电脑编程，数控机床生产，两分钟就能织一双。李镇长取了一只袜子撑开，说：你们看这双，密度非常高，是用200个针头的机器生产的，这是给韩国、日本生产的出口产品；其他密度低些，168针，但也是好袜子。一双好袜子十天不洗也没味儿，我们瞄准市场，产品分中高低档。

　　从静乐到代县到宁武，又到广灵，一路上见到了不少这样的中小服装加工企业。中小型服装加工企业进村入户当然是典型，除此之外，还有许多响应政府回乡创业的年轻企业家，他们或从事养殖，或从事食品加工，规模或有大小，起步或有早晚。在临县有香菇种植，岢岚有酿酒加工，石楼有辣酱厂，大宁有电子加工厂，河曲有"富硒小米"加工，偏关有小杂粮加工，等等。在脱贫攻坚号召之下，这些中小型民间企业呈现出不小活力。

　　外出务工的走向虽然没有根本性改变，可是谁都会体会到这种没有改变现状中的细微变化。农村富余劳动力走出去已经成为常态，但随着城市制造业劳动力成本成倍增加，制造业逐渐转移内陆地区，其中部分转移到了中国中西部地区，富余劳动力回流也呈现出一种常态。此种细微变化，当然与国家在一二三线城市的产业调整有关系，但至少在山西，则是从新一轮脱贫攻坚开始之后出现的一种令人瞩目的现象。

　　以农耕为背景的乡村社会，从它形成的那一天起就不是铁板一块。尤其在山西，尤其在太行山、吕梁山区的乡村，乡村行走的痕迹历历在目，长河万古流淌，大山行走的身影遍及海内外。也许，这不仅仅是现实的常态，更是历史的常态。

| 第六章 |

扶危与济困

贫困户"害"上富贵病

　　大宁县和永和县，是国家卫健委定点帮扶的县份，每一县都派驻一名挂职副县长。大概也因为这个原因，两个县作为全国深度贫困县医疗卫生现状的典型县份，屡见于国家一级卫生调查报告中。

　　2016 年 4 月 13 日，《人民日报》记者周亚军有一篇报道，《贫困县遇上"富贵病"，咋办》，其中提及大宁县众多贫困户患病现状，"县医院内科患者占了七成，其中八成是心脑血管疾病患者"。在大宁太德乡抽样筛查四十岁以上人群 1296 人，更是发现心脑血管高危人群 268 人。

　　大家都有农村生活的经历，都是农家出身，都知道这些数目背后就是多少个支离破碎的家庭，眼前晃过一个一个病疴缠身、佝偻挪动的熟悉身影。这个数字还仅仅涵盖心脑血管病患者，如果把其他病患统计出来，数字想必更令人吃惊。

　　山西农村，说得了病，不像记者说的"遇上"病，也不说"患了病"，都说是"害"上病。一个"害"字，十分生动，意外、闪失，无法阻挡，不由分说，意思全在里头。

　　在道教村采访，国家卫健委下来的第一书记李孟涛诉说村人文化底蕴如何深厚，职业医师的敏感，村人的卫生状况怎么能不在眼里？说起心血管病，他举了一个例子。有一回，他在地里给村民检查身体，村里有一个老汉正在忙活，一量血压，低压都上了一百二，还在那里干活。李孟涛劝他赶紧回家休息吃药。但人家笑笑说，啥是个高血压？我怎么不觉得有啥不舒服？李孟涛说：等你感觉不舒服就迟了。死说活说，才劝回去。

李书记讲山西省新近实施的"三保险、三救助"健康扶贫政策，一笔一笔算，算下来，自己其实花不了几个钱。这个手术，不必到大城市，就近的临汾市就可以做。李书记把他送到临汾，联系医院，马上就做了。手术治疗共花了77000元，在门诊结算窗口，当场就报了38000元，回到县里，李书记又给他通过大病救助、医疗保险和民政救助，还有政策兜底，合起来报了6万元，再剩下的就是通过合作医疗再解决，自己确实没花多少钱。

一步一步，都是李书记跑前跑后，来回奔波，每一个步骤都是一次关于医疗帮扶政策的生动讲解。

村里的小伙子房云龙，才三十二岁，2015年准备结婚。他忽然感到浑身无力，结果查出尿毒症。婚事告吹已经让小伙子心灰意冷，接着漫长的透析更让这个普通农家雪上加霜。透析县里做不了，只能到临汾去做，一去就是两个月，租房子住花费已在其次，透析一次就是500元。李孟涛听说这个情况，马上到他家里去，给他讲大病扶助政策，像他这种情况，凭借贫困户证明，在门诊可以报销400元，剩下100元，回到县里还可以报销85%。

李书记这一讲，房云龙的家里人才真正了解到医疗扶贫政策，这样，到临汾也只剩下租房消费。房云龙的病让李孟涛上了心，他跟卫健委来帮助的同志联系，可不可以在县医院建一个透析中心？卫健委很快在县医院建了一个透析中心。道教村离县城也就12公里，房云龙每天骑电动车就可以到县城，做完透析又骑车回到村里。

房云龙说，李书记现在甚至想利用村卫生室专门弄一套透析设备，方便我这样的病人。说着话，小伙子默默看了一眼窗外。窗外桃花、杏花正开，可惜自己浑身无力出不了门。李书记说：咱村准备建一个粮食加工车间，你快点好，几个疗程下来，你就可以到那里干一些轻活了。

李孟涛讲，尿毒症这个病，也有个体差异，不必每一个人都换肾，还要加强锻炼。身体一旦好了，马上回归社会，病会好得快一些。

李孟涛感慨于贫困户既不知道自己的病如何治，又不知道政府脱贫攻坚中的健康扶贫政策。所以他进村之后，既要给村民看病，又要大力宣传健康扶贫政策，还要给大家讲解保健知识。

李孟涛说道教村，陈克海正好采访大宁县健康扶贫，他深有感触，他采访到一例。

有一位老太太，名叫李秀娥，八十二岁。头晕，实在难受得不行，才挣扎着来医院。问哪里痛，说哪里都痛。护士也耐心，问，是不是血压高哇。老太太哪里知道什么血压不血压，就是说头晕。撸起袖子一量，高压达到一百四五。医生又问，多久吃一回肉？平时吃菜多不？李秀娥说，肉一个月吃不了一次，菜很少吃。说完又露出豁豁牙，补了句，就是个吃盐重。四十五岁的王爱美与李秀娥病床紧挨着，她也是遗传性高血压，母亲患脑血管病早早就不在了，父亲也有脑血管病，她自己呢天天离不开药，就是忘了吃饭也得把药吃上。就是这样，吃面也得多调点盐。"要不然面不香嘛"。

老人本来味觉就要差些，平素不注意，高血压最忌讳的就是吃盐多，但说起这些，老人们还听不进去。盐都不让吃，活着还有个甚滋味？

这是来自第一书记的感慨。但这个感慨显然没有责怪的意思，更多的还是无奈。李孟涛又何尝不知道，包括道教村在内的农村居民，不到万不得已，没有哪一个人愿意与医院打交道。一村如此，全县皆然，全国皆然。这里头，当然有深层次的社会原因，但是当这种状态成为聚落常态，成为群体日常，就会形成一整套文化，一整套文化会为这种其实不正常的常态给出种种合理的解释。

在省扶贫办的一份统计表中，2015 年，232 万建档立卡贫困户当中，因病因残致贫的高达 55.19 万人，10 个深度贫困县 31.8 万贫困人口中，因病致贫的就有 9.9 万人。这一组数据，还不包括不是贫困户的慢性病患者。

来自国家的统计数据，全国集中连片贫困区 4000 万户贫困户，因病致贫，因病返贫者高达四成之多。

每一位贫困户，致贫原因各不相同，但贫穷的背后，疾患好像一只家养的狗，如影随形，忠实地跟在身后。小病积大病，大病成重病，支出就是一个无底洞，马上让人倾家荡产。因病致贫，因病返贫，是典型的支出型贫困。

克海说起农村的卫生健康状况，他十分赞同"疾病文化"角度说。

他在广灵木厂村采访，村里没几户人家，山区都是旱地，仅在自家庭院里种两垄葱，安两苗菜，聊胜于无。老百姓想吃点蔬菜，都得从几十公里外的集镇上购买。天寒地冻季节，土豆、腌菜就成了漫长冬日的主菜，偶尔吃顿牛羊肉，不多放点油盐，味道煞不过腥膻味。

像这样的饮食结构和生活习惯，怎么能保证得了健康。

贫困地区因病致贫、因病返贫者，大都是慢性病。"富贵病"已成常态。

说一千道一万，贫困地区的卫生保健现状不容乐观。

脱贫攻坚，斩穷根，断穷根，建立一整套新的更加精准的医疗保障制度，这是不得不面对的大背景。2002 年，国家重建新的以大病统筹为主的农村合作医疗制度和医疗救助体系，但是从启动到覆盖全国全部农村地区，其间也经过许多曲折，尤其到了贫困户那里，每年十元、二十元的个人筹费标准都发生困难。其间原因多多，农民对一项新制度的支持与信任也是需要一个漫长的过程。或者说，一项新的制度诞生、成形、推广、全覆盖，要看它在多大程度上贴近老百姓，方便老百姓，惠及老百姓，让老百姓得到可预期的收益。

最大的保障

"三保险、三救助"，同"两不愁三保障""六个精准""五位一体"等等一样，是扶贫干部嘴里常念叨的口歌儿。

克海、杨遥前脚后脚到隰县挂职扶贫，对这当然熟悉。

杨遥说，从2017年开始，针对贫困地区贫困人口"三保险、三救助"政策已经收到很好效果，群众"看得起病"的问题基本解决。"三保险、三救助"政策实施，确实在整个脱贫攻坚中起到了最大保障作用，很大程度缓解"支出型贫困"现象。

但是"三保险、三救助"每一项优惠政策出台，涉及卫生、民政、劳动人事、保险公司等等部门，分解得特别细。在给老乡们宣讲的时候，你不能把省里的政策一项一项说，他们听不进去，必须让大家明白，自己可以直接见到哪些实惠，受到什么益处。

克海说，这些具体优惠政策之所以能够落实，实际上要归功于全省性的医疗体制改革。这就是山西省卫生厅县乡医疗集团"一体化"医疗卫生全覆盖。即所谓集团"一体化"，将县医院、乡镇卫生院、社区卫生服务中心进行整合，组建为一个独立法人的医疗集团，强化政府举办监督职责，落实医疗集团经营自主权。医疗集团所属各医疗卫生机构法人资格、单位性质、人员编制、政府投入、职责任务、优惠政策、原有名称不变，行政、人员、资金、业务、绩效、药械，由集团统一管理。

这样做的目的，是要理顺集团内部管理机制，激发县乡一体、以乡带村、集团运营的内生动力；到 2020 年实现县域医疗卫生资源配置更加科学，实现人民群众就近看病，能看得上病，看得起病，看得好病。

2017 年 2 月 25 日，山西 18 个县市首批试点，以期通过组建独立法人的医疗集团，整合县乡村三级医疗资源，实行行政、人员、资金、业务、绩效和药品"六统一"管理，打通优质资源下沉的"最后一公里"，实现城乡医疗卫生一体化发展，切实将新医改"红利"转化为群众的健康福祉。

这一全局性的基层医疗保障制度改革，应该讲，是在脱贫攻坚这一大背景下诞生的。或者说，是脱贫攻坚促成了这一大规模的医疗体制改革。

改革之后，58 个贫困县的县级医院全部纳入医联体建设，每个贫困县至少要有一家二甲医院。建立三十分钟基层医疗卫生服务圈，力争 2020 年实现贫困地区标准化卫生院全覆盖。加大基层医疗卫生机构空岗补员力度，实施全科医生和专科医生特岗计划，加强贫困地区农村卫生人员岗位培训，为贫困地区遴选培养五千名适宜技术人才。

到 2017 年 5 月，山西又推出 21 个试点县。

2017 年 8 月 15 日，省长楼阳生在全省电视电话会议上宣布，9 月在全省全面推行县乡医疗卫生机构一体化改革。10 月底，山西省 119 个县医疗集团全部挂牌运行。

这个也不暇细说。道教村房文贵氟骨病治愈，房云龙尿毒症兜底治疗，一得益于"三保险、三救助"政策具体落实，二得益于医疗体制改革之后县、乡、村三级联合体基础建设大幅度提升。舍此，一切都无从谈起。

"三保险、三救助"如何具体落实呢？杨遥讲他们在隰县的经历。隰县的健康扶贫具体由县卫健局负责。卫健局做得也很细致，2017 年 7 月，印刷小册子下发，专门有一个《致全县扶贫对象的一封信》，由扶贫干部逐户给贫困户宣讲、解说。这封信中，把贫困户享受的各项政策说得很清楚。具体内容则是各部门出台的优惠政策，卫健委主管医院与乡镇卫生院、乡村医生，是健康扶贫的最前端；新型合作医疗归口于人力资源和社会保障局，有相应优惠政策；而民政部门则负责住院事后救助与重大慢性病症门诊救助；保险公司再为贫困户提供什么样的医疗保险。总之一句话，那就是保证贫困户能够看上病，看得起病，还要看好病。

林林总总的优惠政策，最终体现在医院窗口。

克海马上翻出在偏关县医院拍下的情景。

新关镇西沟村的苏果叶，正好在孙子的搀扶下来办理住院手续。问这是第几次来医院了，说是第二回。问哪里不舒服，她说哪里都疼。正是农闲季节，平日苦受的庄稼人，尤其是贫困户，终于可以到医院来保养身体了。问医院杨院长，遇见这样的病人，该如何处理？杨院长说，老人常常是多病并发，先处理大病、急病，再做检查，逐一护理。再看她的入院证，门诊诊断上写着：1. 双膝重度骨性关节炎。2. 高血压。

说起现在的医疗政策，陪同老人来的孙子尤其感慨：这也是赶上了好时候。过去庄户人家不到万不得已，谁会去医院，进一趟医院不花你几个钱，能放心出来？天天面朝黄土背朝天，就是机器也有磨损的时候,何况是人。现在好了,不用这么担心,来医院,拿上扶贫手册、身份证、户口本、农合卡,一联网,确认了身份,一分钱不用缴,就在医院里住着,听医生的就行了。

医院大厅,有一个建档立卡贫困人员低保对象先诊疗后付费一站式结算患者就诊流程图:

办理入院:1. 提供身份证、扶贫手册、户口本、农合卡等资料;2. 先诊疗后付费协议书;3. 民政部门和扶贫部门身份核定。

办理住院手续:财务科专人审核资料后并手工垫付押金,患者入住科室。

出院结算报销:1. 出院结算窗口办理出院;2. 医保农合结算窗口办理医保报销;3. 提供病历复印件、出院证、入院证、诊断建议书、清单、身份证复印件、农合卡复印件;4. 自费部分大于5000元,进入保险窗口进行大病救助之后,去民政窗口;5. 自费部分小于5000元,直接进入民政救助窗口进行救助。

患者去出纳室交自费部分:1. 付清自费部分,取回原样资料;2. 无力付清自费部分,再签订分期还款协议。

一张流程图,政策信息晓畅明白。

精准认定救助保障对象,健康扶贫不落一人。

2017年7月10日,偏关在全省第一个推行"先诊疗、后付费"一站式结算服务以来,县医院135张床位爆满,连楼道里都住满了病人。到12月15日,共收治363位建档立卡贫困病人。医院共为患者垫付资金 250 余万元。贫困患者个人承担费用没有超过 1000 元。比如窑头乡闫家洼村的潘恩厚，五十七岁，因支气管哮喘合并肺部感染入住内科，前后住院十天，共花销 6939.09 元，农合补偿 5129.90 元，民政救助 1119.50 元，个人只负担 689.69 元。

如果是在市一级医院，贫困户住院费用不会超过 3000 元，而在省一级医院，不会超过 6000 元。

这种就医模式受到贫困群众好评，只是医院也有困惑，比如有个别贫困户应该出院了，仍然耗在医院，浪费公共资源。有人感慨，冬天村里又没有暖气，谁不愿意住在有暖气的医院里，还有医生、护士天天照顾你。问题是，这么多病人集中在一起，会不会引发某些传染病疫情呢？带着这样的困惑和医护人员交流，他们也多有担心。只是现在光招呼病患就足够磨人，其他的问题，只能再想办法。但是，这种现象还不仅仅是群众要把自己的利益最大化，还从另一个侧面反映出基层医疗资源配置相对不足，尚有待加强。

在"先诊疗，后付费"服务窗口下面，还贴着一张"患者满意度调查"，上面附有二维码。要是有什么意见和建议，通过现代传媒方式，可以得到及时反馈。这并不单纯是医疗部门质量管理的一环，这些反馈意见，将构成脱贫攻坚检验考核的重要内容。

基本医保、大病保险、医疗救助制度，实现三类保障一站式信息交换和即时结算，极大方便了医疗保障扶贫对象。

阳高县大白登镇赵家寨村的马海平，之前得病，哪里敢去什么大医院，县医院都不怎么去，哪里不舒服，就自己去镇上买点药对付。蒙好了就算，蒙不好再到处打问，问别人同样的毛病吃的什么药。成了建档立卡贫困户后，驻村干部也给他宣讲了各种政策，他终于跑到县医院住了一回。

马海平说：甚也不用你管，拿着身份证、户口本、扶贫手册、农合卡就行了。住在医院里，医生给你看病，护士给你提醒。这哪里是看病，分明是疗养嘛。咱做老百姓的，从来就没想过有一天还能享受这待遇。

当然，让老马更高兴的是，住院基本不用自己花什么钱，他住在医院里完全没有心理负担。前后医疗费用9027.52元，出院时自己就掏了1048元。还要求甚呢？自个儿得的病，自己也得认领一部分嘛。都给国家添上负担，那成了个甚？

"三保险、三保障"，国家投入甚大。卫生计生项目资金最大限度向贫困地区倾斜，深度贫困地区县整合资金倾斜增幅不低于10%，投入2.08亿元支持吕梁山集中连片贫困地区11个卫生项目建设，投入540万元为贫困县建设乡镇中医馆。三级医院与所有贫困县医院对口帮扶，5327名上级医院技术骨干长期驻点帮扶。2017年中央及省级资金向贫困地区倾斜投入达到11.1亿元。

健康扶贫"组合拳"中，还有重要一项，就是"双签约"。

所谓"双签约"，甲方为建档立卡贫困户，"双"体现在签约的乙方，一是由包村干部、帮扶干部、第一书记、村干部组成的乡村干部团队；二是由乡村医生、乡镇卫生院医生、县级医院医生等组成的家庭医生团队。这个合同样本为"1+1+1"模式，是谓"双签约"，为的是创新农村医疗卫生服务方法，有针对性地提供适宜的基本医疗卫生服务，努力解决群众对健康扶贫政策不知情和群众就医报销难问题。

隰县全县共有建档立卡贫困户16851口人，因病致贫、因病返贫人口2241口人。按照省里统一要求，"双签约"甲方为因病致贫、因病返贫人口，但县里从脱贫攻坚全局出发，把"双签约"覆盖面扩大到所有建档立卡贫困户。这样一来，签约范围从 2241 口人扩到了 16851 人，覆盖范围扩大，工作量随之增加，足足增加了 7.5 倍。

克海说，在基层扶贫，头绪纷繁，一天到晚有做不完的事情，但"双签约"具体到一个村落究竟还简单，后来他跟同事们聊起来，才知道这个事情对于全县来说堪称浩大。就这一项活动，全县共组建 97 个乡村干部团队、97 个家庭医生团队，共计 776 人，奔赴隰县东西两川，南北两山。签约还是其次，还带着那份《致全县扶贫对象的一封信》，负责宣讲，每签一户，都要将卫生系统、新农合、大病保险、民政部门以及人寿保险等等医疗救助政策宣讲到位。这个工作为期一个月。

而具体到宣读内容，两个团队还各有分工。家庭医生团队负责给签约提供健康状况评估、建立健康档案、基本医疗服务及健康、预防、保健、合理用药等咨询、指导工作，需要转诊就医的，帮助其建立就医转诊的"绿色通道"。乡村干部团队？要及时了解贫困居民就医和健康诉求，做好健康扶贫政策宣传，对筛查出的重病、残疾和慢性病患者，帮助其落实医保、大病保险和民政医疗救助等保障政策，同时，帮助签约对象就医期间的生产和生活问题。

"双签约"一落实，对于乡村干部这一块而言，村里贫困户有个头痛脑热你必须第一时间关照到，因为签约还不仅仅签各自权利、责任和义务，还有相应的监督机制，两个团队和管理指导单位县医院、乡镇卫生院、乡镇政府和村委会是责任主体。

"双签约"之后，隰县许多患有慢性病的贫困户被筛查出来，得到有效救治。

关于"双签约"效果，隰县扶贫干部都知道有一个段红兵，大家说，如果不是"双签约"，这个小伙子简直就没活头。

段红兵是隰县寨子乡中桑峨村人，在村民眼里，这就是一个勤快、仁义、有头脑的小伙子，"如果不得病，日子过得比谁也强"，老乡们这样说。2012 年，段红兵得了腰椎间盘突出，病很严重，下肢几乎失去知觉，到省城做手术，结果手术没治好病，反而再也站不起来了。两口子还很坚强，到县里打饼子卖。可是站不起来只能坐着做生意，两年下来，段红兵臀部起了褥疮。不得已，就住县医院，但钱花光之后，只能出院。久而久之，病情日益严重起来，褥疮溃烂处能伸进一只拳头。攒一点钱再住院，但三个孩子要上学，妻子在医院照顾他，生意无法继续，家里的四亩地也荒在那里。

段红兵再次出院，这一次出院，用"倾家荡产"形容一点不为过，他只能在村子里静养，但心情之糟可想而知。也正在这个时候，"双签约"开始。"双签约"队伍进村，他的这种情况当然很快就进入家庭医生的视野。家庭医生一说，乡村干部也赶了过来，给他讲"双签约"政策，让他赶快再回医院去。进出医院成了家常便饭，也因此家常便饭，搞得已是家徒四壁，还怎么去医院。段红兵犹豫之际，乡村干部与家庭医生已经联系好车辆，备好担架，几乎是强行将他再送到县医院。

另一方面，按照"双签约"约定，乡村干部有解决贫困户住院治疗期间的生产生活问题之责任。中桑峨村第一书记是临汾市委办公厅处级干部胡成光，他带头动员全村党员干部，把段红兵家荒下的地耕了，耘了，种上，一个季节接一个季节，灌园、施肥、除草、收获。帮着种上地，光伏产业扶贫进村，第一个给段红兵家装上，共计 10 兆瓦，一年下来可以有 9000 多元收入。段红兵的二女儿考上天津商学院，小儿子正上中学，胡成光又联系关心少年儿童工作委员会、民政、残联部门，给段家申请了 1 万多元救助款。桑峨村向来注重教育，凡考上大学的孩子要奖励 1000 元，段红兵的女儿是全村七个大学生之一，也获得了这笔奖励。

有"双签约""一站式"结算，像段红兵这样的贫困户住院治疗就没有了后顾之忧。"双签约"入院，数月治疗，段红兵病情大有好转，治疗、用药都跟了上来。段红兵真是一个好小伙子，当记者问他的时候，他很感慨，他讲：贫困户这个帽子不好听，现在身体一天比一天好，要尽快摘帽子，自己养活老婆孩子。没有这个"双签约"，成天死呀活呀，不知道想啥呢。

入院治疗如此，像段红兵这种情况，即便出院，他都可以随时联系到他的家庭医生，随时可以在县、乡两级卫生医疗机构解决相关问题。

摩托车上的医院

在大宁县见到贺星龙，心里被唤起陈久的激动。这种激动倒不是因为贺星龙是被新闻媒体不断报道的先进人物，而是来自沉淀在记忆里的那些关于赤脚医生的往事。

也是当这个名词消失在历史长河中，才忽然明白他们存在的意义。也是当这个名词不时被人提起，他们的身影才格外清晰起来。有些词的表面含义与沉淀于民间的记忆显然还不是一回事，哪怕是同一事物。赤脚医生亦然。

不由得望一眼黄河对岸的陕北高原。在少年时候就在报纸上知道，曾经有过一个著名的赤脚医生，在土窑洞里做过大医院都不敢做的大手术，看好过不少疑难杂症，在当年缺医少药的陕北，被传为神医。也是在近几年，才知道他的名字叫孙立哲，他所在的那个村子，是延川县关家庄村。这个村子里的好多故事，被作家史铁生写入小说《我遥远的清平湾》。史铁生和孙立哲，是1968年由北京插队到陕北的知识青年。当年的报纸宣传"土窑洞里看大病，三千例手术都成功"。直到今天，他的故事还在陕北高原许多老乡那里流传，随着时间推移，他和他们那一茬赤脚医生对于广大乡村保健的意义越来越凸显出来。

当然，孙立哲是那一代赤脚医生中的佼佼者，就个体而言，绝对不可复制，但作为一种农村卫生保健制度，尽管有当年计划经济的影子，显然还是具有启示意义的。

这时候，我们访到贺星龙。

看到贺星龙，就想起当年的那些赤脚医生。而在脱贫攻坚过程中，这一个乡村医生群体更显示出别样的意义，格外引人注目。

但贺星龙所面对的农村显然与过去孙立哲他们插队时候的农村有了天壤之别，可能唯一相同的地方，就是依然缺医少药，尤其缺少像贺星龙这样的乡村医生。

贺星龙，1980年生，山西省大宁县徐家垛乡乐堂村人，坚持乡村行医十八年，先后荣获中国网事"感动2016十大网络人物""2016全国十大最美医生"称号，全国卫生系统"平凡英雄奖""全国第六届道德模范""中国好医生"奖章，全国卫生系统"白求恩奖章"。新闻媒体对他的报道时不时见诸网络、报刊、电视，以他为原型的电影《骑行天使》已经开机。

不说其他，仅获得全国卫生系统"白求恩奖章"就让人肃然起敬，要知道，获得这个奖章的，要么是工程院院士，要么是高等院校、著名大医院卓有成就有医生。这个奖章颁发给一名土生土长的乡村医生，还是第一次。

事前已经对贺星龙的事迹有了大致了解，采访准备充分。县扶贫办的小张听说要采访贺星龙，说他正好送一个病人来县城，就在县医院。等他忙完病人那一摊事，到了宾馆，已是上午十点。他进来的时候，穿着一件暗色衬衫，皮鞋上满是泥点。

可能都是80后，等大家采访回来，克海和贺星龙已经聊得热络，简直怀疑他们就是认识多年的老朋友。

克海倒开门见山，问他：你这么年轻怎么愿意留在村里？

贺星龙从此扯开，讲述自己的经历。

1996 年，我初中毕业，考上了太原卫校。学费太贵，要 6000 多元，而运城的民办卫校也要 3000 来元。家里没有钱，七拼八凑，才凑了 300 多元。不管是去哪家，都没有那么多钱。家里供不起，我也就没指望再去念书。村里人知道了，跟我爸我妈说，你家星龙好不容易考上，你让他念嘛。那个时候村里还有 100 多口人，他们就和我爸我妈合计，一起凑钱，最后凑了 3025 元。那时候凑钱也不像现在，一千两千的凑，都是三十五十的凑。凑够学费，就和我说，村里没有医生，你念好书了再回来。当时十五六岁，能懂什么？有学上就高兴。去了也好好学，什么儿科、妇科、内科，能上的课我都学了。总想着要是回村里待着，你得什么病我都会看。当然，那个时候，我也不是真的有多想回村里看病，就是想着能多学一点是一点。要不怎么对得起那么多学费！

我们一个班毕业的同学，很少有回到村里的。有的就是回去，至少也是城中村，像我们这种黄河岸边的村，人不多，病人却不少。

等到毕业了，才开始纠结。同学们在太原推销药，工资保底是每个月 1000 元。那个时候的 1000 元，也算个钱，一般公务员的工资也就是个三五百。谁听了不心动，我是真想去。父母知道了我的想法，也没多说话，就说你是乡亲们凑钱供出来的，要是不怕落个骂名，你就去吧。一想到乡亲们给我凑钱的场面，我良心上就过不去。还能怎么着，大城市是别指望了，就想着先回到村里给乡亲们看看病，先把债还了。

现实超越了贺星龙的想象。回到村里行医，首先得有医师资格证，还得有办卫生所的地方，他都没有。最简单的听诊器、血压计都成问题。新建的窑洞，父母本是想着给他结婚用，先做了诊所。母亲又卖掉两只母羊，凑了960元，贺星龙才得以买回行医必备的医疗器械，又办回了行医证，贺星龙的乡村诊所就在黄河边的乐堂村开张了。

诊所开起来后，也没什么人来看病。有时候一天能来一个，有时候三五天也没见一个病人。我就想着，坐在家里等病人也不是办法，病人要能动，早去乡镇卫生院了，去了条件更好的地方，怎么可能找上我？

我以为只要我出诊，问题就解决了。

后来才知道，还是因为我太年轻，大家认为我没什么经验，看不了病。

当时我也不信邪，想着只要诚心，口碑好了，自然会好转，就背上药箱出门。就连我爸我妈也没有信心，我走到哪一家，我爸也跟着，我爸顾不上的时候，我妈跟着。我爸还要在旁边说，你能不能看了，看不了就让人家去县医院，别把人家耽搁了。

可能是人都看出了我的诚意吧，慢慢叫我的人也多起来。

那时候也不像现在有手机，谁家有病了，就是隔着沟吆喝。塬上的人大多也认识，就说，你是谁谁谁吧，给乐堂村的星龙捎个话，过来给我看个病。他们早上叫了，可能要到中午，或者下午、晚上我才知道。要是急性发作的病，就容易耽搁。我得信儿了，都要赶过去。

我们那地方，晴天还好，碰到雨雪天气，路也不好走，出门一身泥，黄土塬上哪里有什么路，就看你胆子有多大。最开始那两年出诊，都是靠步行。黄土高原上，都是一个墕一个墕，看上去没多远，从一条沟翻到另一条沟，也得老半天。最远的时候，一天要走个二三十里，那时候年轻，也勤快，但就是再年轻，挑着那么重的药箱走这么远，也跑不动了。

起初找贺星龙看病的人不多，都认为他是个年轻娃娃没有经验。为了多看病人，贺星龙没少想办法，比如印传单在集市上散发，承诺二十四小时上门服务。该想的点子都想了，要想得到病人的认可，说到底还是要能把病人看好。问题是，得不到实战的机会，他又怎么可能证明自己？

我们那地方不是养羊的人比较多嘛，正好有人得了羊传染人的病，医学术语就是布氏病，症状也是头疼、发热，和感冒样子差不多。好多人以为是感冒，也不当回事，结果越拖越不容易好。最后找到我这里，我一看，开了几服药，没过多久就好了。

还有就是看好了我们村里张立山的病，老人八十几岁了，各种慢性病缠身，发了一场高烧，医院都下了病危通知书。家属把老人抬回家里，看着老人难受，就把我叫去看了几回。他儿子也跟我说，星龙，你给看一看，反正治好是好，治不好也就算了。小时候我见过太多老人因为求医无门放弃治疗，见人信任我，我就想着得试一试。就把链霉素和青霉素给打上，家里还有氧气，把氧气吸上。也不知道是老人身体硬实，求生欲望强，有自愈能力，还是我确实误打误撞，反正打了三天针，高烧症状退了，病给看好了，老人又活了十来年。

就是这样，说星龙这个后生能看好病的名声出去了。

农村青壮年劳动力去了城市，留在村里的不是老人，就是半大小子。去大医院看病又看不起，小痛累积成大病，小炎症拖成并发症。山西古时有俗谚，"人有三靠，种地靠天，盖房靠墙，害病则靠命"。而这些老人能靠谁？这个关键节点，在大宁徐家垛乡一带，贺星龙又能看病打针，挂个吊瓶也不是难事，帮忙跑腿的事举手也干了。山大人稀，平时可能耐心听老人讲话的人都没，而贺星龙来了，又是问寒又是问暖，"比自个养的儿子还强"。

打电话找贺星龙看病的人越来越多，靠走路、骑自行车，每天看的病人也有限。也是结婚这一年，他从信用社贷了 4000 元，买了第一辆摩托。骑摩托他没少摔跤。找他看病的人多了，就想着能多看就多看。他又是个急性子，病人着急打来电话，他更着急。2012年，村村通修水泥路，路上到处都是沙子，有一回曹家坡的一个小孩发高烧，他着急往过赶，结果在一个拐弯的地方，摩托车打滑给重重摔了一下，幸亏保险杠硬，才没掉进旁边两米多深的排水沟。当时他以为就蹭破点皮，人没事，还是坚持去给人把病看了。过了些天又痛又肿，去医院拍了个片子，才知道骨折了。他就买了点石膏粉，让他媳妇儿打了个石膏板，在家躺了半个月。

村村通了柏油路，方便多了。不过要是碰上下雪，也不安全。有时候他还得挑着担子出门。有个编导来采访就不太相信，说什么时代了，怎么可能还会用这样的方式去给人看病。其实是对方不知道大宁的地形地貌特殊。比如之前黄河大桥修通后，黄河对岸陕西那边好多人在那里挖沙，最多的时候有两三千人。谁得了病，给他打电话，摩托只能骑到路边，还有一截下坡路就得贺星龙挑着医疗包和药箱下去。处的时间长了，人们见他年轻，人又热情，也能看好病，就经常叫他过去。

2009 年，贺星龙的两个孩子到了上学的年纪，村里没学校，得去县城。媳妇儿和他说，孩子也大了，要想受好的教育，就得花钱投资。咱们去城里开个诊所吧。村里的人听说贺星龙一家要下城里，每次出诊碰到，他们都跟他说，星龙你可是不敢去城里，咱这塬上这么多条老命，全靠你一个人看呢，你走了，我们就活不成了。有时候那些准备出门打工的年轻人也和贺星龙说，你可不敢走了，星龙，老人孩子都在村里，他们要是有个七病八痛，我们在外打工也不安心，全靠你了。"这可不是开玩笑，人家把命都交给咱了，你说还能咋办？"

听到这里，笔者终于理解，刚到大宁县的时候，为什么他一个乡村医生，还得把病人一路送到更高一级的医院去。

邻村下湾有一个四十三岁的女人子宫出血，头晕得不行。我不就是那一片的医生嘛，就叫我过去。常规的头疼脑热，打针输液，简单的包扎缝合，我还能处理，这样的病情，需要输血、动手术。听说前天晚上就出状况了，村里人又不懂，以为忍一忍，睡一会儿就没事了。哪里知道出血过多，快休克了。我也没有办法，就说，你得赶快联系你儿子，结果她儿子不在村里。我就陪着一起送到县医院。

村里人嘛，好多东西也不懂，住院手续也不会办，我跑前跑后，帮着把化验单开上。剩下的输血就交给医生，没我的事儿了。这还算好的，有碰到老爷爷老奶奶脑出血脑梗什么的，我就赶快拨打120。县医院解决不了，还得转院。好多时候，他们也找我，说星龙，你现在成了名人了，医生都认识你，你给帮着领到市里去看一看。他们认为认识个人，到了陌生地方，找人也方便，有个依靠。村里老人出远门的不多，又没经见过什么事儿，心里没底，得了病要往医院跑，更是六神无主，不知道该去找谁。其实做医生的，不管你认不认识，病人来了都得收治。认识个人顶多态度上对你好一些，不可能因为你是村里的，没有关系，就不给你治。

送病人到医院是常事，村里的人大多上了年纪，剩下的30多口人也多是不怎么能动弹的老人，浑身都是毛病。儿女们都出门在外，碰到这些事也就是给我打电话。村里像我这个年纪的人基本没有。

周边几个村里有13户五保户，都是贺星龙免费给看病。

善良，还有身为医生的职业道德，都让贺星龙对这一切无法做到视而不见。

他竭尽所能。

十八年来，贺星龙给五保户、低保户赠送的药物就高达五六万。自2008年开始，他又主动承担了乐堂村周边28个村50多名留守儿童和1028名幼儿的看病、防疫工作，并为他们发放营养包。

2014年，村里建起了移民新村，正好有人卖窑洞，贺星龙花了12500元，把窑洞买了下来，想着做个第二诊所，到北面几个村子看病，也好有个落脚点。病人来拿药，也方便。为这事，媳妇儿跟贺星龙大吵了一架，问他是不是真傻，别人都在城里买房子，你倒好，钱存不下多少，竟然傻到在村里买窑洞。女人也不是因为买了窑洞这么闹，就是因为这么大的事情没有跟她商量。好在两个人都是学医的，夫妻了这么多年，又怎么可能不理解丈夫的那点心思？当时气不过，脾气发出来了，过了两天，看见丈夫出诊，该嘱咐的还得嘱咐，该帮衬的仍要帮衬。

国家政策好了，关键一点，还是基层缺人、缺医生。和老师还不一样，像我那个乡的中心小学，学生十来个，老师有二十多个。而我们乡村医生，几个村都没有一个。乡村医生每个月400元，也就是补个辛苦钱。这么点钱哪够花，平时还得种地，有空了还得打零工。谁也得养家糊口不是？你医生不看病、不钻研，心思都在别的上面，技术怎么可能长进？怎么可能给人看得好病？

和贺星龙的交谈中，他无时无刻不在表露对农村医疗现状的忧心。年轻人都走了，再过几年打不动工了，在城里待不住，还得回到村里。那个时候，又由谁来打理负责他们的健康？

听完贺星龙的故事，好像他做的事也平常，但什么就怕个坚持。能十几年如一日的坚守，又有几个人能做到？年轻人谁不喜欢热闹，谁就天生喜欢苦守寂寞？

贺星龙这样的乡村健康守门人也不是特例。

阳曲县侯村乡店子底村的王应喜，六十四岁了，仍是守在村里行医。四十一年，从最多的时候为1700名群众看病，到现在守候

200 多名留守老人，也是其中典型。

贺星龙、王应喜等乡村医生，以他们的一言一行再一次证明，除了金钱，除了权力，这个世界还有更多证明自我价值的方式，比如道义，比如承诺。没有谁规定人就得该活成什么样子，把力所能及的事情做好，坚持这件事情本身，就足够动人。

而乡村社会伦理秩序中，乡村医生和乡村教师一样，是两种极受人尊重的角色。在过去，两者同被称为"先生"的。他们远不是职业化的角色，又是医生，同时也是乡村中人，乡村伦理的足够尊重，从文化层面反过来又形成相当的道德约束，他们以"先生"的面目出现在众乡村面前的时候，也以"先生"的行为规范来约束自己。

曾经有过一个对乡村医生的调查，相当比例的乡村医生，尽管收入微薄，但他们既不对自己目前的处境感到后悔，同时还希望后代来继承自己的衣钵，把这份"手艺"和角色传递下去。

是啊，古人讲，不为良相，便为良医。医相之间，事关家国。身处乡村社会的行医者，这种潜在的文化怕是早已渗透在骨子里。

| 第七章 |

百年树人

◎ 另一种贫困

◎ 不单纯的支出

◎ 大山深处有名校

◎ 手拉手"结对"帮扶

另一种贫困

因病致贫、返贫是支出型贫困之一种，因学致贫、返贫又是支出型贫困的另外一端。

但是，在乡村社会，谈起因学致贫、返贫，老乡们的态度和心情完全是两回事情，口气里充满着自豪与骄傲，而且多少有些悲壮的意思在里头。每一个人的故事，听来都让人感到心潮激荡，心绪难平，不由得思念远方的父母，想起故里校园琅琅书声。

在兴县黑峪口，那位贫困户任贵平，直到今天，夫妻俩还住在村口一进寒素的小院子里，房顶搭着施工队伍弃置的彩光瓦遮风避雨。但说起自己的贫困原因，任贵平十分坦然。

我们村里就是任、刘两大姓。历史上村里就重视文化。早年牛友兰来黑峪口在庙里建起兴县二高（高小），村里念书人就多，在兴县也是数一数二。过去人们开玩笑说，黑峪口扫街的都是高小毕业。不假。

我是一个典型的因学致资户。有三个孩子，两个男娃，一个女娃。三个娃娃念书，老婆也没事干，就我一个人挣钱。每年开不了学，凑不齐学费，过年过不了年，腊月里到小卖部赊。

春耕之后，有了钱再还上。种的五六亩山地，靠天吃饭，也没多少。就是打零工，甚挣钱做甚。种些小米、葵花，还有豆类等作物，卖了之后换成白面。公公道道说，我们这地方种地，真是连温饱都解决不了。你看，谷子，亩产200斤左右；土豆，遇一年雨水好，就多一些，1000斤，遇天旱，两亩也产不下这么多，刨起来的土豆跟葡萄差不多大小。这得遇，老天爷照顾你，就遇上了，不照顾你，就不行。打零工，主要去东胜。我们村里去东胜有300多人。兴县也一样，60%都是去东胜，栽树、装修、拆房，建筑工地上，什么也干，技术含量不高。一天最多100元。咱们村里现在常住的也就300来人，在东胜就那么多。

全村的孩子都在外头念书，有住宿的，有跑校的，在县城里租个房子，供孩子们上学。县里给读书的娃娃补贴得不少，学杂费、助学金等四项，去年补了3200元。大的已经上大学，补了雨露计划5000元，保险公司无息贷款5000元，贷款娃上班之后自己还。学校也补一些，也基本上不用负担。

任贵平说着自家孩子，嘴角泛起一弯微笑。由自家孩子说到自家村子，去年高考，兴县友兰中学一名学生考上了清华，一名学生考上了北大，那个考上清华的学生就出在咱黑峪口。

黑峪口在20世纪90年代之前，一直是兴县的文化大镇，早在20世纪20年代，牛友兰先生与刘少白先生就利用毁于兵燹的古庙办起兴县第二高级小学，再办晋西北第一座中学校，"扫大街的都是高小毕业"，所言不虚。

牛友兰家乡蔡家崖，另外一位脱贫退出户温猴赖，说起自己"供养"子女读书，义无反顾，因学致贫，"受穷受累"，五个孩子出了四个大学生，颇有成就感。

我今年六十四岁，不知不觉就成了个老汉。

我们蔡家崖村，温姓是大姓，分了四门子。我家四门上出过许多人物，出过一个县长。虽然是四门子，滋生繁衍的人口相当多，散布在全国各地，我最近编了一个家谱，也只能把旁系近亲搞一搞，四门子太大，搞不全。

我家弟兄五个，我老四，都是在村里当农民，一个也没有出去。我有五个子女，一个小子，四个女儿，嫁出去三个。大专以上，我供了他们四个。小女儿在山西商务学院，现在在上海。留在家里的是老三，山西中医学院毕业，现在还没找下工作。就二闺女没有念书。大闺女沈阳大学本科，沈阳工业大学硕士，毕业之后，找的女婿是沈阳大学同学，现在在上海定居。小女儿毕业之后，她大姐把她也带过去了。小子读的山西科技学院，学的就是工程预算，现在自己在河南找了一份工作，搞测量放线这一套。他刚刚大学毕业，在河南工资不高。

五个娃娃，供出四个大学生。啊呀，那是省吃俭用过来的，到现在债务也基本上还完了。大女儿上大学是1996年，一上大学，就贷了3000元。小的去年毕业，陆陆续续，从1996年到2018年，二十多年，就这么过来的。

原来在老村子里住，就一孔窑洞，五个娃娃，一共七口人。那是老窑洞，深八米，宽三米五。那时候村上给人批房子地基，咱首先得考虑他们上学，不能因为自己住得舒适些，把孩子们耽误下。要是紧困了，问亲戚朋友们借上——我那时候是不惜代价的。那时候，经济上是那么紧，大女儿从小学上到硕士生，从来没在钱上难过她，最后供成了。

现在住的房子，是现浇预制顶。村里那一年新村改造，统一建的，正房四间，2008 年花 7 万元买的，装修、收拾，西面扩出一间，又花了 7 万多元。

家里没多少地，只有三个人的地，还有三小块水地，种蔬菜。种谷子、山药。精准扶贫，县里引进香菇大棚，我的两块水地流转出去，一亩一年给 2500 元流转费。我当过干部，一年还有几百块干部补贴。过去不行，一年愁两次，一是春季，一是秋季，孩子们开学，给她拿 5000 元，给他拿 8000 元，都是钱。现在他们有了工作，也给我一点。不给我的话，也可以过。

现在唯一犯愁肠的就是儿子，孩子在河南工作，外头结个婚，买房子就把我考住了。但儿子如果能调回兴县来，娶媳妇也没有问题，因为咱这个房子他能用。在兴县，娶个媳妇，蔡家崖这边，有十几万就够了，彩礼有个五六万，再加上媳妇要个五六万，然后家里置买一些家具。比方，咱现在这家里，将来要结婚的话，都得更换，这些沙发、柜子，你都得换，又得个三四万。

"愁肠"虽然有，可究竟"供养"出四个大学生，"头皮轻了"不少。

兴县人重视教育当不奇怪，偏居晋西北一隅的兴县，古称蔚汾，再名合河，为州为县，文化底蕴深厚。明清两季，一个几万人的小县，出过 27 名进士，32 名举人，另有贡生 221 名，清代名臣帝师孙嘉淦弟兄三人同时考取进士，"一门三进士"至今仍是美谈。仅孙家一门，在清代就出过 12 位进士，名门望族，官学世家。

地域不同，贫困的形式各不同。

宁武县涔山乡王化村，列入国家建设部和文物局共同颁布的"中国历史文化名村"名录。传说乾隆年间，人们为躲避兵祸避居于此。传说很多，无可考稽。正因无可考稽，反而让人浮想联翩，留出许多悬念。整个村子建在海拔 2300 多米的悬崖峭壁之上，村落民居由长 417 米的悬空栈道相连，村中央山瀑悬挂，居然能腾出很大一片公共空间，筑庙祭拜，古木森然。民居多以石头和当地落叶松、云杉为材料建成，坐北朝南，高低错落，许多房屋后半边坐落在崖石上，前半边悬空而建，下面用木柱支撑着竖立在天然石壁上，从远处眺望好像悬在空中的楼阁，被命名为"悬空村"。

几百年来，王化村隐藏在管涔山的崇山峻岭和茫茫林海中，自给自足，世外桃源。改革开放，王化村山高皇帝远，劣势越来越彰显，宁静被打破，日益衰落。最红火的时候村里有一百二三十人，现在在村的只有三十多人，大多是老人，其中七十岁以上的就有十五人。近年，旅游者发现王化村独特的民居格局，甚为惊艳，访者日众，与"万年冰洞""悬棺"一起，构成芦芽山风景区独特的人文自然景观。

尽管如此，真正回村住的年轻人还是少之又少，四十九岁的张建荣是村里最年轻的一位。

虽然生活在山上，张建荣却与妻子都活得"有心气"。为什么呢？因为有两个争气的儿子。大儿子 2017 年高考，考了 420 分，达二本线。但孩子"心气"更高，不服这个气，只身前往忻州新希望学校复读。二儿子在宁武二中读高一，2017 年期末考试考了 600 多分，名列班里第二。

张建荣娶同村姑娘为妻，岳丈经常过来看女儿女婿，听我们说到两个外孙，喜不自禁地背操着手说：我那两个外甥，好哩！再没第二句，接着笑眯眯，眯眯笑。张建荣说：怕他们不念了，他们想念，能考到哪儿，我供到哪儿。

张建荣一家四口人，有16亩地，种谷子、土豆、莜麦，都是坡地，出产无多，"仅够吃"，跟王化村其他青壮村一样，种地成了"捎带"，打工的非农业收入为主要经济来源，过去主要是出山外的煤矿下煤窑，或者建筑工地做泥水小工。

精准扶贫开始，张建荣有四项收入。

其一，5万小额金融贷款贴息贷款，入股潞安集团，每年分红3000元，连续三年可获利。其二，护林员工资，一年8000元。主要工作时间有两段，一段是每年从3月15日到5月30日春冬防火，另一段是10月份之后的冬季防火。其三，采蘑菇，村里人叫"扳蘑菇"。宁武的银盘蘑菇品质甚佳，晒干一斤能卖二三百。到夏天，张建荣每天凌晨两点摸黑上山，因为长蘑菇的只有那么几个固定地方，"扳蘑菇"的人多，家家户户都去，采山货贩山货，是村里人的一项大收入，去得晚了就没有了，一年下来也就能采个十来斤，卖2000多元。其四，王化村列入"中国历史文化名村"名录，县里着力打造芦芽山全域旅游，对王化村重点改造，通入村水泥路，加固修整村街栈道，动员村民办"农家乐""农家旅舍"。张建荣的房子位于栈道入村的第一家，旧屋更梁换柱，重覆新瓦，挨院墙外沿接出一块，筑一木屋，开起"农家乐"饭馆。旧房改造，政府补助12000元，再补助3000元用于农家乐餐馆门窗之用。王化村深处景区腹地，来客零零星星，张建荣说，"来的都是你们这些文化人，一般游客哪能看上咱这山庄窝铺"，所以生意也清淡。一年旅游旺季就六、

七、八、九四个月，餐馆一年毛收入 8000 元。

此外，他还养着 50 多只鸡，收益不大，"圈养不下蛋，野放不收蛋"，有一搭没一搭，卖掉"能挣个盐醋钱"。毛算一下，四项收入接近 2 万。张建荣马上拍大腿：哪里有 2 万？超不过 2 万。

接着就说他的支出。两个孩子上学有多费钱，尤其是大儿子，光一年学费就 6000 元，还有住宿费、生活费、资料费等等，再没有个万把块下不来。还有个二儿子能撑下来，主要是因为教育扶贫，他的二儿子每月伙食补助 350 元，其他补助 1000 元，一起算下来相当于免费念书。二儿子这样，大儿子以前在县里读公立的时候，自然也相当于免费念书。以前没有怎样花钱，有了点儿积蓄，现在才有了敢读私立学校的底气。

费钱啊！张建荣蹲在那里说。

大家说：主要是两个孩子念书，如果不念书的话，就没有这么大负担。

张建荣急了：两个娃娃有那心劲，又灵泛，我怎么能让他们不念！

教育是人类发展的基石，教育加快了社会流动，创建新的社会网络，促进生活选择的能动性和多样性，教育还是中断贫困代际传递的有效手段。老乡们虽然不能从理论上说出个子丑寅卯，但他们何尝不明白，自己含辛茹苦地"供养"，"供养"出的不仅仅是子女，还有对生活的信心。子孙们至少不必抄袭父辈们的生活，穷根斩断，希望显现，父老乡亲宁可自己苦，也要为儿孙拼出一个锦绣前程。

对于贫困地区的老百姓而言，尽管因学致贫、返贫的感受与因病致贫、返贫的感受截然不同，但同是支出型贫困，对于农村居民，尤其是深度贫困地区，教育支出在日常生活中的占比相当惊人。

2015年国家统计局山西调查总队专题抽样调查数据显示，城乡家庭教育支出随子女就学阶段升级总体呈上升趋势。2014年城镇居民家庭子女在幼儿园、小学、初中、高中、大学各阶段就读的教育支出分别为5464.4元、3490.1元、4079.4元、11052.9元、12037.6元；农村居民家庭分别为1654.1元、1773.8元、1361.0元、4216.5元、8884.6元。

本次调查中，对于教育支出城镇居民选择有压力的为49.6%，农村居民选择有压力的为49.5%，近半居民表示教育支出负担较重。对于一些中低收入家庭，教育支出成为沉重负担，如阳高县受访的农村家庭中，子女教育支出占到家庭收入的70%之多。从调查结果来看，多数贫困家庭学生年平均上大学费用占家庭收入的比重达到70%左右。

因学致贫仍是贫困发生的一个主要原因。比如，静乐县窑会村，因学致贫26户，109人，分别占全村户籍和人口的28%、39%。比如，在山西最大的贫困县临县，因学致贫达2366户5831人。2017年，山西一省232万贫困人口，贫困学生有34万人。

数字簇拥过来，那是千万个怀揣梦想的家庭、家长和孩子们。

不单纯的支出

任贵平、温猴赖、张建荣，三个人三个故事，如同一个模子里刻出来，头上的"紧箍咒"就是孩子上学。除了这三位，入户采访，踏进老乡门槛，还有许多类似的故事，可视作因学致贫、返贫的样本。不过，许多支出型贫困常常并不单纯，而呈现复合存在。因学、因病，两者之间虽然没有明确的联系，但有着很高的相关性。

杨遥在代县还采访过一个名叫高贵锁的贫困户。高贵锁，六十岁，代县高二沟村人。高二沟位于雁门关深处大山里，大山皱褶里的高二沟，两边高山耸峙，进出村落，只有沟里山道如绳。村子更不显眼，如果大意一些，即便走路，也会忽略过去。全村共有 18 户 39 口人，长住的只有 7 户。高二村土地瘠薄，都是山地，而且不多，7 户村民，户户靠养羊生活。养羊的方式很传统，白天领羊群上山，晚上再吆下来，进圈添料。

高贵锁说：我们这个村，说农不像农，说牧不像牧。说农吧，没有地，说牧吧，没有草场。高贵锁虽是村干部，也一直养羊。夏天养 400 多只，冬天养 200 多只，加上卖羊绒收入，最好的一年可以收入 12 万元。高二沟生存经济如此，雁门关下的几个村子其实都是这个样子。

让人欣喜的是，高贵锁四个孩子，有三个大学生。除了大儿子念到初一不念了，其他几个都读了大学。二儿子在长沙读的湖南外贸职业学院，三儿子在青岛读的青岛职业技术学院，女儿在吉林辽源读的职业技术学院，光女儿读大学就花了6万多，三儿子花了四五万。高贵锁把孩子们供出来，钱花完了。2014年女儿去了景区上班，当导游，一月能挣2000多元。2016年二儿子去了景区当环卫工，一个月收入2000多元。三儿子在上海电子厂打工，一月能挣四五千元。儿女成人，都上了班，自己又是村干部，养着羊，日子应该不错。

只可惜，高贵锁是一位贫困户。前因学致贫，后因病返贫。高贵锁记得清楚，2017年6月20日，县里组织体检，查出肺癌。接着就是放疗、化疗，每隔一段时间就得去复查，前前后后去了六趟，花费十六七万。所费由新农合报销3万多元，还可以在大病统筹和人寿保险公司报销70%，除目录外药物不能报销，每一次前往大医院复查，住宿、吃饭，陪同家属开销，开支仍然很大。

在右玉县杀虎口镇，杨遥采访到五十四岁的李四红。

李四红两儿一女，全家五口人。三个孩子，两个大学生。杀虎口地面，大家都知道两口子为了孩子"吃的那些苦"。

李四红说起"吃的那些苦"，并不嫌苦，反而有些兴奋。两个孩子相继上大学，"种福得福如此报，愧我当初赠木桃"，较之孩子"金榜题名"，当初吃的那些苦，实在不算什么。

2004年，李四红四十岁出头，孩子开始上初中，平常循规蹈矩作务庄稼的日子顿显窘迫。正好杀虎口风景区刚刚建成开放，他与妻子在景区支起一个面皮摊子。杀虎口的旅游旺季从五一节开始，一直到国庆节，也就五个月的光景。国庆节一过，右玉一带就开始落霜，天冷得不行。

这五个月里，每天都是这样的节奏：早晨五六点钟起来就生火、烧锅、滚水、上笼、淋浆、蒸面皮、调和调料，备足一天的货源，等到天光微亮，杀虎口堡里堡外人家才睡眼惺忪，李四红家的厨间已经热气腾腾，货物也就准备得差不多了。然后，是喂猪、喂羊，给牛上草，一早上并不得清闲。出摊，则要等到上午八九点钟景区陆陆续续上游客。晚上回来家里地里，还有牛、羊、猪，料理一番，还要准备第二天面皮备料，把面和好，发在那里，也就到了午夜。两口子一天睡不了五个小时。

一张面皮卖两元，五个月算账下来，也就三五千元的样子。2004年，老长城没有完全修复，游客不多，后来老长城修复，游客渐渐多起来，生意相对好一些。

听起来琐琐碎碎，不波不澜，但想一想寒来暑往坚持整整十四个年头，李四红从一个精壮的中年人，已经熬成半大老头儿，任何人都会从心底里涌起一股暖流，甚至震撼。日日夜夜这样忙碌，终有报偿。先是女儿考取天津农学院，学的是动物医学专业；隔一年，儿子考上沈阳工业大学。现在一双儿女俱已毕业参加工作，女儿就职于内蒙古呼和浩特市某医院，儿子则得益于中铁十二局驻村工作队帮忙，供职于十二局天津电气化公司。

今天这样的局面，代价多大？李四红一一数来。女儿，县城读高中，天津读大学，合起来花费十二三万。儿子，比女儿低一届，县城读高中，沈阳读大学，花费也是十二三万。李四红本来想一桩一桩算，但算着算着就不算了，呵呵笑着：毛细账就算不过来，小学、初中，那都是些"小钱钱"。何况培养儿女还能算账，那还有个头？

别急，还没有完。

儿女出息，2016 年，妻子却病倒了，病来得凶险，心肌梗死。先在内蒙古医学院附属医院动了手术，2017 年再赴北京安贞医院二次手术，手术费、住院费两次花了 12 万。手术期间，一家三口在北京待了十几天，治疗、住院费用之外，又花了 2 万多。李四红说：吃饭比咱们这儿贵得多，一碗面就得 20 多元。

李四红很感慨，当年孩子们读大学，本来有贷款政策，但他还是老想法，借钱总得还，就没有享受这个政策，现在妻子病倒，健康扶贫政策全享受到了。他讲：大病救助都给了，乡里面也给，民政局也给，贫困户医院的费用基本都能处理了，但一下报不完，得慢慢处理，现在已经报回了 7 万多元。

李四红除了一年卖五六个月面皮，闲暇时间多。他会吹唢呐，懂戏文，乡间鼓班一旦缺少人手，就叫他去，时不时会跟鼓班游走乡间。一天下来可以得些酬劳，二三百、三四百不等，一年下来能"出场"十几次，也有几千元收入。

克海讲的，是晋南万荣县皇甫乡马家村。

马家村坐落在孤峰山下，属于低山黄土丘陵区，距离县城 18 里。耕地 2438 亩，其中种桃 1100 亩，小麦 700 亩，苹果 110 亩，核桃 100 亩，其他作物 428 亩。全村 134 户 476 口人，低保 3 户，五保 2 户，建档立卡贫困户 33 户，109 人。

马家村，在富庶的河东平原，算不上大村子，农业立地条件比吕梁山区要强不知道多少倍。只是，山川养人，安排一茬生灵，各有各的不易。

该村人均 4 亩地，水果种植是村民收入之大项，尤以桃树最多。马家村的桃在万荣有名气，比别处早成熟十来天，甜度也高。但就是因为风大，果子卖相不好，但万荣人知道马家村桃的特点，并不嫌弃。

村里早年缺水，后来打了三口深井，浇一个小时地要 54 元，说是有 60 方，渠道损耗，再加上出水量小，要大打折扣。现在引黄工程通上来，铺了 13700 米水管，90% 的地都能浇上水，浇一个小时才 35 元，出水量大，每小时能达到 80 方。

塬上地里种着苹果树、桃树、核桃树。春天，4 月的一场极寒天气，打在刚刚开花的果树上，据说减产一多半。而马家村海拔相对较高，果树开花迟，反而影响较小。

村主任赵长健介绍，政府今年给贫困户的果园全部免费上了保险，一亩 30 元。小麦也给买了保险，每亩 3 元。村子靠近山区，村里养牛养羊的不少。克海采访到的贫困户叫赵新，家里也养有 60 多只羊。

赵新，1967 年生，患有白癜风，常年不能下地劳作。家里一应重活全落到了妻子身上。赵新还没开口，倒是他八十三岁的父亲赵身荣先说开了话。老人坐在刚刚改造过的房屋中，阔大的门楼还没有贴砖。房子的窗户玻璃还没安上。也没有粉刷，说是刚抹的水泥尚未完全干透，还得晾一晾。得知访客是专程来看他，老人匀匀吐出六个字：哎呀，太劳驾啦。老人耳背，前两年又犯了脑梗，话更是说不利索。让讲讲以前的事，老人说：以前日子恓惶，吃不上，盼不上。再不言语。老人话少，却让感到有一种说不清楚的气度。

一旁站着的赵新说：

当年我妈就一个人，我爸是从城关尚义村招亲过来的。我们兄弟姊妹五个。从我记事起，家里就穷得很，生活特别困难。我爸1965年入党，工作忙得家里边这些活也顾不上，就我妈一天干到黑。我爸骑着个自行车黑夜也回不来。联产承包到户以后，生活才慢慢好些。至少是有吃的，穿的也慢慢好了。我爸一辈子就是个勤劳，干甚都爱较真。从来不搞什么特殊化，当时他有保管仓库的钥匙，我们饿得很，他也从没想着多给我们拿点东西回来。前两年我爸得了脑梗，走路都不稳当，早上起来，又拖着锄头往地里走。他这一辈子就是个这，闲不下来。

1993年3月，我刚从青海引回来媳妇。6月份，我妈身体不舒服，去医院检查，癌症晚期，没几天就不在了。大哥智力有问题，什么也干不了。家里种地的事又都落在我爸头上。我媳妇就在家里忙活。我和我弟就在县城里打点短工，想着改善下生活。1995年，我弟也从青海引回来了媳妇。到了1996年，两兄弟分家，我分得了8只羊，半袋粮食。当时光靠养羊，收入还是太少。就和弟弟去县城打饼子。村里到城里的路也没修好，那两年都是父亲赶着驴车到县城给送面。干了两年，城里整治，不让随便摆摊了，要租门面又太贵，就不打饼子了。

1994年，我女儿出生。1997年，要下我儿子。当时，我奶奶也还在，还有我爸，我大哥，都和我们一家生活。一屋子七口人，住在三间我爷爷当年的老房子里。

我两个孩子学习都还特别好。小学毕业后，看见两个娃成绩可以，不想耽误他们的前程，就想着多挣点钱，让娃到县城上个好学校。女儿2013年考上太原理工大学，学的动漫设计，学费又贵，一年就要3万多。娃也懂事，知道家里困难，就说要不不上了。我就想，娃能考上学校，还能不叫娃上学？再难，就是贷上款也要让娃上学。于是，和亲戚借，教育局帮扶，又从银行贷上一些。那一年羊价也不错，卖了60来只，得了小2万。总算是把女儿的学费凑够了，赶紧叫娃上大学。

这个时候儿子也在万荣上了高中，也是重点班。他学习也特别好。2016年，儿子也考上大学了，读的是湖南工业大学化学应用专业。两个孩子上学，预计下来，一年就得七八万。我正愁，去哪里筹这么多学费。当时正在地里放羊，没事就在那看手机。看见运城有个监督热线，也是娃考上大学了，想贷些款。我就打过去电话，说了我的情况。没过几天，埝底乡信用社的主任就带上人来调查。一看我住的房子是老房子，不符合贷款的抵押条件。当时是阴历六月份，天气特别热。他们现场商量了一下，想着怎么给我帮扶一下。当天回去发动捐款，就给我捐了1000多元。通过微信一发，到了7月份，万荣县信用联社又给我捐了7000元。村主任还有帮扶我的单位县电业局，又给我送来6570元。县教育局雨露计划又给了5000元。正愁娃上学没办法，看到这么多好心人帮我，心里一块石头就落地了。亲戚又帮了一些。去年羊价钱好，十一二块一斤，卖了60来只，落得2万来块。孩子就顺顺利利去了长沙。

2017年，女儿大学毕业。现在在杭州工作。工资不高，就是个七八千，单位也不管吃住，除开花销，一个月纯落3000多块。她上学每年贷的学费，现在也是她个人在还。女儿一工作，不从家里要钱，就供儿子一个人，一下负担就轻得多了。儿子一年要2万多块。大学里也有补助，我叫不上来具体名字，一年也有2000来块。

孩子们都知道家里的情况，和别人比不得，就学习能比，也知道好好学。儿子学习好，年年拿奖学金。还是学生会干部，前两天打电话说是申请入了党，现在还在考察期。

喜欢念书，也供得起，娃开心，我们也高兴，肯定比种地强，至少旱涝保收，对国家也有贡献。

养了二十来年羊，我也总结出来了，差不多就是四年一个周期，过上四年，羊价能起来一回，平常就是往里贴钱贴工。每年买40来只羊，自己辛苦一点，相当于打个零工。这些年孩子上学，基本上就纯靠我这个羊。媳妇也在周围打些零工。自家干完，就给人家干，套袋袋、摘果子，有什么活儿就干什么活，捎带着一年也能挣1万多元。自家地里庄稼种好后，别人来喊，她就去，也不误工。

一直住的都是老北房，土房子，三间总共有个40来平方米。年代久，一下雨就漏，屋里就没个下脚的地方。2013年，我把砖买下，也想着盖房。孩子上学花钱，盖房子还是先放在一边，学生上学为主，等毕业了再想盖房子的事。去年，乡里统一搞危房改造，我家人口多，给的14000元不够，乡政府又贴了15000元。

2003年，买了个三轮车。2013年又买了个电动车。女儿不用我们操心，儿子也没两年就毕业了。房子也在政府的帮扶下盖起来了。生活总算是慢慢改善过来了。说到底，我们还是赶上了好时候。

县扶贫办副主任李挚在一旁介绍：这家人精神不倒。父亲是个老党员、老主任，带领村里人发展生产。媳妇手脚也利索。孤峰山里，也没什么出产，相对平川，是要穷些，但人勤快，孩子们也有出息。这样的家庭，我们帮扶也有干劲，关键时刻拉他们一把，一家人就能够翻了身。

虽然一时还说不清复合在一起的致贫原因之间的联系与逻辑关系，几个样本透露出的深层次信息却让人深思。

在吕梁山区采访，村民反映的较大问题，就是教育。随着城镇化步伐加快，乡村的小学校大都撤并，村民为了让孩子读书，不得不迁出村庄，入镇进城，无形中加大生活成本。石楼县甚至发生过村民集体到教育局抗议要求保留村小学的事件。老乡们的意见还不单纯从经济支出加大方面考虑，大多数人还是从孩子健康成长加以考虑。贫困的代际传递，其干预手段种种，政治、经济、文化手段都要跟上，教育是最有效的干预手段之一，而且干预的年龄越小效果越好。老乡们虽然嘴上说不出，但与精准扶贫"扶贫先扶志、扶贫先扶智"的思路却出奇的一致。

大山深处有名校

回河曲采访，话题很多，易地移民搬迁、光伏产业铺排、养殖产业扶贫、脱毒马铃薯增产，亮点多多，但是说着说着，话题自觉不自觉就转到教育上。

河曲县 2016 年和 2017 年每年都有四至五名应届高中毕业生被清华、北大录取，除清华、北大之外，每年考取南开大学、浙江大学、北京师范大学、北京理工大学、东南大学这些名校的学生都在二十名以上。

这样的情景，在石楼县、兴县也遇到过。

石楼县，2017 年有两名学生被清华大学录取，一名学生被北京大学录取，一时晋西轰动。兴县友兰中学 2017 年清华、北大各录取一名学生，阖县津津乐道。莫说偏居晋西北、晋西黄土大山里的河曲、兴县、石楼县，就是文化底蕴深厚的汾河川和河东地区各县，能取得这样的成绩，也实在不多。

其实，这不奇怪。这几个贫困县基础教育底子本来就好，一直是有名的贫困县，也一直是有名的教育大县，更得益于 2012 年国家针对贫困地区实施的面向贫困地区定向招生专项计划。

2012 年 3 月 19 日，教育部、国家发改委、财政部、人力资源和社会保障部和国务院扶贫办五部委联合发布《关于实施面向贫困地区定向招生专项计划的通知》。决定在"十二五期间，每年在全国招生计划中专门安排一万名左右专项计划"，向贫困地区定向招生。

事实上，专项规模逐年在迅速扩大。2012 年为 1 万名；2013 年，为 3 万多名；2014 年，已经达到 5 万名；到 2016 年，再增加到 9 万名。生源覆盖区域也在原来的 680 个集中连片特殊贫困县的基础上，扩大到 832 个县。同时，国家向重点高校录取比例相对较低的区域倾斜，如河北、山西、安徽、河南、广东、广西、四川、贵州、云南、甘肃等省区。

承担贫困地区专项招生计划的院校，主要是本科一批高校。2012 年为 222 所，2013 年扩大到 263 所，覆盖所有"211 工程"院校和 108 所中央部属高校。以农林、水利、地矿、机械、师范、医学以及其他适农涉农等贫困地区急需专业为主。

贫困地区学生参加全国统一招生，单报志愿，单设批次，单独划线。招生计划不少于高校年度本科招生规模的 2%。

贫困与富足的区别，说到底就是拥有政治、经济、文化资源的多寡。这个政策对于广大贫困地区而言，不啻是"阳光雨露"，就是让贫困地区的学生能够上得了好大学。

"单独志愿、单设批次，单独划线"。就是在高考统一招生之外，贫困县参加高考的学生单独划出来，单独填报志愿，单独划线招生。在这个政策之下，贫困县学生能够达高考一本线，就可以上一个比较满意的好大学。

当然，这是国家对贫困地区的一项普惠性政策，虽然不全针对具体贫困户，但对于具体县域文化教育建设之意义实在不能小觑。

河曲县扶贫开发指挥长张建元，做事讲话风风火火，辞出滔滔，说扶贫就说到教育。他讲，扶贫先扶志，扶贫先扶智，这话讲得挺好！仅是国家专项生计划这一项，河曲县受惠最大，2017年全县高考一本达线率突破100人，清华、北大各考取2名。2018年摸底情况更好（本书写作完成，高考成绩公布，2018年河曲高考一本达线130人），忻州市西八县其他七县加起来还不及我们的一半。之所以有这样的成绩，一是有传统，从20世纪60年代初晋西北建起高中，每一个高考季结束，考得怎么样，是县里的头等大事，连大字不识的老百姓都关心。恢复高考制度以来，高考升学率一直很高。二是基础好，基础教育没落下步，土沟中学现在全校17个学生，但30多个老师还按部就班一步不落教学。三是扶贫专项生政策给全县的老师鼓上劲，教师留得住，学校立得住，人才出得去。一人上学，全家脱贫。这个脱贫不是经济意义上的脱贫，是精神层面的脱贫，一个家庭里不断出大学生，出硕士、博士，你看看这家人心气怎么样？河曲县的穷乡僻壤山庄窝铺，这样的人家不在少数。

教育资源向贫困地区做如此大的倾斜，怕是教育扶贫中最大的一项政策。具体到精准脱贫，对待贫困户子女就学怎么样呢？

杨遥采访的河曲县教育局副局长赵玉庆。赵玉庆做了三十多年教育局办公室主任，对河曲教育的历史与现状了如指掌，说起来简明扼要。

河曲县2017年上半年建档立卡贫困户学生共计1659人，其中幼儿236人、小学606人、初中382人、普高301人、职高134人。下半年建档立卡贫困户学生1642人，其中幼儿189人、小学668人、初中349人、普高278人、职高158人。

落实国家扶贫政策有六大项：

一是学前教育资助。按照在园幼儿数的 15% 进行资助，每人每年 1000 元。

二是义务教育阶段"两免""一补"。免教科书费、学杂费，寄宿制学校家庭经济困难学生的生活补助，小学生每年补贴 1000 元，初中生每年补贴 1250 元。

三是普通高中资助。对于贫困户学生，包括残疾学生、孤儿学生，低保家庭学生，特殊家庭经济困难学生，根据受助学生家庭困难情况分两到三档给予补助，每人每年在 1000 元—3000 元范围内，平均 2000 元。免除上述学生学杂费，标准为每生 400 元。

四是中职学校学生资助。中职学校学生全部免除学费，职高每生每年 2000 元标准，职业中专每生每年 2500 元。职高学校助学金，按照在校学生 15% 资助，每生每年 2000 元。

五是"雨露计划"教育扶贫。对于建档立卡贫困户参加高考并被录取，就读一本、二本 A 类和 B 类本科专业院校的大学生，每生一次性资助 5000 元。

六是生源地助学贷款。就读高校家庭经济困难本专科学生，每年可贷款 8000 元，在校期间利息由财政补贴，学生毕业后逐年归还。

除了落实国家政策，县里面也根据实际情况出台了一些政策。

一是发放政府助学金。给县里两所高中学生按照 20% 的比例，每生每年 1000 元。

二是免除所有中小学学生住宿费。

三是给中小学学生发放营养餐，针对农村义务教育阶段学生，每人每天 4 元标准，发牛奶、面包、苹果、肉等。

四是补贴大学生新生入学的路费。省内每人500元，省外每人1000元。

五是企业奖励考取清华、北大的学生。2017年，神达梁家碛煤业有限公司出资30万元，奖励2016年和2017年考入清华、北大的五名学子。

此外，每年教师节县里奖励高三毕业班教师，2017年拿出了490万。

河曲县对教育投入确实是下了血本的，阖县关注，全民重视，县政府在教育上从来舍得投资。在此之前，大家都曾听过河曲县实施中小学生"一颗鸡蛋"营养工程。当一枚鸡蛋变成施政口号，开始大家并不理解，几年下来，大家终于理解了政府对待下一代的一片苦心，常常念叨。一切都在细节里头。

石楼县的教育则呈现出另外一种景观。在采访石楼县林业局局长刘小龙时，他就讲过：我们石楼县地下无资源，只能在地上做文章，山上十年树木，山下百年树人。我们的林业搞得好，教育也搞得好。

2017年，石楼中学高考一本达线116人，二本B类以上达线454人，升学率为45.3%，达线人数、达线率均为吕梁市西部山区之冠。3名同学被清华大学、北京大学录取。石楼中学，连续20多年获得吕梁市名校称号，为山西省示范高中学校。

高考成绩当然不能全面反映教育全貌，但在现行教育制度之下，它是一个很敏感的晴雨表。这个不俗的成绩，当然得益于石楼县基础教育抓得好，全民对教育的重视。

教育局局长张石明介绍，石楼县的教育扶贫共涉十二项，从学前幼儿到高中阶段。从学前幼儿来说，有学前贫困幼儿资助，一人一年1000元。过去我们有比例，就是幼儿的15%。2016年脱贫攻坚，上面做了决策，打破了这个比例的界限，只要是建档立卡的贫困幼儿，不管是幼儿本身，还是监护人，只要有一个具备条件，就能享受。过去我们主要是用上级的资金，因为石楼县财政比较弱。到了2016年以后，我们就把教育扶贫政策作为民生政策对待，全额落实补助，就是在上级拨付的基础上，缺多少补多少。全县4000多名幼儿，享受的比例高一些，有980多人，这是一个学前幼儿自助。

石楼县上幼儿园的学费，为全市最低，县城的附属幼儿园一个学期是250元，给贫困幼儿的1000元足够了。但是我们石楼的学前教育还是薄弱，薄弱到哪儿了？公办幼儿园所能接纳的能力比较低，表面上学费不高，但是全县只有一个公办幼儿园，只能接纳400多名幼儿，县里有3000多名幼儿，都是在小学附属的幼儿园，有7个民办幼儿园，担负着学前教育的半壁江山。民办幼儿有个特点，收费比较高，我们规定不超过公办幼儿园的两倍。这是保教费，但是也有一部分幼儿进城，这就开销大了，我们保障的是农村幼儿建档立卡贫困户。

然后从去年开始，吕梁市自己定的，把农村幼儿的营养餐也列入规划，我们县农村幼儿有613人，按每年200天在校时间计算，一天4元，一人一年就是800元，市县各补助一半。贫困幼儿生活补助，全年县里边贴了三十几万。

到了义务段，又有两项。

一个是从2012年开始，国家实行国家级贫困县营养餐试点。这个营养餐的概念也是200天×4元，就是学生在校期间一天4元的营养餐。只要是农村学校就读的学生，全部享受。采用的是企业供餐、课间加餐模式，招标采购，食品免费，比如牛奶是必备的，有时候有鸡蛋，有时候变成牛肉，还加一些蛋糕类食品。每天课间操十点多，加一顿营养餐，但种类也在不断变化，比如鸡蛋，有个加工过程，运输过程也有磕碰现象，再一个孩子们吃的时间长了，不想吃，所以这几年不断变换品种。营养餐过去基数比较大，近几年，特别是2012年以来，农村学校萎缩，县市一级城市学校越来越拥挤。人数少了怎么办？国家都是全额补助，这个钱花不掉，每年都有结余。结余之后，把这个结余资金财政回收，作为整合资金，用于教育的其他方面。

还有一个补，补助农村寄宿生，小学一个学期500元，初中一个学期620元。但是现在全县住校生也很少了，资金量不大，每年财政只需要补贴十几万元。

高中阶段是三项。

从2017年秋季开始，建档立卡、低保、残疾、困难救助群众四类全部纳入免学费范围。高中阶段一学期学费600块，全免了。全县就一所高中，一个年级是700人，三个年级加起来共2100人，有900多人免学费。贫困面不小，但是我们做到全部免掉，这是全省的政策。一个是上级补助全部落实，上级补助不够的部分，财政全额配套。第二项是高中也有住校生生活补助，这个是现金补助，一学期800元。这是对住校生补，既然是住校生，肯定是农村学生。第三项是国家助学金，一个学期2000元。600元、800元、2000元，一个贫困家庭的学生就能享受这么多资助。过去我们执行政策因为资金不够，就确定一个比例，后来这两年就没有比例了，只要本人申请，扶贫办系统里查询，条件符合，就全补了。不足的打报告，财政上要钱，就给了，这个谁也不敢马虎。

职中也有三项。

职业中学第一项是学费全免，然后又有生活补助和助学金。免学费 2000 元，生活补助和助学金各 2000 元，共 6000 元。

这就十项了，再就是"雨露计划"。二本以上的贫困学生给 5000 元。

最后一项，再保证他在生源地贷款。这个指家庭困难的，城市也有家庭困难的，包括专科以上的学生都可以享受生源地贷款。这个贷款是无息贷款，根据情况贷款金额不等，有一个上限，本科学生 8000 元，研究生 12000 元。

说着说着，又说回高考来。张石明讲，到国家专项生计划，石楼县受惠最大，清华、北大给一个省贫困县的专项生名额有十四五个，我们就拿下三个。如果说我们还好一点儿，在外边还有点儿名气的话，高中教育名声在外，远近闻名，是领头雁。高中的牌子打亮了，国家专项生计划支撑了这个体系。实际上，专项生政策也不是说你贫困县就能拿得上，没有教育底子还是不行。专项生录取有两个硬要求，第一个是高考分数必须到一本分数线，第二个是连续三年学籍在石楼县。

这个政策之下，生源不外流了。尤其是高中生，比如全县中考 100 名学生，流失的大概只有一两个，也是因为其他原因出去了。

石楼教育有两个现象。第一个是教师不外调，学生不外流；第二个是城镇化程度特别高。大家都选择优质教育，全县 20000 多名学生，17000 多名在县城，基本集中在县城。当然也有校容量大、班容量大的问题，这个在过程中解决，因为我们城镇的发展速度赶不上教育的变化。

张石明从高考谈开，扶贫政策十二项，再谈回高考，从高考再说到教师待遇。政策到位，同时还有县里奖补。我们算了一下，两口子都是高中老师，工资收入，加上高考奖励、绩效奖励，一年收入30万。这样的待遇与城市名校的教师相对差距小，谁还愿意走。相反，石楼中学还有从其他县来的骨干教师。

高中如此，职业中学也不差。石楼的职业教育在全省独树一帜。国家对职业中学倾斜力度相当大。职业中学有对口升学，与高考不同，也与高考相差不多，上的还都是好大学。石楼县职业中学，分为就业班与升学班，就业班面向社会培养职业技能，升学班学生参加山西省对口升学考试，本科达线人数、达线率稳居全市全省前列。2014年本科首批达线119人，2015年本科达线170人，2016年本科达线187人，2017年本科达线193人，这些对口升学的本科院校都是名校，有天津大学、中国矿业大学、陕西科技大学、西北农林科技大学等等。几年下来，升入本科院校共有913名学生，涉及对口升学所涵盖的24个专业所有对口本科院校。

你想一下，我们的高中学生每一届才700名，被职业中学录取的都应该是700名之后学生，教学质量还如此之高。为什么说职业中学对口升学厉害呢？因为全省本科对口升学名额每年也就2000名左右，我们石楼193名，将近十分之一让我们拿了。

两位局长介绍的一略一详，归纳概括，尽管县与县之间各有不同，国家教育扶贫上的政策却是相同的。学前幼儿资助，义务教育两免一补、营养餐，高中免学费、发补助和助学金，上大学"雨露计划"、生源地贷款，专项生计划，听起来如同一个孩子成长过程那样缤纷零乱，也恰恰是关注到了孩子们成长的全过程。

张石明也担忧，他讲，脱贫攻坚之后，贫困县要摘帽，一旦扶贫专项政策取消，其造成的影响将是系统性的，生源、教师队伍培养建设、全县教育布局都将发生改变。

尽管他知道，在脱贫摘帽之后，政策还将有相当长时段的延续，所谓"脱贫不脱政策，摘帽不摘监管"，不脱不摘的，包括教育扶贫政策在内的所有政策。但不能不做准备。山上十年树木，山下百年树人，教育毕竟不同于其他，形成一个良好的教育氛围，不是一朝一夕的事情。所以，必须对未来扶贫政策发生改变之后做准备。

如何做准备？

张石明讲，现在我们的势头还不错，但万丈高楼平地起，你的高中再怎样不错，那肯定基础教育有很强的作用，所以我们现在也特别注意起这个问题，一个是国家政策现在比较好，去年有一个义务教育方面的政策，把我们各个学校的装备水平大大提高；提高档次是一个方面，学校必须有软实力，在整个义务教育阶段教师的培训方面，要加大力度，提升本土教师的素质。

河曲县、石楼县两县教育在 58 个贫困县中，教育扶贫彰显出不一样的效果，有其历史原因，教育扶贫政策对这些教育基础好的县而言，无疑是如虎添翼，全省 58 个贫困县，一个都不落，无一不受其惠。

2017 年，全省全面落实学前教育资助、义务教育"两免一补"政策和营养改善计划试点政策。免除建档立卡家庭经济困难学生高中教育学费 4612.74 万元，受助学生 5 万人。中等职业教育免学费 7.58 亿元，惠及学生 31 万人。发放助学金 1.39 亿元，受助学生 7 万人。"雨露计划"资助中高职生 4.45 万人。发放生源地助学贷款 23.39 亿元，涉及学生 37 万人。高等教育发放国家奖助学金 8.25 亿元，受助学生 41 万人。省政府专门划拨 3000 万元作为引导资金，在全国率先启动建立建档立卡家庭经济困难学生教育扶贫个人资助账户工作。实施"全面改薄"项目，54.26 亿元投向贫困地区。近五年投入资金近 500 亿元，新建学校 213 所，改扩建学校 3272 所。110 个县通过国家义务教育基本均衡发展评估认定，占全省县区总数 92.43%，位居全国第 12 位，其中贫困县 53 个，占通过认定县的 91.38%。持续实施"特岗计划"，累计选拔 1.8 万多名优秀青年教师充实到贫困地区农村学校任教。切实提高贫困地区农村教师生活待遇，建设周转房 8424 套，在 21 个集中连片特困县，按照每人每月不低于 300 元的标准发放教师生活补助，受益教师 26448 人。

手拉手"结对"帮扶

大山深处有名校，河曲县、石楼县两县并非一枝独秀。山西省58个贫困县，其中还有许多县其实也并不差。集中连片贫困地区，尤其是深度贫困地区，教育扶贫既显得迫切，又相当艰难，根子上还是城市与乡村教育资源占有与分配上的不均衡。

教育扶贫诸种政策，在某种意义上，对破解教育资源不"均衡"作用甚大。除此之外，山西省在教育扶贫政策上，还出台"对口帮扶"政策，让城市名校与贫困县学校结对子，一对一结队帮扶，尽快缩短贫困地区与富裕地区、乡村与城市教育之间的距离。

2016年10月17日，山西省教育厅出台《山西省省级示范高中对口帮扶贫困县普通高中工作实施方案》和《山西省职业教育精准扶贫对口帮扶工作实施方案》。

在高中对口帮扶方面，今年起，山西省将集中三年时间，发挥省级示范高中的示范引领、辐射带动作用，建立省级示范高中对口帮扶贫困县普通高中机制。帮扶内容涉及：传播先进教学理念，提高教师专业素养，提高教育教学质量，提升校园文化品位等。

在职业教育对口帮扶方面，全省将组织60所重点、骨干职业院校对口帮扶贫困县，力争使所有建档立卡的适龄贫困人口都能接受相应的职业教育和培训，提高新成长劳动力的就业创业能力，增强成年贫困人口增收致富能力，从根本上解决脱贫致富问题，阻断贫困代际传递。

在兴县中学，正好碰到从运城市康杰中学学习回来的高中老师。

友兰中学前身为兴县中学，1925 年由著名的民主人士、开明士绅牛友兰先生创办，是当时晋西北地区唯一的中学校，其影响遍及晋西北和陕北，桃李遍天下。2011 年，兴县投资 3 亿多元，在张家圪塔新建校园，兴县中学也随之更名为"友兰中学"。

与友兰中学结对帮扶的是运城市康杰中学。

康杰中学同样历史悠久，前身为抗战时期中共太岳根据地的干部学校，1952 年，为纪念革命烈士嘉康杰而更名为"康杰中学"。1953 年，被省教育厅确定为省级重点中学。1954 年，被教育部核定为全国 30 所直接联系的重点中学之一。截至 2017 年 10 月，康杰中学为清华大学和北京大学输送学生近 500 名，7 名学生摘取山西省高考状元的桂冠。历届校友，院士 2 名，河东名校，名副其实。

两座有光荣历史的学校，今天成为手拉手结队帮扶的兄弟校。

友兰中学校长裴章生介绍，康杰中学是全省的名校，多少年来积累下实力很强的师资队伍和教学管理经验，那就是人家的财富，现在无保留全部传授给我们。康杰友兰，结队帮扶，最大的帮助就是老师培训，从 2016 年开始，分三批次先后培训 100 人次，就是送教师到康杰中学听课、讲课，然后一对一研讨，每次为期一周。

校长带领导班子去过四次，主要考察康杰中学的管理，看一下康杰的教学模式、课堂结构、授课模式。比如，他们还是最传统的讲授的方法，但康杰中学新课程改革的理念贯彻得比较好，形成突出自主、合作、探究的课堂模式，先是让学生自己学，然后分小组讨论，座位都是围坐或 U 形座位，座位的空间发生了改变，带动心理和人际关系发生变化，这一点儿友兰中学一部分班级已经开始转变，并付诸实践。

老师派出去，领导再过去，然后就把学生也送过去。2017 年高考前三个月，共派了 6 名学生跟着康杰的学生一起培训，成绩都不错，不仅全部达线，其中有一位还考了友兰中学全校理科第一名。

裴章生深有感触：不比不知道，比较之下，我们的短板就显现出来了。学习回来，座谈研讨，大家都感到，现在友兰中学最大的瓶颈是教研，影响教学水平的提升。以前可以凭经验教学，对学生放任自流，现在必须有组织、有计划来提升教学，必须依靠教研。现在的教研活动基本模式是康杰中学的模式。

以前我们有一个误解，认为康杰中学有自己的"秘诀"，有自己秘而不宣的东西，所以千方百计搞人家的模拟题、阶段性考题。到了康杰，大家才发现，根本不是那么回事。

康杰中学每节课作业老师们预先出题，康杰用的所有作业，也就是被大家视为的"秘籍""资料"，其实都是康杰的老师们自己编的。那些题，其实就是课堂教学内容，对每一个学生有很强的针对性，哪些地方欠缺，哪些地方需要加强，都在试题里体现出来。这些"秘籍"即便你拿到手，其实也用不上。人家是针对人家学生的，你拿上也不起作用。

学习回来我们也可以做到这一点了，学生们每节课练习用的题，都是老师自己编的。用考题代替备课，好处是，练习用的题符合学生的水平。一样，我们的题，我们的试卷只是针对我们学生出的，其他学校拿去照搬也不起作用。

只有自己老师了解自己学生的学情，出的题才与学生的水平层次适合、配套。这一点是非常重要的。现在全国比较好的学校都是这种模式。现在学生的水平提升比较快，表现在教学理念、教学方式方法，逐渐向一流学校靠。

友兰中学每年招生 1000 人以上，2012 年二本达线人数 40 人，2013 年二本达线人数 130 人，2017 年二本达线人数达到了 500 人以上。过去我们的学生外流得很厉害，大批涌向离石、忻州甚至太原，现在不一样了，学生外流绝少，而且外地来的学生一年比一年多，有岚县的、方山的、离石的、神池的、岢岚的，周边县份来我们这里借读的也不少。

向康杰中学学习，县政府对教育的扶持力度也相当大，现在老师们的工资绩效都不错，绩效这块儿给得比较多，一个老师一个月绩效考核平均有四五千，高三的骨干教师加奖金平均有一万。这样一来，老师们也不愿意走了。过去我们的老师流失严重，到全国各地的都有，有的还被内蒙古鄂尔多斯几个中学吸引了过去。现在不一样了，相当多的教师是外县的，还有许多外省的，有东北、湖北、湖南等省的，还有吕梁其他县的教师，去年有 20 多个外边的老师把手续也调了过来。

除了康杰中学，省里还安排山西大学附属中学与友兰中学结对帮扶，去年所有学科组的备课组长全部到过山大附中学习，做法与康杰中学一样。

老师们很勤奋、很辛苦，每天早上五点半起床，晚上学生们学得很辛苦，毕业班学生晚上十点五十分离开教室，班主任一直会陪着学生们等他们休息后，大约十一点半才离校，我们才能走。多少年来，我晚上十二点以前没有睡过觉。

教育这个事情，全是辛苦磨出来的。而且，教育这事情，成本相当大。这是关乎一个地域一个县份未来发展投入的机会成本，收益在将来，大家都明白。不说其他教学投入，学校一开大门，一天下来就是钱，比方冬季取暖费、电费，一天下来就是整一万。这个都来自县财政补贴，没有这个补贴，真是连大门都开不了。

就兴县而言，教育应该是扶贫工作中做得最大的民生工程。我们也有扶贫任务，派老师们到村里边，给贫困户点钱也好，给村里办个企业也好，那都是一时的，能保证你几年或十几年富足，下一代怎么办？还得靠出人才。领导们有这个共识，把教育办好，每家出一个大学生，代际贫困就能阻断。

如果我们对扶贫认识不到位，对民生重视不够，学校就搞不起来，兴县这块儿做得很好。

对于贫困学生的资助，国家助学金补助每人一年 2000 元，吕梁市生活补助每人每年 800 元，兴县每年 800 元的学费全部免除。一个学生只要是建档立卡贫困户，一年就能得到资助 3600 元，相当于一个月 360 元，生活费就解决了，读书不用花多少钱。

相比兴县友兰中学，大宁中学的底子要差一些。底子差，生源差，高考二本升学每年只有二三十个，所以大宁县的结对帮扶呈现出的是另外一种景象。

与大宁一中结对帮扶的是襄汾中学。襄汾县和大宁县同属于临汾市管辖，根据市教育局安排，两校结对帮扶，组成"教育联合体"，2017 年 1 月，大宁一中派出 16 名老师赴襄汾中学代课，而襄汾中学则派出一名副校长来大宁一中挂职，同时派出 13 名教师来大宁一中任教，同时代班主任。双方各派老师进校，为期两年。两年一轮换。

这种模式可以称之为"深度结对帮扶"。

两校确实存在差异。襄汾中学既是临汾市的名校，也是全省的名校，全校学生仅高中一年级的学生就达2800多人，而大宁县高中和初中学生加起来也不过600人，还不足襄汾中学一个年级学生人数的四分之一。相差的还不止学校规模之一端，更有教育理念、教学管理方方面面。

襄汾中学派出的挂职副校长荆初敏，原为襄汾中学年级副主任。他拿出一本大宁中学教学管理小册子。

管理收获效益，细节决定成败。襄汾中学帮扶，先帮大宁一中建立起一整套教师、学生和教学管理制度，就是把襄汾一中的管理模式全部复制过来，对教学全过程细则化管理。其中学生管理有188条，老师管理有100多条。

比如时间表，完全按照襄汾中学的学习时间，大宁一中学生每天在校学习时间比原来多了三个半小时。

备课，则由各年级把控，每次月考前，都要检查老师备课。每周有教学活动听课，让老师过关。以学生练习为主，老师讲课为辅，把教学的主导权发给学生。自习考试化，抓得简单，但是面大，下课之前完成相应任务，下课之后没有作业。

这种模式拿过来之后，迅速投入实践。大宁一中的老师们都是本科毕业，个人素质很高，掌握起新的教学方法也很快，经过一学期的磨合，老师们认可这种模式，学生学习的主动性起来了，师生都从过去"填鸭式"教学中解放出来。

精细化管理，渗透到教学的每一个细节里面，仅是课堂教学就有二十几项，你课讲得怎么样，授课时间，授课内容，必须有针对性，不能面面俱到，像过去填鸭式的满堂灌肯定是不行的。同时也渗透到学校日常管理的方方面面，作息、行为、纪律、秩序、环境卫生、后勤等等，连饭菜质量都有详细的量化考核标准。

半年多的交流，大宁一中开始脱胎换骨，老师和学生面貌都发生了很大改变。

大宁一中过去生源流失严重，每年从小升初就开始流失，每年中考之后，外出就读达 150 人，高分学生根本留不住。当年，临汾市的高中录取最低线为 400 分左右，但大宁一中录取分数线一直徘徊在 300 分左右，学校老师没信心，群众也没信心，更不用说学生。但到 2017 年，大宁一中的录取线骤然提高到 365 分，比过去多了50 多分，生源开始回流。过去高一入学只能录取 149 人，襄汾中学管理模式展开之后，户籍在大宁而人在外地就读的学生 2018 年中考报名已经回来 81 人，而且还在增加。

扶贫政策下的结对帮扶，覆盖山西省 58 个贫困县，名校帮扶效应日益显现出来。

第八章

"新农具"

咱们的"巩村长"

淘宝、京东、苏宁、天猫,顺丰、申通、韵达、圆通,这些电商平台和物流公司何时成了日常生活中不可或缺的一部分?"双十一""双十二""五二〇""六一八"又何时变成全民购物狂欢节?一切都在不知不觉中。

在静乐县,碰到传说中的"巩村长"。来静乐之前,已经知道这个"巩村长",它是联合全国大学生村干部的一个电商平台。见到"巩村长",才知道电商品牌原来是一个人。也是见到"巩村长",才第一次把电商与脱贫攻坚联系起来。

"巩村长"名叫巩文斌,1986 年生人,脸上还有天真在,见面夸他,突然脸就红起来。

说巩文斌之前,先说静乐县。

静乐县地处晋西北黄土高原,汾河上游,县城距太原 89 公里、距忻州 91 公里,五保、太佳高速公路过境,属于省城一小时经济圈。但静乐县却属于吕梁山集中连片贫困区,山西省十个深度贫困县之一。2013 年精准扶贫开始到 2017 年,静乐县 381 个行政村 16.2 万人,仍然有 143 个村 7390 户 22547 人没有脱贫。全县面积 2058 平方公里,土地面积 308 万亩,其中耕地 49 万亩,林地 37 万亩,草地 74 万亩，尚可开发利用的宜林宜牧地 141 万亩，是传统农业大县，主要种植谷子、莜麦、糜子、豆类、玉米、高粱等粮食作物和胡麻、菜籽等经济作物，2010 年新引进藜麦珍稀粮食品种，2013 年种植规模达到 10000 亩，是世界第三大藜麦种植区，被中国食品工业协会誉为"中国藜麦之乡"。

静乐距省城太原，市府忻州都不远，但要去两地，山路崎岖，沟深坡陡，在高速公路修通之前，进出都不方便。境内多山，东、南、北三面环山，万花山、巾字山、高金寨山、大车山均属吕梁山脉，西部则较低，与岚县合成一个小型盆地，为黄土丘陵区，地形破碎。

这样的地理环境，农副产品交易向来成本甚高。

见到巩文斌是在 2018 年年初，丁酉年的腊月二十二，第二天就是小年。大家白天都忙，我们晚上找家莜面馆，"送行的饺子接风的面"，一边吃老莜面，一边聊。巩文斌忙碌一天才坐定，年轻的脸上是朝气，也有即将过年的喜气。

我叫巩文斌，家在娘子神乡利润村，家里穷，2005 年考到忻州师范学院法律系，家里借了不少钱。在学校上完课，就泡图书馆，想多学点儿东西，学校里各种社团活动我都感兴趣，大学生应该尽早接触社会，社团正好提供这种便利。

当时经济不是困难嘛！学校门口有好多饭店和商店，做的就是学生和老师的生意。我想，怎样利用这个挣点儿钱？2007年，创办了忻州市创业联盟，就是把附近商家信息都收集回来，谁愿意和我合作，我就把他们的信息印到一张卡上面。这个卡叫九折通金卡，谁拿这个卡到店消费就可以享受 9 折优惠，如果店铺有其他活动，再在活动价的基础上享受9折优惠。每年收商家500元到1000元的服务费，每张卡10块卖给学生。人们看见便宜，学生买，老师也买，学院的师生几乎人手一张。印在卡上面商家的销售额大幅度增加，他们出几百元不是个事儿。这个创业项目很成功，被称为忻州师范学院创业的典范。

2009年，大学毕业，考村干部，一下就考上了。县里安排到康家会镇圪洞道村担任村主任助理，做了大学生村干部。

生在农村长在农村，我当然知道咱农民需要啥、关心啥，再加上咱年轻，表现欲强，不怕吃苦，农业普查、危房改造、护林防火，叫做啥我就做啥，每天风风火火挺充实。村里老乡委托我的事情，每件都当作自己的事情。老百姓都看在眼里，2014年，换届选举，把我选成圪洞道村的村支书，这是村里多少年来，第一次选一个外地人当支书。我上任之后，就带领村民种植杏树，办合作社，看弄啥能让老百姓富起来。

摸索了一半年，觉得利用互联网电商平台把村里的农产品卖出去是个好办法，我就开始为村里拍宣传片，通过微电影形式，把村里的产品包装营销到全国各地，还亲自上镜，为村里代言。刚开始村民们看笑话，说你拍个片片在手机上放一放就能把我们的土豆卖出去？哪里想到，镜头会说话，镜头里的土豆会说话，外头的人一下子就知道了。

其实早在2013年，微信刚成为当时最热门的移动社交平台，我就意识到微信正在改变人们的沟通方式和生活方式。于是，第一个在静乐建立了个微信公众号，叫"微静乐"，通过微电影和微视频，把互动、街拍、直播、社群、论坛等互联网新玩法带到县里头，还通过微静乐开展了些公益活动和线下活动，比如"花儿行动""空巢行动""阳光行动"等，关注留守儿童、孤寡老人和农村返乡创业者，为他们宣传、募捐，一年时间，微静乐的粉丝就做到了 6 千人，只要是静乐人，无论县里面的，还是在外边的，只要玩手机，基本都关注微静乐。

2015 年腊月，中央电视台焦点访谈报道吕梁山区红枣大面积滞销，这个新闻对我触动很大，为什么呢？吕梁的红枣那么好吃，上大学时，同宿舍里吕梁的同学拿过来，大家都爱吃，怎么会卖不出去？这里面应该有办法。2015 年一过完春节，我就一个人拿了 1000 元跑到临县，一看，红枣滞销比想象中严重得多，好多农户都用红枣喂羊，太可惜，太浪费了！要知道这些红枣都是黄河畔子上的绿色枣，无公害、营养价值高呀！

我就想肯定是因为当地交通不便，信息不畅，与外边宣传沟通有问题，就开始抱着笔记本电脑，在一个农民家的院子里试着帮助他们卖枣。咋卖呢？我想一定得和以前的卖法不一样，把它们的特点和优势好好说出来。我就一家一家走访枣农，去地里面实地查看，掌握了许多信息，拍摄了许多照片，接下来，我就认真编每一句话，放每一张照片，尽量把临县滩枣的优良品质表现出来，也把枣卖不出去，人们出去打工，村里剩下留守儿童和孤寡老人的现状说出来，两方面一下形成了鲜明对比。

通过网络一宣传，很快就有人注意到了，大概第二天就有了订单，从三单五单，开始迅速增长。网络这个东西，只要宣传的内容成为热点，关注的人会几十倍几百倍地增加。订单马上到了一天 2000 单，再到后来每天 2 万多单。我一个人忙不过来，从静乐老家叫了好几个朋友一起来帮忙。一开始没有多少准备，这么多订单，我忙得几乎崩溃，但心里却是高兴的。那一个多月，每天就睡两三个小时，累了拿凉水浇，再累了再浇，开车开累了，拿指甲掐大腿。最忙的时候，光装箱子的工人就雇了70多个。临县各方面的条件满足不了这么多的订单了，5月1日，我领上一起干的几个人从临县整体搬到太原，在晋源区租了个地方，快递爆仓的问题才暂时得到解决。

卖的东西一开始单一，就是红枣，后来核桃、干馍、苹果、枣夹核桃、苦菜、辣椒、土豆等山西特产逐步上线，产品一度达到90多个品类，网店数量从一开始的一个逐步增加到八个，除了传统的电商渠道之外，开拓了众筹等新兴的销售渠道。2016年销售额达到了5000多万元。

帮老百姓卖了东西，我心里高兴，但在卖的过程中，我也发现中国农产品出村不容易，农产品品牌化之路艰难，不是几个网店和几次义卖活动可以彻底解决的，我想：怎样能做出中国农民自己的农产品电商销售渠道？

2016年7月，我发起成立了中国万名村主任农特产互助联盟，当时喊出个口号："如果你是村主任，请推荐你村农产，如果你是村民，请帮助农产出村！"在微信公众平台上，建立了万村好货微信公众号和万村好货微商城。

2016年7月26日，从太原出发，组织自驾车队，历时58天，行程24000公里，从中国最东端跑到中国最西端，经过上万个村子，宣传万村联盟的理念。

现在，设在静乐的万村好货运营总部已经汇集了来自全国上百款优质农产品，平台负责宣传、输出品控标准、包装规格标准、快递运输标准，让农产品标准化，产地直接发货。在万村好货的平台上，你可以买到来自东北长白山的新鲜人参，也可以买到来自新疆正宗的葡萄干，更可以吃到来自静乐县黄土高原的红土豆。

我认为，中国农产电商的未来就是基于中国南北农业的南北差异，以及中国电子商务的领先优势，再加上社群电商的迅猛发展，全国180万名村主任联合起来，互通互联互助，家乡人消费家乡产品，家乡人代言家乡产品，万村好货在这方面自带家乡基因，在社交电商＋农产领域，必将开拓一个新天地。

2017年，我主要卖土豆。一开春，就和圪洞道村、白到底村、樊家村、王村乡等好多个村子的贫困户签订了500亩红皮土豆包销协议。秋天土豆丰收，市场价却落下来了，菜贩子上门收购，一斤土豆只给0.45元。我按事先和他们签订下一斤0.7元的合同全部收购，贫困户们把土豆卖给我，一斤能多收入0.25元。我通过网络平台包装宣传，八斤土豆22元包邮，红皮土豆网络暴销，每天订单能超过10000单，不仅将包销协议的土豆销售一空，而且，把静乐县其他红皮土豆种植散户的卖完，还向相邻的岢岚、岚县、娄烦收购，这一年，光红皮土豆的全年销售额就达到了2000多万。我们的客户主要在南方。静乐红皮土豆，品相好，含淀粉量大，南方人喜欢。刚开始种红皮土豆，当地老乡们不认，认为比起传统的白皮土豆和紫皮土豆来，黏性大，口感不太好，我们就不做山西市场。我们的红土豆腿很长，长江以南都是市场，客户一大把一大把。

巩文斌这一番解说，大家都很兴奋。一部手机，一个微信公众号，居然能达到数千万的营业额，这种方式对助力脱贫致富的作用不言而喻。大家感慨互联网神奇，更感慨年轻人精彩。

第二天，前往鹅城镇窑会村。

窑会村是鹅城镇最偏远的一个村落，沟间一条河，前清的石窑，20世纪80年代的砖房，沿河谷两岸铺排开。过去是个大村子，大村子也架不住人口外流，现在村里住着百十口人。也跟其他山区村落一样，梁地坡地多，种土豆，点黄豆，收胡麻，割玉米，生存经济不好不坏，村民以种地为主，靠天吃饭，种植产量不高，许多产品卖不出去。

窑会村的第一书记刘冬梅，2017年8月调整到窑会村任第一书记，是巩文斌的妻子。同丈夫一样，或者说跟丈夫一起商量，搞好村政建设的同时，就抓村里的经济。

窑会村山地耕地多，谷类作物品质好，小米黏稠，米油多，熬出来的小米粥金黄金黄的。村里穷，是因为产业单一，而要想发展，还得靠这单一的产业。她就想到电商。

窑会村的网上扶贫商城应运而生。刘冬梅用村里2017年统筹整合的财政专项资金，以专业农村电商技术入股，分别占股50%，建起"窑会村委会"微商平台，帮助村民卖农产品和手工艺品，目前销售的初级农产品就有十七种，有白皮土豆、红皮土豆、莜面、绿豆、红芸豆、黄米面、甜甘草、地皮菜、胡麻油、摘麻花、野生山蘑等等，还有手工艺品，如绣花鞋垫、千层底布鞋、藤条篮、高粱秸秆饺子盘等，每件产品的样品、选材、工艺一一展示清楚，还特意注明：本次购买可以帮助到以下贫困户，吕海平、李斌田、吕俊珍……

问刘冬梅经营情况，她有些不好意思。她说，刚刚从"巩村长"那里独立出来，现在才起步，至于营业额多寡，她倒岔开了，指着墙边展示柜中一溜产品让大家看。白皮土豆、红皮土豆、莜面、豆面、绿豆等等这些地里出产和粮食加工产品不必说，在一堆展示品中，赫然放着一袋黄土，一袋细砂，一袋干羊粪，还有平常在汾河滩随处可见的卵石蛋子。

这也能卖？这也有人买？

刘冬梅莫名赧然一下，莫非她也觉得这种"商品"有些说不过去？她说，村里人也觉得奇怪，黄土砂子粪蛋蛋，也能卖成个钱？其实吧，你是不留心，这个市场就在城市的细部做文章，养猫需要砂子来衬垫吧？鱼缸里撒一层砂子或河卵石有景致吧？城市里现在还兴起那个"阳台经济"，在阳台上种蔬菜种花草，你需要土吧？需要粪吧？所以这个也不是闭门造车，是瞄着市场做的概念。

为什么是概念？若没有这个概念，哪里没有土，哪里没有砂？偏要选你的？黄土高原的土，透气性好，微量元素含量丰富，我们就做黄土高原绿色环保概念；静乐处于汾河上游，距汾河源不远，我们汾河的沙干净，不含泥土，纯度高，透水性更好，同样做绿色环保概念，还有干羊粪，都一样。自然、古朴、原始、绿色、环保、无公害、无添加，这都是概念，实际上也是品质。跟我们要做的农副产品实际上一脉相承。

一个村庄的电商开始做不到半年时候，村支书拿出刚刚做好的统计表，电商入股分红，定点帮扶6户贫困户，每户增收3000元，吸纳10个劳动力，带动47户每户增收600元。这些年在腊月二十三这一天就会分到每一户手里。

巩文斌由1000元起步到5000多万营收神话，刘冬梅夫唱妇随卖概念，仅是静乐一县发展电商营销，助力脱贫致富之一端。

"巩村长"之前的2015年，静乐县成为全国首批电子商务进农村综合示范县，并请来专业品牌规划机构农本咨询公司，他们为静乐县策划"静乐生活"农产品公用品牌，体现"静生长，乐生活"绿色环保、无残留、无公害内涵，新闻记者赋予这个公用品牌新的阐释，称之为"农业供给侧改革的牵引机"。县委县政府一手抓"静乐裁缝"还乡创业，消化农村剩余劳动力，一手抓电商，给山区农副产品辟一条通向市场的通道。提出"党政主导、全民主推，群众为主体、电商为主"，构建电商新产业。

有此主导，电商在封闭的静乐发展迅猛，阿里巴巴"千县万村"淘宝店在静乐有 37 家，建立"乐村淘"站点 104 个。京东服务中心、金大地服务中心，这些著名品牌电商纷纷进驻，全县开设网店400 余家，培训电商人才 3863 人次，招募吸引 1930 名青年返乡创业做淘宝。仅"乐村淘"一家，依托静乐网红代言人"土豆哥"巩文斌和"静乐生活"品牌，2016 年一年销售当地土豆 2000 多万斤，上行农产品 546 万；2017 年农产品上行成交 7400 万元；种子、肥料、农机具等农用物资又通过网路下行，累计成交额 4500 万元，2017年则达到 7200 万元。现在电商发挥出超乎想象的生产力，直接带动3000 余户建档立卡户，户均增收 1800 元。

杨遥采访完之后很感慨。

他先拿出一幅山西省地形图，地图上筋筋脉脉，山川相瞩。他说，从地理上讲，山西是古中国历代王朝天然的地理屏障，山西东出，有太行八陉，陉陉都是险关要隘，西出则古渡丛列，浪林翻滚，进出绝非易事。从历史地理角度观察，山西从来是焦点。但是进入现代，进出不便显然成了劣势。山西境内有全国两大集中连片贫困区域，乱山丛列，正是山里那些贫困县之所以贫困最好的注脚啊。

谁能想到，互联网一通，如此封闭的环境骤然洞开，地理阻隔不再是问题。

另一方面，过去乡村社会物品交易，大致上与人员交流的轨迹与线路相重合，现在基于互联网电商的崛起，迅速打破传统交易路线，交易圈、交流圈、人际圈扩大了不知道多少倍。

杨遥说，电商进入，不独对脱贫攻坚有意义，对整个山西"三农"问题意义恐怕更大一些。

"挺起那腰杆也像十七八"

线上销售，线下销售，接单，快递，这些名词似乎只能跟生龙活虎的年轻人联系起来，吕梁山里几趟采访接触做电商的人，年龄确实也不太大。

但是，省扶贫办的冯向宇听大家说，不以为然：哪里，村里老头老太太手机玩得哗哗的，你们到武乡县去看一看。

整理采访间隙，杨遥、克海顺着向宇指点，直奔武乡。

武乡县地处上党太行山麓，属于山西省 58 个贫困县、长治市 5 个贫困县份之一。抗战时期，八路军总部在该县驻扎过很长一段时间，有着悠久的红色历史。

听向宇讲，武乡县的电商起步，跟其他地方还不一样，开始就以手机微信为平台，普及的是微商业务。这也是武乡县适应县域乡村实际情况制订的方略。武乡县所处的长治市，城市化率相对要高，境内大中型国企多，留在乡村的都是老弱妇孺。大规模在乡村搞电商不现实，微商这种形式不正合当下乡村的现实？

大家了解到，武乡县政府牵头做培训，拟打造 68 个微店村，300 个"创客小院"，通过这些创客小院联通四方，解决农副产品的销路问题。

县扶贫办张爱民主任带领两人先去的是监漳乡成家庄。这个村子有 5 个"创客小院"。来到一个叫任丽红的院子。这个"创客小院"，已经聚集有十几个女人，都是五十上下年纪。

小院的阵势就让两人狠狠吃了一惊。他们刚掏出本子要采访，发现一群老太太拿着手机过来，正对着两人。两人顿时有些不自在，克海笑着躲，对杨遥说：这是在直播咱们呢！倒是任丽红大大方方，说：不要看镜头，不要看镜头，该干啥干啥。

手机 APP 直播，微商促销手段之一。村舍民居，村民日常居处，生产劳作，收获碾打，包括日常饮食，都可以是直播的内容。直播的目的，就是让客户了解农产品生长的环境与生产过程，增加信任度。究其竟，还是变着法子"卖概念"。克海倒内行，问有多少人在线？任丽红说，这是县里主导搞的农民直播团，用 APP 统一直播，最多的时候能够达到五六千人在线观看。

两个采访者瞬间变成了被采访对象，让"直播"了个不亦乐乎，算是亲身体会了一把武乡县乡村微商的厉害。

任丽红，五十岁，有一儿一女，均在外地打工。她说，她的这个"创客小院"2017 年 8 月开张，过去产下的东西就等小贩上门来收，价钱一压再压，卖不上几个钱。用微商销售，小贩们顿时没了生意。小米呀，手工挂面呀，苦荞茶、蜂蜜、黄豆、黑豆、黑花生，地里出产，手里生产，都能开发成产品放在微店里销售。武乡县隔条公路是沁县，武乡小米不输"沁州黄"的品质，过去只能卖原粮，小贩来收，一斤也就卖个一块两块，现在放在微店里，分三等出售，一等可以卖到 18.8 元，二等卖到 13.8 元，即便是三等，也能卖到 10 元，最好的时候，一天光是小米就卖了 1300 元，效益太可观了。

成家庄是一个行政村，由 8 个自然村组村。在任丽红带动下，行政村共有 70 多户在做微商，70 户里有 57 户贫困户。任丽红一一数说，郝晓英手工挂面卖了近 3 万元，任志红销售蜂蜜 4 万，而自己从开始到现在，毛收入是 5 万。

自然村网络还没有全覆盖，农闲时节，自然村的村民都聚集到中心村来"蹭网"。见到扶贫办主任张爱民在，纷纷诉说"蹭网"之苦。张主任现场办公，联系相关单位，答应不日即可解决。说事就说了半天，张主任水洗汗脸从人群中挣出来：看看，大家的积极性有多高。说着话，就到下一站。

下一站不得了，为武乡县上司乡的岭头村，号称是"三晋微店第一村"。

岭头村深处太行山丘陵山区，距离县城 18 公里。下辖 3 个自然村，总面积 4 平方公里，耕地面积 1000 亩，全村 190 户 494 人。2014 年建档立卡贫困户 52 户 157 人，农民人均纯收入 2600 元。包村干部是上司乡组织委员崔莉莉，她讲，这里引进电商之前，岭头村交通不便、信息闭塞，村集体没有任何收入，电商进入，整个村子很快就不一样了。我们积极打造"三晋微店第一村"，2016 年全村农业生产总值达到 100 万，人均纯收入达到 5000 元，2016 年已经实现整村脱贫。

一行人不禁感慨，电商微商，依靠现代科技，但到终端，明白晓畅到连乡村普通农妇都能掌握到运用裕如。克海、杨遥两人在成家庄当了一回义务演员，回想起来笑不可支，就想起《人说山西好风光》里一句词儿，"你看那白发的婆婆，挺起腰杆也像那十七八"。

岭头村着力打造"三晋第一微店村"，村内关于电商服务的元素比比皆是，标语、广告、便民店、物流店面随处可见。村口便是一家，主人叫魏显岗，2014 年是建档立卡贫困户。魏显岗夫妇五十岁，是同村人，三个子女，两男一女，最大的上初中，最小的才上一年级。魏显岗不在家，妻子张晓英在，夫唱妇随，或者简直就是妻子拿大主意，说起电商，刚开始交易成功的新鲜劲还没有过去。

2016 年 11 月 4 号，开始做微商。县里组织的培训班就开在我们村，我也去参加了，前后培训了 7 天。

过去用老人机，待机时间一个礼拜左右，大又沉的那种，就能发个短信，打个电话。上午开始培训，下午我就换手机，买了台 VIVO。自己不会啊，人家老师帮我开了微信，开了微店，边学边操作，不复杂嘛！刚开始上了点儿小米和核桃，不会卖，老师和村里的年轻人教我。

第一笔生意是 11 月 7 日做成的，你看才隔了几天，四天，无意中就有了一个单，卖的是核桃，客户是广东的。做开，就断断续续有单，到现在卖了有 5 万多块。除了店里摆的土特产，还有些季节性的东西，像那春天刚下来的蒲公英、小蒜、苦菜这些，过去长在地边边上谁理谁睬？现在好多人稀罕，都买。

最大的一单，一次性邮了 150 斤小米，卖到北京，一斤卖了 15 元。要是施化肥的小米，就卖不了这么高，一开始上化肥的小米就是卖 10 块一斤，不用化肥的卖 18 块，最低卖 15 块，就是人家要得多的话，我们就卖 15 块。

印象最深的是邮到西藏的那一个。人家第一次买了些小米，回家熬上不好喝，说你们的小米贵，还不好喝。我说它是水的问题，你再买上点儿试试。他又买了三斤，我邮小米的时候给他邮了三瓶矿泉水，我说你回去用矿泉水熬上，要是不好喝就是我们的米有问题。他熬上喝了之后，说好喝，不是你们的小米不好喝。一个地方一个水土，咱这小米用矿泉水熬最好。后来他就长期买我的东西，除了买小米，还买核桃、蜂蜜、酸枣，并且还介绍了好几个人。一斤纯蜂蜜卖40块，不算贵，也不便宜，第一次给他邮，除了包好的罐蜂蜜，我还给他拿了个小袋装的，他喝了后挺满意。咱做的就是个厚道。

村里现在有80多个做微商的，我做的只算个中等。我卖的最远的地方，是非洲多戈，也是卖的小米，卖了20斤，一斤卖了20块。到那儿邮费贵，在咱们这儿一斤12块，卖到那儿按28%收邮费，那个差价他们出。

张晓英说，她做得还不是最好的，做得最好的今天不在村里。左右看看，随手指身边一位妇女：郭姐就做得比我强。

"郭姐"叫郭晋平，五十七岁，丈夫五十九岁，一双儿女，儿子在太原搞销售，女儿已经成家，在太原工作。郭晋平是村上2015年的建档立卡贫困户。当年一双儿女，一个在太原，一个在长治。儿子读长治医学院，一年学费就4000多元，一年挣下的钱不够他学费，还有生活费。为了他上学，经常问亲友们借钱。因为没有钱，闺女没有上大学，读了个中专，一年2000多元学费。在精准扶贫之前，虽然学校有奖学金、助学金，可仍然不够。好在亲戚们帮衬，还有借钱的地方。郭晋平兄妹三人，一哥一姐，丈夫弟兄也是三人，上面两个哥哥。但是大家都在村里，光景都过得差不多，谁也顾不了谁，借钱也是杯水车薪，不能从根本上解决问题。

郭晋平微商比张晓英做得好，是因她做得比较早。那是县里第一次组织微商培训，时间郭晋平记得清清楚楚，2016年8月20日。

她连续去学了三次，到这一年的 9 月底，她的微商已经做起来了，居然没有引起村里人注意。倒是第一书记史小兵看她培训回来上了道，天天发货，觉得这是一个路子，就请了老师来直接在村里搞培训，于是县里第七次电商培训就搞在村里头。这就到了 11 月 4 号了。张晓英参加的就是这一次培训会。

郭晋平当年参加县里的电商培训，也是第一书记史小兵动员的结果。

2016 年梨花节的时候，史书记经常去家里头转，说县里头有电商培训，你可以去学习。当时我觉得我不行，一是没文化，二是年龄大了记不住，当天，说的话，扭身就忘，哪能学习？根本不行。史书记说，人家七十岁老太玩手机都能行，你咋就不行？后来人家走了，我就和老汉（丈夫）商量，咱去学吧，怕是学不会，试一试吧？老汉也想去学，可是家里有事情走不开，于是村里开会的时候，就给我报上名了。

当时学的时候，听讲了一堂课，我就动心了，觉得必须得学会。人家讲得好，说你用一个手机，能把你种的东西卖出去，还能卖个好价钱，还能把想要的东西便宜买回来。我想，咱自家种的粮食，总是等人家来收，还不给个好价钱，一斤米给个两三块，咱就卖了。有好多豆子啥的，就没人要，就自家吃些，给亲戚们分些。有的已经放在那里两三年了，吃不了。心里就琢磨，咱好好学，学会了咱也能把咱自家种的东西卖出去。

正经学哇，还得买个手机不是？和姑娘说，当时我没钱。姑娘说你要是想学，我就给你买上，你出街里看去，看你要个啥的，那几百块的用几天就用不成了，买个好点儿的，我就挑了个小米手机，红米的，1100块，从网上就寄回来了。心里想，买下这个手机就得好好学。可是我连那个智能手机也用不了，没文化，总共上过四年学，就写不了字，能认的，不会写。后来在上课的时候，我想写几句话，可是打不出来，就问和我挨着的人，这个拼音是怎么写？一句话就这一个字不会写，他们就帮我打出来。后来我说不行，我得好好学拼音，不会拼音，就写不了字，发不出去。买了张孩孩（孩子）们用的那种拼音挂图，咱毕竟老了，念上几遍也不容易记住，就一直记。除了吃饭上课睡觉，甚也不干，就是学拼音。每天迟睡早起，一直学一直学，这样坚持了几个月，才慢慢记住，大部分字用拼音能发出来，有的发不出来，赶紧写一个。就是文案不会写，就用咱的土办法，是啥说啥，都是实实在在的话。

我主要是卖小米，杂粮甚也有，还有些土鸡蛋、鹅蛋、红薯干这些东西。到现在卖了8万多块，从2016年9月开始卖，10月份开始卖得多，这时候新核桃、新米都下来了，人们就爱吃新鲜的。

那会儿村里没快递，到县城邮，最少间（隔）一天到县城跑一趟，遇到村里有个顺风车，赶紧坐上，一般坐客车，有时我老汉用摩托把我带上，家里没有包装纸，就用口袋背上，到了快递那儿，再包装好。人家有箱子，有真空包装的，全部包装好再寄出去。现在好多了，可以去乡政府上司去寄，村里也有"蚂蚁到村"快递，能发去货。

2016年10月雨水多，那天看着雨不大，蒙蒙细雨，货比较多，又是新米，弄了两大袋子，还在包包里放了些核桃，绑到摩托上，苫住，我们俩都穿的雨衣。走的时候，看见不相干，到了兰家垴，还没有走一半，大雨下来了，我说找个地方避避雨吧。人家说万一雨一直下呢，咱不是一直等的也去不了？我怕把货淋湿，用雨衣把东西包住，到了快递那儿，两个人湿得不像话。人家快递员和我们惯了，开玩笑说，你们这就不能迟上一天？我说是不行，一迟就失了信用了，我不想等，接下单就想发货。去的时候早吃了饭，到了包装点，发了货，就一点多了，一直下雨，街上吃了点饭，又接了两单，那天是十八单。

还有一次，人家从"百事通"那儿定的货，收货地址可以粘贴，我不会，把两家地址弄成一家地址了，可是电话号码和名字是两家的，这个送货的也不看名字和电话，光看地址给送到一家了，我说看手机上显示，两家都收了，问人家收到没有？人家说没有，一追查，到一家了，后来我跟客服说了，说再给人家寄上一份吧，要不得去那家人家那儿取上，再去发货，已经迟了好几天了，就从家里又寄了一份，人家说不用寄，迟几天就邮回来了，后来就一直买我的。还和朋友们、同事们说，她家的核桃好吃、小米好吃。

后来我就想给人家弄错了，心里过意不去，写上两句，发到村里的微商群里，叫别人不要错了，题目就写成了《三字经》，都是三个字。后来史书记看到了，说我这就是《三字经》，就用了，还贴出来，内容有：岭头人、要注意，做生意、讲诚信，保质量、无发霉，定价格、要合理，接单子、及时寄……

开始我的朋友圈只有自己的亲属，老师告我们好多种方法加群，我就按人家教的那样，每天加，慢慢人就多了。开始感觉可难了，就是写几句话也非常困难，写不出来，写出来也不知道写得对不对，有时候还有错别字，老师看到了就告诉我，哪个字错了，我就赶紧改正。

我们每天得看手机，回信息，微商和电商不一样，电商单子大，我们走的量小，一次几斤，十几斤、二十斤，客户一般都是老客户，吃得好还要介绍给别人。我们没有对接到大的平台上，像饭店什么的，一次能买几百斤，我们对的都是零散客户，家庭用户，销量小，能把自己种的卖完，还可以收购点儿别人的，像家鸡蛋、软面、花生等都是别人的，现在村里的家鸡蛋就不够卖。

张晓英、郭晋平两位普通农妇的经历，简直就是一篇精彩的《村妇微商记》。

岭头村环境闭塞，其实所到之处，吕梁山、太行山深度贫困地区的村落，大同小异，莫不如此。先人设想过大同世界，叫作"人尽其才，地尽其利，物尽其用"，现代社会，"物尽其用"自不待言，更要求"物流其畅"。物流不畅，在某种意义上讲，乃传统农耕社会迈向现代社会的最后一道大坡，这一道大坡爬得真不容易，要随着乡村基础设施完善，要随着国家科技进步才可以最终越过这道沟坎。

不必说远，改革开放四十年，开放集市贸易，打通地域间物流贸易通道；鼓励长途贩运，大宗批发业务催生乡村能人；政府组织推广乡村土特产，农家特产大模大样参加各种交流会展。乡村土特产贸易交流半径日益扩大，但是，现代贸易规模化、标准化要求之下，一方面大宗农产品出现过剩，另一方面，乡村土特产因为零碎、分散、小宗，交易却越来越困难，越来越萎缩。电商进入，保持规模化、标准化，更强调个性化，强调乡土、绿色、环保，交流困境被打破，交易半径再度扩大。这一改观，可视作农业隐性变化的一个组成部分，或者说，就像农业在不知不觉间发生变化一样，乡村土特产交易方式也在不知不觉间发生了质的变化。

武乡县培育"创客小院"是山西省推广电商扶贫的一个缩影。一县带动，两县跟上，最后十数县数十县很快推开。2017年，山西省对58个贫困县开展"电商服务到村，扶贫效果到户"专项扶贫行动，给予当年列为电子商务进农村综合示范县的10个县每县财政资金1500万元。同时，省商务厅还会同省财政厅、省扶贫办印发了《2017年电子商务进农村综合示范工作实施方案》《山西省电子商务进农村综合示范项目实施和资金管理的通知》等文件，要求各示范县政府完善实施方案，明确时间表、路线图，配套电子商务相关扶持政策，确保电子商务快速健康发展。

农村电商成为新型农业经营主体创业的重要领域，推动了100个省级农业龙头企业实现网上销售，其中83家"513"工程省级重点龙头企业基本上实现电子商务全覆盖，培育了农产品申商500个，近1000家农民专业合作社和家庭农场开展了农产品电子商务（不含微信端）。随着农村电商和"互联网+"现代农业的持续快速发展，将为山西省的农村发展创造和提供更多的就业岗位和创业空间。

一直播到中央电视台

妇女们手持智能手机把个微商搞得活色生香，有滋有味，太行山里的汉子莫非缺席不成？男人可能更神奇。在村里碰到魏宝玉，张主任告诉克海和杨遥，魏宝玉现在是县里有名的网红人物，借网红之光，生意做得更大。

魏宝玉身量不大，显得有些单薄，站在跟前，简直无法想象他在直播平台是什么样的形象。但跟两人交流一番，顿时肃然。

魏宝玉，1971 年生人，四十六岁。在村里，他算是年轻人了，是一个相当朴实的汉子。

我弟兄四个，我是老二。他们都在外头打工，太原、长治、忻州。父母亲年龄也大了，总得有个人在家里照顾。我家里有个五六亩地。农闲时就在乡镇打工，谁家盖房什么的，挣点零花钱，贴补家用。但也不够花费。正好三个弟兄地不种了，也没要我租金，就是种着别把地荒了就行。总共种了 20 来亩，谷子和玉米轮茬种。2012 年胃出血，然后重体力活也干不了。当时才四十二岁，两个孩子都在念书，恓惶得很。我媳妇儿身体也不大好，就是干干家务。政府看到我的情况，就把我评进了贫困户。

2015 年，派下来第一书记和工作队，家家户户路修通，田间作业路也给你修好，都铺了水泥，真是不错，连种地都是拖拉机。要不然，20 几亩地我怎么受得下。

2016 年 10 月，县里搞电商培训。刚开始，就是组织贫困户学习。做贫困户也不能等靠要不是，县里头号召我们学习，也是想着能帮我们找一条出路。扶贫办、电商办经常来讲课，做电商。开始大家都不信。想着怎么可能？就用这么个烂手机，就能挣上钱？卖给谁？面都见不着，咋个卖？你就不可能，就不相信还有这么好的事情。慢慢地，有的人先动手，发现别人在手机上就把这个钱挣了，也就动了心思。

我在县里电商培训中心学习了几天，然后就在手机上注册，开了个微店。微店里也就卖些土特产品，小米、黄豆、黑豆、红小豆、核桃都有。到 2017 年 10 月，我大概就卖了 1 万多块。从去年新谷子收下来后，到现在，我大概卖了五六万块。自家的东西不够卖，又帮村里的好多贫困户，他们年龄大，不会上网，我就把他们的东西收过来，价格总要比市场价每斤高个一两毛。

2017 年 4 月，有了直播的想法，就下了个一直播。正好新华社来，看见我在地里头种地直播，就写进了通讯。5 月 31 号，又上了中央电视台的新闻联播。一个农民直播种地竟然能上央视，我怕是算第一个。因为这个报道，好多人给我打电话，加我微信，问我小米甚时候可以收。但我也不像别人一直播，我时间少，精力顾不上。就是种的时候，锄草的时候，收的时候，直播一下，总体一个目标就是让顾客们看见我是怎么种怎么收，

第八章 『新农具』

263

知道我是农村的，是种地的农民，买的时候感觉你绿色、环保，也好放个心。

去年从 6 月 4 号，就有人开始预订小米。订单一下增加不少。自家小米是不愁卖，但我们这也是小打小闹，还是没形成公司规模。今年新小米下来，卖个 10 来万应该不成问题。

这也是赶上了好时候。互联网给卖东西的、买东西的提供了方便，政府又给咱老百姓这么大扶持，想不挣钱都不行。因为甚？咱就是个农民，先前哪里知道农民的东西还能挂到网上卖，价钱还高。先前就是等着二道贩子来收，他们说下个啥就是个啥。平常光景，一斤谷子也就 2 块钱，去年 2 块钱都卖不了。你不卖，第二年就成了陈米，价钱就更上不去了。现在好了，都是透明的，你不买，总有人买，咱直接面对大市场，还怕咱这一点米没有销路？

互联网就是个互利平台，不是说你光卖，咱要买个洗衣粉日常用品，也可以买别人的。我最近和河北、内蒙古、山西好几个省的商家，搞了个抱团互推发展。我们 12 个人，各个地方的都有，卖的产品不一样，一样了就有价格冲突。这样，大家相互在自己的平台上推广，一下子就有可能翻 12 倍的客流量。这朋友圈就大了，你有 1000 人，他也有 1000 人，12 个人都有 1000 人，一下子就是 12000 人可能看到你的信息。我在微店同盟会华北站的群里头，这里面有 500 人，卖甚的都有。他想买你的产品，就点开你的头像，就到了你的店里头。

这就是甚呢？现在国家提出，全民都是搞这个互联网+，全民创业，全民都是买家，全民都是卖家，你卖你的农产品，但也会买日常生活用品。这个社会，你不可能还是像先前那样，小农经济，自给自足。你想赚钱，你的产品得包装，得买胶布，得依靠物流。只有互助、合作，才有可能共赢。互相都能生活得了，都能赚点利。你卖你的背心，我卖我的衬衣。这个时代，人不可能不将就别人，不可能只用你自己的东西。像我发货，肯定得用包装，那别人的胶布也卖得快了，物流车肯定也跑得多了。现在一年，光买包装盒就要花2000元，快递费政府给补了不少，但我一年也得花六七千。你看看我家里的快递单，这么厚一摞，这都是钱呀。

2016年2月，我用的还是老年机，什么也不会。后来买了个智能手机，这才慢慢摸索。到现在，我都换了三个智能手机了。头一回买的是1G内存，运行得慢，卡得不行。我们做微店，各种程序你都得下，你看我手机里下的程序：微店店长版、抖音短视频、京东、京东金融、美拍、美篇、美图秀秀、手机天猫、微商水印、支付宝、手机淘宝、QQ、千牛、社会扶贫、百度贴吧、咪咕视频、大众点评……差不多有60个软件。软件少了也不行，用不成。倒不是每天都要打开用，但说不定什么时候就用上了。软件多了，肯定影响手机运行。今年花了3200元，买了个新上市的VIVOX21，内存足，128G，什么程序运行得也快，和客户们交流起来也不卡，用得很顺手。微店里的照片，都是我拍的，但有的也不合规格，县里商务局的人会修，我们把想修的图片发到指定群里，要多大尺寸都行，他们就给咱修好了。咱武乡有工作群，有电商群，也不收你的钱，都是县里头的扶贫项目。各种咨询、困惑、问题，随时问，都有人来给你解答。要是这些还解决不了你的问题，我每天晚上都会在各种外地群里头获取新信息，尤其是微店总部有个微商学会，好多老师就在网上讲课，各种新的技能，打开网络就能连接，就能听。咱学会了，要是村里有人没听过，没学会的来问，咱就也能大概讲一讲，指导一些。咱是年龄大了，眼也花，手机上的字也小，到了晚上更是不太好看。我是能听语音的就尽量听语音。

咱武乡小米，全国各地客户都有，但又数广州、河南、四川买的多。山西是小米主产区，北面广灵，南面就数咱武乡。顾客们会网购的，都会网上搜，一查武乡小米不错，就下了单。吃一回，觉得好，下回就还来买。反正我的客户好多都是回头客。你看，这是回头客在我微店里留下的评价："自从买了这家店的小米，就结束了该买哪个品牌小米之间的纠结，小米纯香，米汤浓，真正农产品。""家里有宝宝，经常给她熬小米粥喝，店家的小米很黏稠，味道很不错，店家人也很实在，买过几次了，以后买小米就认你们家了。"这也不是我们自己吹，就是人家有一说一，咱也更改不了。我这是100%的好评。逢年过节，比如儿童节、母亲节，我也经常打折搞活动。

当然，你还得会推销，标题上关键词写得好，才有可能被搜索到。同样一种产品，你得会说、会介绍。我就是个初中毕业，但写产品的介绍，我也会写得尽量朴实客观，让人一看就知道我是个农民。像我，就会说：我自小就吃岭头村的小米长大，祖祖辈辈就是种小米。小时候家里穷，弟兄们又多，我妈奶水也不够，吃也吃不上，就是给我们熬稠稠的小米汤。小米加步枪，好米在武乡。这可不全是宣传，当年抗日，武乡人用小米饭养活了多少八路军战士！

我的微店名字就是"小魏优质绿色小米店"，在微店总部还认证了一下：微店新农人。在网上卖东西，咱更要讲究诚信。你不可能做一锤子买卖。你要是抱着那种心态，肯定做不成，你微店的星级就上不去。

我在微博上也注册了，还通过了 V 认证。到现在我发了1298 条微博，这就是广撒网。不同年龄段的人，玩的 APP 不一样，你就不知道会遇上什么样的客户。

还有抖音我也玩，美拍也玩。你在美拍上拍下短视频，处理好了，再传到抖音上，看的人也不少。

去年 10 月，有一天就卖了 3600 元。后来，一天卖个百八十、三五十，反正差不多天天都有进项。现在这收入可以了。孩子们上学花一点生活费。老大在运城念师范专科学校，大二了。小的，在县城上初二，住校。政府还有雨露计划，中学还有伙食补贴，挺不错的。政府基本上能出的都给你出了。

到 2016 年底，我就脱贫了。而且不单是我一个人，整村都脱贫了。脱了贫，政府该怎么帮扶还怎么帮扶，力度非常大，缺甚给你弄甚，需要修路，给你修路，孩子们上学有困难，能享受政策的就享受政策。祖祖辈辈交皇粮，甚时候享受过这光景！村里大学生不少，这两三年考上大学的就有十几个，去年有考上天津科技大的，四川大学的，山西大学的。七八年前还有个闺女考上了北大。咱老百姓谁不是望子成龙？不管自己在家里受多大罪，该供孩子念书的肯定供到底。老百姓在黄土地里辛苦一辈子，都有个认识，就是想让孩子们上个学，有个更好的出路。就是将来找不下工作，回来种地，也懂得点科技。现在村里的路给你推得宽宽的，整得平平的，你要是不懂点知识，机器摆在跟前也是个睁眼瞎，不懂得怎么操作。中国的农业慢慢发展，将来肯定也是要向职业化、科技化进军，不可能停留在 20 世纪牛啊骡子啊甚的来耕种。

什么东西都有个过程。我们岭头村人的思想真是改变了，认识也提高了。时常有人来参观、旅游什么的，走到村里一看，谁能想到过去穷成那样！老人们卖个东西，想的也是要收拾得干干净净，周周正正。人都懂得了顾客至上。你卖一个烂东西，不是把你的牌子砸了？咱农村好好的绿色环保产品，你卖一回不好的东西，全毁了，把口碑坏了。平时咱自家吃，不那么讲究，有点糠皮正常，但给顾客就不能这样。有一回一个顾客说要买我的小米，我说你买嘛，我肯定收拾得跟给我爹我妈的一样好。卖出去的东西，人不爱吃是不爱吃，但不能让人在产品质量上说你的不是。你只有有了好的思想本性才能做买卖。

我们岭头村人都有了这个认识。人的心思正了，农忙的时候净想着把地种好，有空坐在一起，也不说人闲话，想的都是抓住机会，抓住现在的好政策，多挣两个。人逢喜事精神爽，看见环境也好了，东西好卖了，感觉跟重生了一个样样。现在你要问我做微店怎么样，我可以明确地回答你：互联网这个东西好，对农民尤其好，顶事。

如此瘦弱一个人，体内不知道蓄积了多少东西，讲得入情入理。是一番倾诉吗？也可以这样说。对自己所处环境和生存经济以及未来有如此清晰的认识，显然来自他与生活与生存搏击挣扎和奋斗的切身体会。

| 第九章 |

送穷书

破解难题

采访所至，精准识别、贫困户兜底、退耕还林、产业扶贫、健康保障、教育优先、电商推动等等诸般，宗宗件件，最后落地，尽管足够复杂，足够琐碎，项目、资金、动员、宣传、逐户逐项落地，每一步都良非易事，但总体来讲还算"单纯"。相比较而言，易地移民搬迁是诸项扶贫工程中最为复杂，也是压力最大的一项。

省扶贫办的报告中屡次提到，易地扶贫搬迁乃"当前工作的重中之重"，是"一块最难啃的硬骨头"，基层一线同志说起来，莫不挠头蹙眉，骨头确实够硬，也确实难啃。

2月27日下午，到河曲县前川乡政府。

前川乡是河曲县的一个偏远乡镇，山大沟深，乡辖各村历来缺水。乡民解决吃水问题，都靠在院内集雨水旱井来解决，近年打了深井，吃水问题初步解决。可是深井过深，运行成本过大，某村井房每天锁着一把锁子，定时开关。后来村里人闹矛盾，井房今天添一把锁，明天添一把锁，最后是五把锁，谁家要吃水，必须把这五把钥匙凑齐才能上水。

驻村干部下乡，先解决五把锁的问题，挨户做工作，辛苦异常。五把锁反映的不是吃水问题，而是一个村风问题，五把锁一开，村风改变。

还是正月，前川乡里倒显寂寥，乡政府却热闹非凡，每一个办公室都忙忙碌碌，省住建厅帮扶干部正月十五还没有过，几个人已经赶过来开始张罗工作。

前川乡，光伏扶贫工程落地建成，贫困户产业帮扶正在落实，工作队正在筹划养牛养羊种药材，乡政府几办几站，30 多号人，进进出出，头不抬眼不睁。忙这忙那，就忙一件事，脱贫攻坚。攻坚在即，坚关所在，正是易地扶贫搬迁。

河曲县前川乡，真正是地广人稀。全乡 23 个行政村，户籍人口 6000 出头，理论上每平方公里 60 人，但改革开放四十年，乡村变化非常之大，人口锐减，全乡留村人口老弱为主，年轻人只在耕种收获时候回来。前些年易地扶贫搬迁，已经有不少农户搬迁移民。

12 个行政村中，人口最少的是大阴梁村。到 2017 年 6 月县里实施首轮易地扶贫搬迁，全村只有 5 户人家留守。改革开放四十年，像大阴梁村这样的村庄还不在少数。2016 年，仅平顺、平陆两县，发现全村只剩一人留守的"一人村"就有 6 个。

山西省易地扶贫搬迁，要求"一方水土养不好一方人"、生存条件恶劣且人口不足 50 人的村庄，能迁尽迁，出迁实行房屋补贴，按照易地扶贫搬迁政策补贴安置，搬迁之后，宅基地复垦还田，村庄销号。

问题就来了。易地扶贫搬迁，远不是给贫困户找一个适合生存、生产、生活都方便的地方安顿住下来那么简单。村里人说起自家村自家地，尽管有时也是辄有怨言，但正经在连根拔起，既要搬迁，还是易地，哪有那么容易？金银可丢，热土难离。矛盾频出，矛盾也甚为具体。

大阴梁村原来还是一个行政村，全村有 13 户 34 人，现在只剩下 5 户不足 10 人。按照易地扶贫搬迁政策，大阴梁村当然属于整村搬迁范围。河曲县像大阴梁这样需要整村出迁的村落，共有 13 个，加上插花搬迁贫困户，共计 644 户 1477 人。前川乡只大阴梁一个整体搬迁村。但就是这一个村出迁，麻烦不断。

乡长黄建林说起其他来滔滔不绝，一说到易地搬迁移民，一脸无奈，苦笑着靠在办公桌边长叹一口气。从 2017 年下半年开始，一个腊月，一个正月，黄乡长已经往村子里跑了九趟，贵贱"啃不下这块硬骨头"。

剩下的 5 户人家各算各的账，总是不愿意走。刚刚说动一家，一个晚上"盘炕"（辗转）难眠，第二天"一剥眼皮"（醒来）就反悔。如是者九。黄建林恼不得，也火不得，给算账，给讲道理，给讲政策，只能是说服。

说服起来却难。

人说，大阴梁这一方水土怎么就养不好一方人？我们村离县道 2 公里，又有深井水，"山高皇帝远"，自自在在，5 户人家都养羊，最多一户养有 250 多只，地虽然都是坡地，但人均五六十亩，种玉米喂羊，羊卖成钱，一年下来怎么也"刨闹"个十几万。搬到城里头，谁给我这十几万？

也确实，大阴梁村高居坡梁，离哪个村也不近，羊放出去，自由自在，不怕它跑到哪里去，这是真的。而且，前几年硬化进村路，通了照明电，深井水可以泵上来，与世隔绝，就是世外桃源。黄乡长也清楚，大阴梁留下的几户人家，除了农业立地条件差一些，每年的收入还是不错的。可是收入不错，并不是构成一个"好村村"的理由。若是真的好，百十户人家的村子怎么会"零流"（流失）得就剩下不到十个人？

作为一乡之长，心情很矛盾。一年十几万元的收入，对于农民而言，算得上富足，从心底里讲，搬迁下去，怎么保证这十几万元的收入？但从另一方面讲，民居大都为石碹窑洞，抗震能力极差，雨季时时需提防出问题。有的是现浇房，大部分院落人去屋空，铁锁子把门，荒草长得一人多高。留下来的大都是"两人户"，六七十岁的老两口，起早贪黑务庄稼，放羊割草，几十亩地种着，生活质量可想而知。人畜杂居，村里都是浓烈的羊粪味道，村街村道脏乱不堪。村里倒是有一个后生，在城里挣不下钱，回村跟父亲放羊的，媳妇留在城里陪孩子读书。一年收入十几万，自己从早到晚就是个在地里"刨闹"，走到你跟前，与"野人"无异，认识的人知道他是放羊的，不认识的人还以为是一个榨油匠，浑身油腻，一股异味。生活质量差还在其次，万一有个"灾灾病病"，就医实在成问题。

执行政策，讲解政策，考虑老百姓切身利益，把脉老百姓不同诉求，讲方式讲方法，考验乡镇干部和第一书记工作能力的时候到了。

县里的易地扶贫搬迁，其实也不是"一刀切"，把农民全部赶上楼。像大阴梁这种条件，乡里已经给他们设计好，就近搬到人口相对集中的南也村，不误你种地和养殖。就这也不行，说不通。

黄建林跑了九趟，看来还得跑第十趟。

黄乡长说，其实，大阴梁的问题也就是个问题。多跑几趟，多做说服工作，最终还是能解决的。在全县易地扶贫搬迁大盘子里，这根本不算个事。易地扶贫搬迁，比起其他扶贫工作，更是一项复杂的系统工程。

不了解的人以为，易地扶贫搬迁，不就是个盖好房子然后让人住上的事嘛，只要给钱给项目就行。其实不那么简单。县里边书记和任县长，就县里实际情况，列出七大问题，具体讲，就是"人、钱、地、房、树、村、稳"七个方面，七大问题，需要一一破解。

具体讲，每一项也很复杂，不细化根本下不了手。

人的问题。首先你得确定搬迁哪些人吧？这就有一个"精准识别"的问题。搬迁哪些人，先确定搬哪些村。根据省里要求，结合县里实际情况，简化为"一高、一低、两差、一滞后、三重"标准。"一高"，贫困发生率高；"一低"，人均可支配收入低；"两差"，基础设施差、住房差；"一滞后"，公共服务严重滞后；"三重"，即低保五保贫困人口脱贫任务重、因病致贫返贫人口脱贫任务重、贫困老人脱贫任务重。搬迁村确定之后，再确定人。提前征求搬迁群众意见，严格依照个人申请——信息比对——村级公示——乡镇审核——县级审定的程序执行，逐户逐人精准识别建档立卡贫困搬迁对象和同步搬迁对象。搬迁户识别，当然也非常精准，不精准就出问题。

全县确定的 13 个整村搬迁村落，一旦实施开，复杂的情况就浮现出来了。为什么复杂？因为有利益。易地扶贫搬迁，是新一轮脱贫攻坚中国家补贴和投入最大的一项工程。比方大阴梁村，全村原来 100 多人，现在只剩下 5 户不到 10 人，出迁的 100 多人安置不安置？有的户口在村里，村里没有房，属于过去的"市属户"，你安置不安置？村里有祖遗房产，人在外头工作上班，给不给安置房？外来人口，把户口挂在本村的，安置不安置？这是需要解决的第一个问题。

确定 13 个村整体搬迁，有的愿意进城务工，可以集中安置，但像大阴梁这种情况，你解决了他的生活问题，还需要解决他的生产问题，村子都销了户，户口也做到了近迁入村，原来的土地怎么办？原来享受的贫困户政策还继续不继续？你必须给他吃一颗"定心丸"。

黄建林讲，这还仅仅是人的问题，就这么复杂。下来，钱怎么筹？你让人家整村搬迁，迁入安置点，当然不能按市场货币化购房。每一户贫困户每人住房补贴和公共设施补贴为3.88万元，必须合理控制在这个范围内，说白了，就是细算账，让特困户不花一分钱迁入新居，贫困搬迁户尽量少出钱迁入新居。否则，你搬迁半天，意义体现在哪里？

下来，还有原村里的地的问题，承包地、宅基地、退耕还林地产权归属。除复垦土地归属村集体外，承包地、退耕还林的地性质都不变，整体搬迁村，坡地、撂荒地都退耕还林，优先种植经济林。原来的建设用地，全部建设村级光伏电站。

拆迁复垦的宅基地怎么办呢？复垦宅基地，相当于新增耕地。国家有一个土地政策，叫"城乡建设用地增减挂钩"，比方南方要修高速公路或其他重点工程，他可以征地，但征地的前提是国家十八亿亩耕地红线你不能突破，必须有相应的耕地来补偿这个损失。建设单位在征地的同时，还需要找地方把这个耕地损失补起来。那边耕地减少，这边耕地增加，可以在国家土地部门那里挂牌交易，交易所得，这个收益是不能动的，将用来搬迁农户后期产业发展。这个交易额也不少，比方岢岚县，国土厅在他们那里扶贫，2017年的交易额就达到2000多万。

"地"的问题之外，就是"房"的问题，拆迁复垦怎么补偿？新房怎么安置？河曲县标准，土窑洞拆迁，每孔补偿2000元，砖石窑洞每孔补偿3000元，砖混结构每平方米补偿600元到800元，砖木结构每平方米补偿 200 元到 400 元。不能居住的减半。还不光是个房子、农家院，又是牲畜圈，又是旱井水窖，还有房前屋后的树木，真是穷家值万贯，一草一木，一砖一石都是钱，都要量化货币化，最终要让群众的利益最大化，让搬迁群众心里满意。至于新居，那规定是死的，人均居住面积不能超过 20.6 平方米，户均自筹不能超过 8000 元，还有搬迁安置点小区，建筑成本不能超过每平方米 1726 元，一个原则，"保障基本，安全适用"。县城三个安置点，648 套房已经建成，766 套正在建设。房源足够。

退耕还林，还有"树"的问题。整村搬迁之后，还有"村"的问题。最后就是整村搬迁之后"稳"的问题。树，搬迁之后的林地归村集体所有，收益仍由集体成员共享，属于原农户的，发放林权证，还归你。村子销户，原村"两委"班子成员待遇不变，原来村户作为独立经济单元的性质不变，在新安置点按原党支部活动。所谓"稳"，就是搬迁到安置点之后的后续发展问题，搬得出，还要稳得住。安居之后，还要乐业。咱们县里具体有两大类十一种"政策菜单"，通过综合运用劳动力转移培训、公益性岗位吸纳、专业合作社吸收、园区环卫用工、造林护林务工等方式解决就业问题，增加工资性收入；通过发展经济林和林下产业，增加经营性收入；通过村级光伏电站、"五位一体"金融扶贫，增加资本性收入；通过退耕还林、社保兜底等措施，增加转移性收入。在安置房建设的同时，配套建设中小幼学校、医疗卫生室、金融服务点、便利超市和物业等设施，规划建设派出所，确保搬迁户安心生产生活。

黄建林说，人、钱、地、房、树、村、稳，我们现在天天就念这"七字经"。我们乡镇一线的人，就是埋头做，没有意识到这"七字经"的意义所在，结果上一回开会，市委书记对边东圣书记和任鸿宾县长大加赞扬，说，破解这七大问题，也就相当于给易地扶贫搬迁撕开一个口子，有示范性，有可操作性。想一想，只要把账算细，工作就能做到位。"七字经"总结起来，就是解决"人往哪里搬、钱从哪里筹、地在哪里划、房屋如何建、生态如何护、新村如何管、收入如何增"的问题。

"七字经"，就是盯着"搬得出、稳得住、能致富"的目标，为下一步实现全面小康铺路的。事实上，易地扶贫搬迁，从经济角度算账，给大家留的余地还很大。

比起"七字经"，大阴梁的问题还不是小问题？实际上解决这七大问题，也就是从我们一点一点解决这样的小问题开始的。这种情形还不止大阴梁，全县 13 个村庄都存在这样的问题，归结起来，有四种情形，"故土难离不舍搬，面积受限不想搬，建新拆旧不肯搬，生活担忧不愿搬"，村村都如此。

13 个深度贫困村的易地扶贫搬迁，都有一名县级领导包村包点。包大阴梁村的是县人大副主任周命小。周主任在此前还包过沙坪乡范家塬村，这个村全村 8 户人家，都是老两口一户的"两人户"。地多人少，每家都种着六七十亩地，那么大年纪还在地里"刨闹"。村里最富的一户，老汉六十七岁，老婆儿六十五岁，老两口住在土窑洞里，养着 70 头羊，13 头猪，还有 4 头牛，但是生活质量真是太差了。

周主任搬上铺盖和乡政府的人在人家家里住了整整十五天，从城里买上肉，买上菜，天天给老两口做饭，做黑猪肉烩菜，吃完饭就是给一笔一笔算账，算经济账，算健康账，半个月生生给说服了。老两口很高兴，搬迁那一天，把周主任叫回村，"卧"（杀）了一只羊，请他和乡政府的人吃了一顿搬家饭，欢天喜地迁到安置点。

就下这么大工夫。

周主任，还有我们这些乡政府干部，都是农家出身，农民的苦，农民对土地的情感我们怎么不知道？做工作没什么诀窍，你把身子放在他那厢，设身处地为农民着想，你有要求有困难，你提，然后一桩一件帮他解决。心摆正，就是下些功夫，耗得时间长罢了。

一过正月初十，周主任已经到了大阴梁村一趟。他说过了正月十五，要到村里去住，我还得陪着他去。

黄建林讲，我们压力挺大，这事急不得，但绝对马虎不得。

时近暑月，我们正在整理采访。黄建林打来电话，说大阴梁果然是一块难啃的骨头，周主任在村里整整住了两个月，五户人家终于签了协议，同意搬迁。其中三户就近搬到南也村，其他两户直接安置到县城去了。

黄建林说：搬出去慢慢就会发现，世界还可能是另外一个样子。

"三晋第一村"

2017 年 6 月 21 日下午，中共中央总书记、国家主席、中央军委主席习近平来山西考察，脱贫攻坚是重点内容之一，脱贫攻坚的考察地点，就在山西省岢岚县。习近平总书记先到赵家洼，入庄稼地看苗情，入农户访贫困，然后来到宋家沟。宋家沟，是岢岚县易地扶贫搬迁的安置点之一。

岢岚县最大的易地扶贫安置点，是位于县城的广惠园移民新村。该小区规划 700 亩土地，将建设 3486 套保障性住房，能够容纳 2 万人居住，中学、医院、幼儿园，基础设施相当齐全。岢岚县推进"城乡一体化，三年大变样"，广惠园新村是最大的民生工程。习近平总书记在赵家洼考察时看望过的王三女、刘福有、杨娥子、曹六仁等贫户困就搬迁到这个小区，过起了"城里人"的生活。

除广惠园新村为县城集中安置点之外，尚规划有宋家沟、阳坪村、团城村、吴家堡村、高家会村、马家河村、王家岔村、后温泉村八个中心集镇安置点，除此之外，还有店坪村等若干个中心村安置点。是所谓岢岚县"1+8+N"易地扶贫搬迁安置模式。

城市小区安置屡见不鲜，中心集镇安置情况如何？中心村落安置情况又如何？

这样，就来到宋家沟。在路上，县委宣传部部长吴红兵说，省里某领导来宋家沟视察，看完之后，轻轻颔首：这是三晋第一村啊！

"三晋第一村"借总书记考察形成的新闻效应，名声不胫而走，然而究其竟，还是因为这个扶贫搬迁安置点的示范作用。所谓第一，并不因其大，也不因其豪华，而恰恰因其浓烈的乡土气息，承载着许多乡土情感，这个安置点真是具有示范意义的。说它是第一，一点不虚。

岢岚县顺岚漪河，分为东西两川，诗人公木有诗：东一道川，西一道川，东西两川好田园。宋家沟属于东川上的"好田园"。地处岚漪河上游，沿河川，一条省道傍村缘而过，村落南边，则是"五（台）保（德）"高速公路。更重要的是，这条高速路在宋家沟还有一个出口，下高速，北可进岢岚，南则达静乐，往西进山，就到了吕梁市的岚县。

宋家沟村口竖立着一个村落标志，山西传统民居悬山顶、歇山顶、垂花门，传统民居胶泥和褚红石材，几种元素融合为一个富有乡土气息的造型，甚为引人注目，在高速公路上就看得清清楚楚。村落街衢俨然，青石铺街，泥墙青瓦，民舍齐整。腊月里，山顶上还有残雪，寒风梳骨，阳光刺目，这个村庄以这样一种方式进入视野，确有视觉冲击。尽管时近腊月，街上行人稀少，任是谁都可以体会出这座村庄是经过认真规划与设计的。

由吴部长领着，我们一行到达乡政府。

乡政府也是经过改造的，内外修饰一新，与整个村子的色调与风格都差不多。院内积雪未化，有村民找干部办事，都穿得厚，嘴里一口一口往外吐白汽，然后笑呵呵打招呼。乡民和干部之间这种接谈方式，让乡政府大院充溢着另外一种让人感慨的气息。

乡党委副书记范利飞早早等在那里招呼大家。

范利飞，三十一岁，2012 年毕业于忻州师院，同年考上大学生村干部。先在县下乡办待过一段时间，很快下到阳坪乡做村第一书记，四年之后的 2016 年换届，范利飞调宋家沟乡任党委副书记。

吴部长说，去年换届之后，岢岚县乡镇一级干部都年轻化，平均年龄在四十岁左右。范利飞是最小的，最大的也不过五十一岁。像范利飞这样的乡镇副职，每一个人还包一个村子，他是乡党委副书记，还兼任着宋家沟村第一书记职务。任务挺重，像 2017 年易地扶贫搬迁，全县要求用 50 天时间完成 13 个行政村、18 个自然村全部拆迁，加上插花搬迁户共 800 户搬迁任务，你说这个压力大不大？年龄大了第一你是没有朝气，第二是根本盯不下来。像去年宋家沟村整村提升，搬迁安置点建设，前任的书记刘玉欢，一天能好好睡个四五个小时就不错，最紧张的时候，两天两夜没眨眼。

范利飞倒谦虚，岔开话题，说起自己担任第一书记的宋家沟。

先说宋家沟本身。

咱们岢岚县全县 8 万多人口，但村子多，都是山庄窝铺的小村子。所以早在前几年，县里就提出小村并大村的想法。我在阳坪乡的时候，阳坪乡把 5 个小村子 100 多户人并到大村里，然后引进企业，保障搬迁户后续发展。这个做法本身就符合岢岚县的实际情况。

就宋家沟而言，过去在岢岚县各乡镇中，至少从村容村貌这一方面来说，不算差，甚至可以说是最好的，是模范。但是乡里干部就不敢把人领到桥东那一头。因为桥东那一头与桥西比起来，简直就是两重天。同是一个村，桥西靠近乡政府，学校、卫生所、商店都在这边，民居也经过20世纪80年和进入2000年之后两轮乡村"盖房热"，尽管风格不一样，外观上显得驳杂一些，但齐整得很。一过桥东，都是旧房，有民国时期的建筑，甚至还有前清房舍，有常年没人住的房，塌得龇牙咧嘴就剩下木头架子。这些老房子也不大，我量过，一间房就是3米乘5米的尺寸，不多不少15平方米。好一点的，也有20世纪80年代初盖的，但质量不行，土坯墙，石木结构，几十年过去，也就陈旧不堪。街巷都是土路，刮风起黄尘，下雨一片泥泞。

全村共有245户548口人，桥东住有30多户，有20多户是贫困户。这些贫困户，一是光棍多，二是老弱病残，连下地干活的能力都没有。环境差，生活质量更差。

同是一个村子，桥东和桥西区别如此之大，历届乡政府领导都有心思把村子改造一下，但是苦于资金和政策跟不上，只能在纸上说一说，不能付诸实施，没有这个力量。

2014年精准扶贫开始，尤其是2016年实施易地扶贫搬迁之后，政策、资金就到位了。从资金上来说，贫困户一口人补助2.5万元，同步搬迁户（非贫困户）每人建房补助1.2万元；基础设施每户2.1万元，公共服务设施配套1.7万元。配套资金不到个人手里，由乡镇统一实施，包括街道硬化、自来水入户、供电、公厕、下水等等。

就村子本身来讲，必须改造，而就宋家沟作为一个中心集镇安置点，建设的标准只能更高，让搬迁户来了之后能够比原来更宜居，还要能够生存、发展。

就岢岚县而言，我们体会的易地扶贫搬迁这个政策最深刻，第一是符合岢岚县的实际情况，第二是确实是给老百姓办了一件大事、好事，彻底解决了问题。为什么说彻底解决了问题？一个是，过去也搞过危房改造，一户给补助 8000 元。8000 元只能在土窑外头挂一个砖面，不解决问题。这一回彻底解决了。一个是，过去外出打工的年轻人，成功的还是少数，旧房子撂在村里，在城里一直租房子住。结果村里房子没人照看疲沓了，在城里也买不起房子，两头没地方住，像这一类人——而且这一类人还占大多数——问题也解决了。再一个，进入中心集镇之后，更换原来的产业，对于农户自身发展也有好处。

　　不说远的，就以宋家沟为例，我给他们算过账，一亩地，除去种子、化肥、雇人，一亩地也就挣 500 多元，纯农业收入太低。像山里的村子，去年浙江大学来调研，在甘沟、吴家岔抽了 30 个样本，一亩地的毛收入也就 300 多元。而且交通条件不好，收获的时候人背牲口驮，坡地的产量也不保证，因为水分不均匀，缺苗现象特别严重，产量就上不来。纯收入也就是挣一份口粮，算不起账来。贴上人工、化肥、牛工，就剩一份粮。打下莜麦吃莜面，收了豆子磨豆面，收回秸秆再给牛羊做饲草。收入就谈不上。搬到中心安置点，失去劳动能力的不用说兜底兜了，有劳动能力的，至少可以安排一些公益性岗位，不用说还有日光大棚，还有沙棘采摘合作社，还有其他带动增收的项目，原来的村子"四个全覆盖"：土地增减挂全覆盖，退耕还林全覆盖，荒山造林全覆盖，光伏项目全覆盖，这些都是很大一笔收入，有了这些保障，你住哪里还不是个住，能住在中心村何必再回山庄窝铺？生活、就医也方便。

从 2015 年年底到 2016 年，乡政府的主要工作就是搞易地扶贫搬迁，搞中心集镇建设。到 2016 年年底，名单基本上定下来。程序是符合搬迁条件的村庄，由老百姓自己报名，报名的去向自己选，有愿意来宋家沟中心村的，也有愿意进县城的。

宋家沟搬下来的村子共 14 个，有的是插花搬迁，其中有牛碾沟、长崖子、甘沟、吴家岔 4 个村属于整村搬迁。现在宋家沟为 471 户 1042 人。搬下 145 户，265 人。这里头人口对不上，是因为整村搬迁之后，原自然村要销号，把户口就迁到了宋家沟。比方有的村，迁下 20 户，还有 30 户，但这个村就销号了。这 30 户也把户口挂在新村里，这样，户籍人口就比常住人口要多得多。

从搬迁人口的年龄来分析，就可以看出好多问题来。愿意进城的，大约是三十岁到五十岁左右，即便有五十岁以上的，也都有子女在城里安家落户，子女多，为的是有个好照应。来宋家沟的，都是老人，其中一口人的户就 103 人，占了搬迁人数的小一半，不是低保就是五保。

村庄销号，还有没有迁出的养殖大户，在原村里留有生产用房，供日常劳作休息、做饭，尽量照顾到各种需求。好多记者问，农民搬了怎么就业？事实上到了具体户那里，贫困户搬下来，尤其在村里本来就年龄大的，政策兜底就兜起来，如果还有劳动力，再安排些公益性岗位，基本生活不成问题。年轻一些的，本来就已经出来了，现在给他一个地方住，安居就可以乐业，如果想种地还有工作间。

易地扶贫搬迁，解决了好多问题。首先你的安全保障了，不用住有危险的窑洞，然后生活质量提高了。现在你到宋家沟的村民家里看一看，那在过去，农民想都不敢想。然后是生存，有公益性岗位，勤快些的还可以打工。当然你就坐在那里晒太阳，住村里，住城里，就是躺在娘怀里也没办法。

范利飞介绍完，吴红兵部长说，我来补充几方面。宣传部部长，肚里装着一本现状蓝图。

先说产业。

一个是光伏电站，投资 70 万到 80 万，是扶贫专项款。占地 3 亩的集中光伏，总共 100 千瓦。没有劳动能力的，每年可分得 3000 元，有劳动能力的，也可参与公益劳动增加收入。

另外，还有马铃薯，引进山西薯业食品有限公司，加工全粉。宋家沟 7 个村，能处理 1000 吨左右。就是把土豆粉碎之后磨成面，不是淀粉，专业称之为马铃薯粗食化。可以做凉粉饸饹、水晶饺子。

还有"五位一体"金融扶贫，就是集中贫困户政策性贷款，投资到本乡本土效益好的企业，每户分红 4000 元。

7 个村建 4 个土豆储存库，宋家沟有 200 吨存储量的大库一个，秋季收获，来年春天卖出，可以打季节差。

还有一个沙棘厂，已经落地。沙棘叶可以做沙棘茶，这是一个龙头企业。采沙棘卖沙棘就 120 万元。

3 月份，引进大象集团。宋家沟年养猪 3 万头，可以带动 233 户贫困户，贫困户贷款入股，每年分红 6000 元。还有企业进驻后的土地流转，总共 200 亩，每亩 200 元。

几项几款，大都落地建成。搬迁户来了之后，后续生产发展无忧。

再就是搬迁的质量。房的质量，人均 20 平方米，包括自来水、院里硬化、小型菜园，包括里面的灶具、家具，都是统一配的，老百姓就没有花一分钱，几乎就是拎包入住，锅也安在锅头上。一期工程，总共 50 多户。以户为单位，一户一院，建筑造价，主体一平方米 1200 元，装修一平方米 300 元，家具每人 2000 元。

考虑到刚下来的孤寡老人没地方吃饭，乡政府弄了一个老年食堂，有的地方叫日间照料中心。平时有五六十个，每天一顿饭一块钱，伙食标准是 12 元，这里头社会捐助占一部分，村集体拿一部分。

房子的质量没有问题，然后规划呢？宋家沟是县政府与中国乡建院合作搞的一个试点。前来参观的人都对宋家沟这个安置点感到新奇，其实得益于规划和理念。这是县里"城乡一体化，三年大变样"的一个样本，全县将投资 7 亿元实施这项工程。城里有广惠园新村，下来就是八个中心集镇安置点和若干个中心村安置点，对于这些安置点，主要是搞乡村特色风貌建设。

宋家沟是样本，也是规划的一部分。

吴部长讲，宋家沟之所以称为"三晋第一村"，我想，一个是因为起步早，早就规划上了，思谋不是一朝一夕；再一个，宋家沟的规划、设计和建设理念真的是为全省易地扶贫搬迁提供了启示意义。市里李俊明书记曾讲，说河曲的"七字经"为易地扶贫搬迁撕开了口子，岢岚的宋家沟为易地扶贫搬迁蹚出了路子。

说到这里，吴部长笑起来：事先我们哪想到这些，就是一个劲儿做好，往好里做。结果闹出一个"三晋第一村"来。

老吾老以及人之老

在不同县份，都会听到当地干部讲起一个词，叫作"老年人日间照料中心"，易地扶贫搬迁安置，整村提升，"日间照料中心"是标配之一。从脱贫攻坚的政策落实层面来看，虽然该机构属于社会兜底脱贫工程的一部分，但从易地扶贫搬迁、旧村改造和乡村整村提升的角度看，意义就不一样。

山西为探索农村社区养老服务新模式，着力解决农村老年人日间生活照料、情感交流、文体娱乐、精神慰藉等养老服务问题，从2013年起，省财政每年拿出3000万元专项款用于山西农村老年人日间照料中心的建设。2017年，"新建600个农村老年人日间照料中心"被列为《省政府工作报告》的六大民生实事之一，山西财政按照每个照料中心建设资金5万元的补助标准，共下达3000万元用于全省600个农村老年人日间照料中心建设任务。截至2018年1月，山西全省已建成农村老年人日间照料中心5000个。

根据山西省"十三五"脱贫攻坚规划，全省将建设6000座老年人"日间照料中心"，覆盖全省乡镇一级中心村落。

此一行，是到万荣县永利村。去看永利村的老年人日间照料中心。

车子在宽阔的柏油路行进，公路等级高，两旁绿化，路灯成串，猛一看，还以为又到了县城的迎宾道上。李部长不急不缓地讲永利村悄然发生的变化。

永利村位于万荣县西村乡东北部，干旱少雨，农作物种植单一，主要种植玉米和药材。早两年村里只剩些中老年人，基础设施建设也差，用村民的话来形容，就是"晴时出门一身土，涝时进门两脚泥，吃水都成问题"。

李部长说，这个村的变化，说到底还是跟一个人有关。这个人叫王靖博，万荣西村乡永利村人。自小出门做生意，如今在临汾开了数家连锁饭店。2010 年，他回到永利村投资 200 多万元建起养牛场，喂了 200 多头牛，企业需要帮手，又把村里 20 几个中老年人招到场里干活。

村里人看到了他的能力。2015 年，王靖博竞选村主任，高票通过。

到达村委会，见到王靖博，这是个很朴素的人。他带大家参观偌大的村委会院子，打开一间间门，让大家看，也不多言语。等到领着我们一项项看完，到了"和谐厅"，也就是村民平日办红白喜事、逢年过节看戏的大厅，才坐下来说话：

这个和谐厅，职能多，村里红白事摆宴，广场文娱表演，都在这里。有了标准，人们也不攀比了，村风民风有变化。

我今年五十二岁，家里五口人，大姑娘在临汾做生意，二姑娘在厦门大学，研究生毕业又被招进了国防生，儿子在同济大学，去年也参了军。我没怎么在村里待，很早就去了临汾，先是搞冷冻批发，2007 年又开了家饭店。生意不错，2008 年又连着开了两家。大的有六十张桌子，小的也有三十来张桌子。2014年回来，本来是弄了个养殖场，结果碰见村里好多人，就说，来年你来干村主任吧。我说我常年在外，现在村里变化也大，不熟悉。大家却说，你在外头有人脉，老在外头跑，想法也好，带着大家一起干吧。结果第二年选举，就把我给选上了。

先前也不像现在天天待在村里。就是每年回来那么一回，像正月二十三的焰火节，村里人离得再远，也要想办法赶回来，一起闹一回红火。节目也多是自愿，在村的人都参与进来。

选上了，就得干点事，要不然也对不住大家的信任。干点什么好呢？

咱永利村之所以贫困，就是缺水。地里浇不上水，出产就不高。人能走的都走了，留在村里的人日子过得都一般。2014年建档立卡贫困户297户1135人，经过回头看，再回头看，核查整改，动态调整，现在村里只剩下2户4人还是贫困户。村里正在把引黄工程的水接到村里来，10月份完工，到时地里浇水应该不成问题。又有扶贫单位的指导，运城市接待办也派来驻村工作队，药材管理也跟上了，品种也得到优化，现在村里的中药材产业也形成气候，像柴胡、黄芪销路都不错。

在村里做成一点事情，还是得有一个和谐的班子，要不然好政策下来，执行不了，也是白搭。这两年整村脱贫，上面给的资金不少。怎么用都是商量着来。好钢得用在刀刃上，我们就把上面来的扶贫资金整合了一下有60来万，购买了几台手扶拖拉机，成立了农机服务合作社。贫困户耕一亩地掏个人工钱，这些钱用来购买柴油、维修，机器使用是免费的。

去年全县开始搞美丽乡村建设，头一个条件就是看你两委班子和谐不和谐。然后才到村里实地考察，看看具不具备发展的条件。下来一调查，看见咱村各方面都不错，村里又和谐，扶贫工作队也到处跑项目拉资金，县里又投了大量资金，把永利重新打造了一番。现在你们也看到了，永利村真是大变样，自来水进入每家每户，全村巷道全部硬化、绿化、亮化，药材实验基地也建起来了。

村里的各项基础设施逐步完善，到2016年整村脱贫。2017年，又争取到了全县的美丽乡村建设示范村。布设管道，修缮村内下水，村容村貌大为改观。现在进村，看到村里比较整洁，环境比较优美，各种活动场所也比较齐全，你要问群众的生活幸福指数，去日间照料中心看看就知道了。

日间照料中心，就在村委会办公楼的一层。

一间厨房，一间餐厅，一间放了十来张床，供老人们饭后休息，还有空调。

正好碰上老人们吃完饭，有的吃完回了家，有的就在房间里酣畅大睡，室外33℃，室内开着空调。还有几个老年人在打麻将。

一个老太太见人逛进来，笑着说：村里要买全自动麻将桌，我们坚决不同意，就靠洗牌活动手腕呢。现在村里搞得这么好，真想再活他个三五十年。

问她高寿，她比画了下，说，八十八啦。众人都笑，羡慕老人家这年龄竟然眼不花，耳不背，手上也利索。

该日间照料中心基础设施投入了10万元，日常运转每年财政补助2万元。全社区共有1622人，八十岁以上老人31人，入住服务中心26人。建筑面积268平方米，舞台广场26000平方米。服务中心有休闲农家花园、健身器材、图书室、文化娱乐室、日间照料休息室、中心食堂。在这里，老年人是"白天入托接受照顾和参与活动，晚上回家享受家庭生活"。永利村老年日间照料中心也引起了外界注意，时有媒体来参观报道。

而在闻喜县沟渠头村，则是另外一个样子。

沟渠头村，位于闻喜县北塬，薛店镇南岭，距县城 25 公里。全村 1600 口人，430 户，8 个居民组，党员 75 名，土地面积 8800 余亩，其中耕地面积 4000 余亩，"四荒"地 4800 亩，都是纯旱地机耕作业田，种植小麦、玉米、高粱等农作物为主，主要靠天吃饭，收入十分有限，是当地远近闻名的贫困村。

但到村里，一行由闻喜县扶贫办副主任韩卫立领着，说起村庄，先来了一句："村里一千来口人，信用社存款 4500 万。"

因为什么这么有钱？

跟万荣县永利村一样，也是一个中药材种植大村。

韩主任指了窗外的地，你看看。地面上不知名的绿植开着紫色的花，还以为是薰衣草。他说，这是远志，一种中药材。中药材名也知道些，远志是个甚？却也不知所以然。他又说，这十来年，村里发展中药材，黄芪、远志，价格尤其好，老百姓都沾光啦。有钱的村子也多了，但这个村子还有什么不一样？

韩主任一项项数来，说新当选的村干部也有想法。搞了个红白喜事会，不上烟酒。村里人办事也不去酒店大操大办了，老百姓节余不少，村集体也能落得一些经营性收入。村貌大变样，民风也得到大改善。又用节余的钱办了个日间照料中心，贫困无能力者、七十九岁以上的老人，都可以来这里免费吃一顿午饭。韩主任应该来过多回，接着说：说是一顿，其实相当于两顿，尽情吃个饱，一百三四十号人来吃，有时候碰上吃饺子，一顿就得用一百三四十斤面。村里新盖的村史馆，平常人家的旧物，都集中到村委会大厅集中展示。

正好碰见两个老太太好奇来观看，问食堂的饭怎么样，老人佝偻着背，一笑露出满口白牙，说她年龄还不够，得七十五岁了才能来吃。

村支书杨锁旺，今年五十四岁，领上我们参观了一圈，才开始细细诉说。

以前村子是真穷。就是种些小麦、玉米、高粱传统作物，也就能管个不饿。村里老百姓为增收，就是想法抓蝎子。我当时倒没去抓蝎子，做的是收购蝎子的药材生意。河北安国药材市场、安徽亳州药材市场，都没少去。几年下来，也挣了些钱，在村里也盖起了新房子。

1998年，县里搞产业大调整，叫南菜北药。南塬地好，都是水浇地，适合发展蔬菜。而像我们沟渠头所在的北塬，地势高，缺水，十年九旱，种甚都赔，几十块钱一亩地都没人承包。自从开始种黄芩、远志、柴胡等中药材，现在承包一亩地都得三四百，还找不下地。也不是一下子就发展到这么多，以前都不太会种，贩卖中药材的倒不少。

2009年，我当上村支书，也想着能为村里干点啥。别的咱也不会，就知道个中药材，正好县里一直有政策，就想着能不能人工种植中药材。一开始，老百姓对种药材都持有怀疑态度，我就带着党员干部先行先试，在自家的农田里开始尝试。收益还不错。我家种了8亩远志，光是种子一亩就要产十几斤，一斤卖 130 元。你算算。

到 2011 年，政府大力宣传，政策上又有支持，老百姓看见别人得了利，自己主动就种呀，这一下规模就大了。到 2014 年，贫困户种中药材，每户还给补 1200 元。又成立了中药材种植协会，从新绛农委请来专家，专门讲了三次课，免费培训大家，实地指导怎么种。马上就能就地转化成实实在在的效益，老百姓也爱听。贫困户占的好处多着呢，浇地非贫困户一小时 270 元，贫困户减免 100 元。

年轻人大概有 200 多人都在外面打工。咱村地不多，需要的人工有限。现在种地都是依靠科学，走精细化管理。我们村里有个残疾人，和媳妇承包了 30 亩地，两个人管理就够了。全薛店镇有 50 家中药材种植合作社，沟渠头就有 3 家，一家能带动 10 来户贫困户。现在村里耕地面积 4000 余亩。种有远志、黄芩、柴胡、丹参、防风等中药材 3500 亩。光药材经纪人就有 100 多个。

当上村支书，上来头一件，就是制定"村规民约"，其中一条，就是要遏制红白事大操大办，又成立全村红白理事会，具体负责实施和监督。这可不是吹，是实实在在减轻了村民经济负担。全县我们都是动手最早的，光制定这么个规矩还是不济事。真要扼制铺张浪费，得来点实际的。那就是村里所有的红白喜事不出村，就在村里办，我们买上桌椅板凳锅碗瓢盆，办事的工具一应准备齐全，搞起了村民食堂。谁家办事，都上一样的菜，六个冷菜七个热菜，一桌 200 元。不准上整盒烟盒装酒。谁来都一个样，不搞攀比，不搞特殊化。这下可好，村里人办事都来这了。宴席就开在对面这沟渠头大舞台上，逢年过节唱戏，平日村民办事，热闹着哩。几年下来，至少为村民节约20多万，也有了7万多经营性收入。村委班子又商量，把村里4000余亩荒山荒沟流转，对外承包开放，打造成集种植、养殖、采摘、观光、旅游、休闲、娱乐于一体的村民致富工程，增加村集体收入65万元。

这几年，正好赶上扶贫。我们用这个钱，还有财政给的一部分补贴，办起了日间照料中心。就雇了一个厨师，其他五个人，都是志愿者，轮流来帮忙。春天为安全考虑，不上凉菜，怕老人吃坏了拉肚子。有钱的时候饭菜好一点，没钱的时候饭菜也管饱，为全村一百多名老年人和贫困户提供免费午餐。老人们来吃饭，饭前唱一段歌，来一段戏。老人们可有热情劲儿。老人们活得开心，在外打工的年轻人也放心。村风民风也好了，满意度也高。日间照料中心也不单是管个吃喝，还能打扑克、下棋，也有读书阅览室。还定期组织老年人搞书画、棋牌、秧歌、锣鼓等文体比赛。每年定期为老年人进行身体检查。"九九重阳节"驻村工作队每人捐款200元，用于改善伙食和营养搭配。

村里一时兴起尊老爱幼之风，每年重阳节，都要评选出"好媳妇、好婆婆、好丈夫、女强人"，隆重表彰。村里还成立了老年合唱团，自编自导自演《圆梦重阳》《夸夸我村新变化》，以及传播德孝文化为主题的小品、三句半、干板腔、舞蹈、小戏剧等二十余个文艺节目。要说幸福获得感，你到我们村里看看老年人就知道了。

村里十多名老党员、老干部义务负责村委大院、活动广场。村里的老人见党员干部们带头，也纷纷跟着打扫村里卫生。现

在到村里，叫贫困户干个活积极得很。比方说前不久搞卫生大
评比，我组织一百多号人，包括贫困户全部出来，一招手，三
公里多路的卫生，全部过一遍，连扫带清草，没一个人推脱，
常年都是个这。今天是下雨，要是天晴，可干净了。

咱村有个特色，三个书记。一个村支书，一个第一书记，
还有一个名誉书记。这个名誉书记杨新师今年六十四岁了，以
前是个教书的，1990年就入了党。2015年退休后，回到村里，
又热爱公益，为村里的大小事积极出谋划策。先是担任村老干
部活动中心网格长，去年又被组织任命为村党支部名誉书记。
又不挣工资，他图个甚？就是义务为村里建言献策。

村里的好事不是一个人干出来的。

分属古河东的万荣、闻喜两县两村，一属吕梁山，一依中条山，
两个相隔数百里的村庄不谋而合，同是靠中草药材壮大村落经济，
同是从重塑乡村秩序入手提升村落文明，同时建起规模不小的老年
人日间照料中心，方法各异，效果相同。田野里种植的茯苓、远志、
当归、地黄、黄芪这些名字古雅的药材植株，与村落的淳淳古风遥
相呼应，说不来冥冥之中有什么联系。

古河东物候、物产与吕梁山、太行山深度贫困区诸县迥然不同，
发展模式自然有异，但是作为以农耕为背景的乡村聚落秩序结构并
无区别。易地扶贫搬迁，危房改造，基础设施建设，整村提升，其
目标还是要"让乡村更像乡村"。

改革开放四十年，农民出走乡关外出谋生，乡村秩序结构发
生如此巨大变化，乡村日益社会化，农户日益分散化，传统的家庭
结构和伦理秩序一再被打破。父母养我小，我养父母老，中国传

统"回馈"式养老模式面临挑战。子女外出打工，谋生成本增加，物理距离既不允许复制传统养老模式，而老人经济地位下降，延续千年的家长地位发生位移，养亲奉老的传统亦面临挑战，农村养老问题日益突出。让乡村更像乡村，让乡村回归乡村，养亲奉老，老吾老以及人之老，在某种程度上讲，不正是乡村得以延续的精神内核吗？

"想不挣都不行"

吕梁巍巍，太行嵯峨，长河落日，长城迤逦。大自然鬼斧神工，造就晋省表里山河，五千年华夏文明，又遗留有丰富的人文景观。长城古堡，太行、吕梁古村落，黄河古渡口，这些珍贵的旅游资源分布区域几乎与吕梁山、太行山—燕山两个深度贫困地区高度重合。

山西省全域旅游开发，又与脱贫攻坚战略不谋而合。列举采访所见，即可绘制一条晋山晋水旅游地图。

永和县东征村挖掘 1936 年红军东征和抗战历史，结合黄河乾坤湾自然景观，乡村旅游已成规模，共享单车居然落户偏远黄河岸边。

兴县黑峪口借美丽乡村建设着力恢复抗战时期中共晋绥根据地"晋东蕃屏"古渡集镇，中共晋绥分局所在地蔡家崖、北坡二村整体改造，游客日益增长。

宁武县涔山乡诸村，以贫困户入股风景旅游点的形式，已经受益。

岢岚县依托芦芽山风景区，以宋家沟整村提升为契机成功举办乡村旅游节。

碛口古镇成为国家 5A 级景区，带动附近三乡五村，形成古渡经济辐射区旅游圈。

偏关县成立老牛湾风景区管理局，着力开发黄河入晋第一村自然人文风光，同时开发明代开放第一口红门堡长城。

右玉县杀虎口、右卫老城，以及天镇县新平堡分别投入巨资，建画院、兴景区，长城古堡旅游潜力甚大。

山西电视台扶贫点山西省壶关县南平头坞村，2016 年创办南平头坞村旅游开发有限公司，充分依托太行山峡谷、民居花海，起步两年，已成产业。

所有的开发，都与脱贫攻坚有关系。

因为，景区所在莫不是深度贫困区域，景区建成莫不关涉易地扶贫搬迁、危旧房改造、贫困村提升诸项扶贫政策。从另一个角度讲，绿色环保理念深入人心，绿水青山、金山银山倡导深入人心，深藏大山大塬上那些村落本身具有的生态价值、休闲价值和文化价值在这时候越来越凸显出来。再从另一个角度讲，借助旅游开发，贫困县重点村落已经创建出一批著名乡村国家级景区和旅游度假区、生态旅游示范区、特色景观旅游名镇和名村。

平顺。

要采访整村改造，县扶贫办的王旭宁接待大家采访时说：奓底就很典型。

太行山区，得益于村村通公路，诸多村子又成了旅游热门。奓底就是其中之一。

说奓底村，大家可能不熟悉，但说太行山的"挂壁公路"，知道的人就不在少数了。当年这条路修成，上过美国的《国家地理》杂志。

奓底人直到 2000 年还要垂直攀缘比羊肠更细更窄更直的"哈楼

梯"。村里人祖辈生息劳作，迎晨送昏，历经寒暑，其苦其难不似歌里唱得那么宏大，也不似诗里吟得那样激越。也许正因为有烟火气，太行山"挂壁公路"才更显得悲壮，更显得不凡。

年前年后跑了20几个县，村落里尽是老弱，绝少听见孩童呼朋引伴的嬉闹，娘呼儿唤的喊声，穽底却不一样。村里年轻人不少，幼儿园、小学，加起来还有四五十号学生。

王主任说，村里做起旅游，年轻人回来办公司，开农家乐。平川地方都留不住年轻人，偏偏穽底村却聚下不少。年轻人总是往富有活力和富有朝气的地方走，这村子，显得多年轻。

村里总共200多户，搞农家乐的就有60多余户，在旅游公司上班的也有四五十号人。另外，还有许多美术院校来这里写生的学生，连吃带住，一天70元。

迎面就遇到来自河北沧州三中的一群孩子，说他们这次来了有300多人，要在这里住十天。

在祥云湖边问完摆摊的村民，又去走访一个叫周运新的老人。

老人肚里盛了多少话要说，话说从头，娓娓道来。个人经历，村落沿革，就像从嘴边的胡子慢慢生出来的。

我今年七十二了。要说甚？旅游扶贫？你们到村里也转了吧，也看到了，咱村以前是个穷村村，人们想着办法能出去的都出去了，这二年人又都回来了。就像我，什么都干不了，也跟着沾了光。

那个时候，这个地方很穷。东一家，西一家，能挣下点口粮，就算活下人了。村里人有从河南上来讨吃要饭安顿住的，也有从襄垣、沁源下来的，像我就是。

我跟我哥一路到这里，认了个本家，就住下了。白天给人家放牛，晚上就住在山上的小房子里。十二岁上，哥给我置了副小担子，凌晨三点就起床，担上柴，下林州去卖。晚上回来还得给人担上煤，到家就十一二点了。有的老百姓一天去一回，我跟我哥是两天去一回。十五岁的时候，哥给我弄了个锄，叫我跟着去锄地。

我念了个六年级，那个时候六年级也算社会上的高才生了。到了二十一岁，石窑滩乡政府招农村广播员。当时家家户户都要装广播。乡镇有什么事，书记就在喇叭里一喊，就都知道了。虽然是到乡政府上班，离窨底也有20来里地。路也不好走，得爬"哈楼梯"，就是石壁上凿出来的一条路。每天回来，我还得挑上煤。一担子煤八九十一百来斤，走在"哈楼梯"上双腿直哆嗦，一步三歇，看着四壁都是悬崖的窨底，想着这里的老百姓为什么穷？穷就穷在路不通。

可这条挂壁公路真是难修啊，到处都是悬崖。上至七十，下至十五六的孩子，都上了工。有的人家晚上还得回去喂猪喂鸡，第二天再爬哈楼梯上来。像我们家，家里也没牵挂，就把化肥袋子缝在一起，搭上棚子。还有的，就在岩洞里露宿，饿了吃个冷窝头，渴了就抓把雪。

把一不怕苦、二不怕死的精神用到石窑滩用到窨底人修路上，再恰当不过。穷则思变，住在这沟里的老百姓吃不上、喝不上，有什么想法也使不上劲儿，出路只有一条，就是要把这路修通。

修通这路以后，窨底可真是变了样了。老百姓生活好起来了。以前的冬天，老百姓没事就上山砍柴火，山也是光秃秃的，现在不了。因为甚？老百姓都忙着搞旅游，家家户户盖的是新房，墙壁粉得白瓦瓦的，你烧柴就全熏黑了，不好看，要么烧煤气，要么用电。树木林子又都长起来了。这几年谁还会挑担子呢？年轻人都不知道担子是个什么样儿。村里人再也不用走哈楼梯了，如今开发成旅游景点，让外地人来体验，知道老一辈窜底人是如何从哈楼梯上走出来的。从这以后，老百姓的生活可以说是芝麻开花节节高。布袋子里有粉条、有大米、有面粉，早上是饼，中午是大米，晚上是面，家里甚也有，都不知道该吃什么了。就想着怎么换花样，要不就上山寻点野菜，过去找野菜是吃不饱，如今吃野菜成了讲究生活了，好像大米、白面倒把肚吃伤了。可以说，要不是修通这条路，老百姓哪里知道还会有这一天。

来旅游的人多了，村里甚也能换成钱了。前几年崖柏价格那叫一个高，现在价钱再高也不好寻了。坡上的石头，样子稍微好看点的，捡回来，喊个几十块，卖得风快。早二年，家里甚也靠老伴，我也上山捡石头，捡回来还搞了个粗加工，把地板砖切成小块，做了个底座。往院子里一摆，结果游客不知怎么就转到家里来了，问多少钱。我说没个六七百不好卖，结果来人也爽快，说多少也不和你搞价。今天卖一座，明天又卖一座，竟然也得了几千块。收了秋，就是上山弄连翘，一斤也就能卖个两三毛，现在呢，一斤就是七八块，一二十块。到处都是钱。

家里劳动力多的，贷上款，盖房子搞农家乐。一间房子住三个人，一晚上不是200元就是150元。盖三层的都少了，动不动就是四五层。10间1500元，20间就是3000元。一晚上 3000 元，一个月就是 18000 元，一年算上 5 个月，也有 9 万块。甚也不用干，就睡了一觉，第二天起来，口袋就装满了钱。就这么几百人的沟里头，搞农家乐的一家挨一家。以前那些危险的地方，没人敢去，现在都成了好地方，盖上了农家乐。到处都是房子。就这，碰上人多的时候，还是住不下。想不富都不行。你做梦都想不到有什么样的客人来找你。

前年人多的时候，来了三个人，一对是夫妻，另一个是他兄弟，也是老大人了。游客来找我，问家里能不能留人。我住的这五间石头房子，我女儿就住了一间，我们老两口睡一间，剩下两间房，就一张床。我说，我这房子不好，只怕你们住不惯。他们就说，有个睡处就行了，总比睡在露天野地里强。床上也就能躺两个人，说再给地上打个铺。问我要多少钱？我说，你们看着给吧。人家也厚道，给了我 150 块钱。

后来老伴坐上了轮椅，我也上不了山了，就成天在家照顾她。没事干，就每天写写毛笔字打发时间。结果这天几个游客转到家门口，还问我写的字卖不卖。我说这还能卖？也可能是我耳朵聋，可能是他们没听懂我的话，以为我想要高价，问一张 200 元中不中。说着就从地上捡了三张，给我放下 600 元。我的乖乖，早知道这也能挣钱，我好好练字就成了。你真是做梦也想不到，钱就怎么找上你了。不是因为路修下来，不是搞开了旅游开发，谁能知道还能过上这光景？

老人说完，太阳光正好打在脸上。面色红润，呵呵笑着。大家告别，他继续埋头练字，笔画所至，石鼓金文，如锤敲刀錾，一派斑斓古意。

村口，一个农家乐，旗幌灯笼，三角彩旗串起来搭过村街。店主叫元钧，村里的贫困户，本来在外地打工，后来母亲生病，回到村里照看，见村里旅游形势不错，也在村口开了家农家乐。

我今年二十九岁，弟兄两个，我是老大，2011年从长治学院毕业，在长治市搞汽车销售，2013年结婚，老婆是咱平顺人，县城里的，以前和我一个学校，毕业后认识，相处，恋爱，结婚。

我爸2012年去世，接着我妈2014年得了脑梗，看病花了两三万，当时走的是大病医疗，报了一部分。

我妈生病的时候，一个人在家，以为她是普通的中暑，夏天了嘛，中午难受，吐，下午去医院吧，都不会走了。我从长治赶回来，在县城停了三四天，没有好转，后来联系，有同学在中医研究所上班，在那儿又住了二十几天，前前后后一个月吧，出来之后，慢慢恢复的扶住东西能走。没办法呀，我得上班，就在长治租了个房子，把我妈接过去。待了一年，不方便，租个有院子的平房，人家房东不愿意租给病人。租个单元楼，上下楼，不方便，想活动，下不来。咱平时一个礼拜休息一天，也休息不上，干干其他的就过去了，后来2015年就都回来了，一方面为了照顾我妈，一方面在村里开农家乐。

老婆当时不愿意回来，后来也就同意了。

现在这房子盖得早了，以前是自己住的，只有一层，村里搞开旅游后，游客多了，2012年又加了一层，花了10来万，那时我爸还在。

咱们这个村变化最大的是前年。

2016 年是游客最多、最火的一年，从夏天七月十几号开始，一直到暑假结束，在这儿吃都吃不上，坐都没有地方坐。那两个月，我家最少挣了也有两三万。

这边旅游挺有季节性的，一般是清明节春暖花开时开始，到国庆节结束，平时没什么人，就是周六周日、节假日，暑期大多是领上孩子来玩。都是通过朋友，带着客人过来，跟着别人联系学校写生，学生们来了之后，老百姓家都开的农家乐，比如我联系了五六十人，我家只有五六间客房，住不下多少人，联系下客人就让到别家住一些，共同挣了这个钱。

挂壁公路没通之前，我们去乡镇考试，走哈楼梯，早上四点起来，背着干粮，走十几公里，去村子外面坐车。初中的时候，挂壁公路基本上通了，公共汽车还没有来到我们村，还得出去坐车。

挂壁公路通了方便了，现在成景点了，给我们带来好多收益，上学不用走那么远，旅游也搞起来了。

搞旅游也不是一帆风顺。以前不出名，游客肯定少，开农家宾馆的，只有十几家，目前发展到 60 多家，说明游客多了。现在老百姓不用去外面打工了，家里头有花椒、山楂、核桃、小米，弄上点，骑个电动车去景区停车场去卖，一天下来，哪天不挣个百八十块钱，比出外面打工强。比我大的农民以前在外面打工，在工地上受，一天挣二三十块钱，现在不用出去了，在旅游公司上个班，也不错，这是老百姓最大的收益。地里还能干点活儿，家也照顾了，钱也挣上了。

目前好多客人是冲着我们的挂壁公路来的，全国的挂壁公路有九条，平顺有三条。好多客人自驾游来的多一些，挂壁公路下不来三十五座以上的车，外面的路也稍微窄了些，希望路能修得宽一些，大车能来，路好了，来的人就多了，现在好多外地司机来了不敢开。

平顺县面积 1550 平方公里，辖 5 镇 7 乡、262 个行政村，1370 个自然村，总人口 16.7 万，农业人口 13.5 万，建档立卡贫困户 18335 户、贫困人口 53524 人，贫困发生率 40.2%，贫困人口多、贫困面大、贫困程度深。

但平顺县旅游资源丰富，全域旅游条件得天独厚。唱好山水戏，主打旅游牌，延伸产业链，推进点线面融合发展举措得力。有通天峡、神龙湾重点景区辐射带动，峡谷观光游、生态休闲游、民俗文化游、自驾探险游、康养度假游五条精品线路日益成熟；西井山、岳家寨、王家庄等三十多个乡村旅游村迎来八方游客，初步形成以重点景区为点、精品线路为线、乡村旅游为面的全域化旅游产业体系。

乡村人开始换行业，干上"旅游活"，吃上"旅游饭"。全县各景区共吸纳当地贫困人口 800 余人，带动贫困户年人均增收 5000 多元；有 10 个乡镇和 80 个村发展乡村旅游，发展农家乐 287 家，接待能力达到 8000 余张床位，发展农副土特产品加工企业 6 家，产品种类达 50 余种，旅游购物摊点 175 个，带动村民直接就业 1 万人，间接就业 2 万人，辐射带动贫困户 1800 余户增收致富。

巍巍太行山深处平顺县，过去西沟村互助合作出劳模、出经验，全国有名，李顺达、申纪兰为中国农民代表。今天，全国休闲农业与乡村旅游示范县榜上有名，全国十佳生态休闲旅游城市榜上有名，中国最具影响力的旅游名县、中国最具特色的旅游胜地亦榜上有名，同当年西沟村几户农民在李顺达带领下，肩拉绳线，在土地上开出第一垄互助合作的沟垄一样，转型"干旅游活""吃旅游饭"，不也一样是中国农民的创造吗？

后　记

　　六个月行走，三个月写作，吕梁山、太行山从寒冬腊月过渡到早春二月，步入盛夏季节，山川回黄转绿，庄禾拔节灌浆，新一轮脱贫攻坚的山西故事也到了煞笔的时候。

　　六个月采访，三位作家走遍山西省58个贫困县中的21个县份，其中对天镇、广灵、偏关、宁武、静乐、兴县、临县、石楼、永和、大宁10个深度贫困县的采访更是深入，造访村庄近百，采访扶贫干部近百，入户座谈70余家，整理采访笔记60余万字，收获良多，满载而归。

　　新一轮脱贫攻坚，实则是新时代对农民、农村、农业"三农"的一次重新整理，政策扶持力度巨大，国家投入巨大，扶贫干部付出的辛苦与智慧巨大，政策兜底、产业帮扶、健康救助、生态建设、教育倾斜、易地搬迁、整村提升，深处吕梁、太行大山的贫困村落的变化同样巨大。新一轮脱贫攻坚，相当于重绘山河图册，擘画构思，浓墨重彩，近水遥山，远嶂近峦，杂花生树，遍地风流。我们尽可能有闻必录，爬梳整理之后，尽量做到详尽，尽量做到叙述生动，尽量体现报告文学及时性、新闻性的同时，着力让笔下的人物生动起来。

沿途采访的人物众多，事件纷繁，但限于篇幅，难免有遗珠之憾。

比方，山西省农业科学院的专家姚建民，研发的谷子渗水地膜波浪形覆盖穴播高产技术，可以将谷子单产提高近一倍之多。研发过程充满曲折，几近传奇。其项目推广到全省 40 多个市县，对脱贫攻坚意义重大。

比方，河曲县土专家张满贵，半生研究"脱毒马铃薯"，单产可提高 50% 到 80%，其成果在晋西北诸县推广应用，数万农民从中得到实惠。

比方，临县碛口镇土专家严林森，组织贫困户大棚蔬菜育苗，"农户加公司"，为脱贫攻坚助力不少。

比方，省委宣传部下派驻村干部、摄影家张国田，对武乡县五村旧村改造，以摄影基地建设为抓手，打造乡村旅游，一派生机。

比方，石楼县龙交乡，建起乡村文化中心，建有廉政馆、教育馆、民俗馆、中医药馆、德馨馆、书法绘画摄影艺术馆、电子阅览室、图书室、棋牌室、排练室、会议室，扶贫的同时着力"扶志"，故事多多。

比方，大宁县"购买式造林"在全省退耕还林、生态建设、果品提质增效中闯出一条新路。

这些事件与人物，同样是山西省新一轮脱贫攻坚过程中的重要构成。行百里者半九十，脱贫攻坚山西故事的情节才刚刚铺开。

最后，向为完成此书付出努力的领导和同仁表示深深的谢意。

后记

2018 年 8 月 15 日

图书在版编目（CIP）数据

掷地有声：从山西看中国脱贫攻坚 / 鲁顺民，杨遥，陈克海著
.-- 北京：外文出版社，2019.11
ISBN 978-7-119-12292-2

Ⅰ.①掷… Ⅱ.①鲁… ②杨… ③陈… Ⅲ.①报告文学—中国—当代
Ⅳ.① I25

中国版本图书馆 CIP 数据核字 (2019) 第 275666 号

出版指导：胡开敏
出版策划：冯向宇　王　洋
责任编辑：熊冰頔
封面设计：北京维诺传媒文化有限公司
印刷监制：章云天

掷地有声：从山西看中国脱贫攻坚

鲁顺民　杨　遥　陈克海 著

© 2020 外文出版社有限责任公司　北岳文艺出版社有限责任公司
出 版 人：徐　步
出版发行：外文出版社有限责任公司
地　　址：中国北京西城区百万庄大街 24 号　　　邮政编码：100037
网　　址：http://www.flp.com.cn　　　　　　　电子邮箱：flp@cipg.org.cn
电　　话：008610-68320579（总编室）　　　　008610-68996144（编辑部）
　　　　　008610-68995852（发行部）　　　　008610-68996183（投稿电话）
制　　版：北京杰瑞腾达科技发展有限公司
印　　刷：北京盛华达印刷科技有限公司
经　　销：新华书店 / 外文书店
开　　本：710mm×1000mm　1/16　　　　　印　　张：19.75　字　　数：230
版　　次：2020 年 7 月第 1 版第 1 次印刷
书　　号：ISBN 978-7-119-12292-2
定　　价：68.00 元